ISAAC ASIMOV'S SCIENCE FICTION Magazin

29. Folge

ausgewählt und herausgegeben
von
Friedel Wahren

Deutsche Erstveröffentlichung

WILHELM HEYNE VERLAG
MÜNCHEN

HEYNE SCIENCE FICTION & FANTASY
Band 06/4405

Deutsche Übersetzungen von Irene Bonhorst,
Ingrid Herrmann, Irmtraud Kremp,
Joachim Pente, Birgit Reß-Bohusch
und Biggy Winter

Das Umschlagbild schuf Karel Thole

Redaktion: Friedel Wahren

Printed in Germany 1987
Umschlaggestaltung: Atelier Ingrid Schütz, München
Satz: Schaber, Wels
Druck und Bindung: Elsnerdruck, Berlin

ISBN 3-453-00409-4

John Kessel

Das reine Produkt

Ich traf um dreizehn Uhr am frühen Nachmittag des dreizehnten August, einem Dienstag, in Kansas City ein. Ich fuhr den beigefarbenen 83er Chevrolet Citation, den ich zwei Tage vorher in Pocatello Idaho gestohlen hatte. Die Kansas-Nummernschilder an dem Chevrolet hatte ich von einem anderen Wagen auf einem Parkplatz in Salt Lake City abmontiert. Salt Lake City wurde von den Mormonen gegründet, denen ihr Gott erzählt hat, Jesus Christus werde eines Tages wiederkommen.

Ich fuhr mit heruntergedrehten Scheiben durch Kansas City. Die Sonne knallte durch die Windschutzscheibe ins Wageninnere. Der Wagen hatte keine Klimaanlage, und nach sieben Stunden, die ich ununterbrochen hinter dem Lenkrad gesessen hatte, war mein Hemd schweißdurchtränkt und klebte mir am Leib. Schließlich fand ich einen Eisenwarenladen, ›Hector's‹, in der Wornall Avenue. Ich fuhr auf den Kundenparkplatz. Der Motor des Citation dieselte nach, als ich die Zündung abstellte; ich trat das Gaspedal einmal tief durch, und er stotterte und soff ab. Die Hitze war wie Sirup. Die Sonne trieb die Schatten tief in die Häuserekken. Sie machte aus dem Spiegelglas des Schaufensters ein dunkles Negativ aus dem Positiv, das die Wornall Avenue war. August.

Der Mann hinter der Theke des Eisenwarengeschäfts war, so nahm ich an, Hector persönlich. Jedenfalls sah er aus wie Hector, in Rache erschlagen unter den Wällen aus Malerpinseln – dieser Typ halbfreundlicher, stets optimistisch daherkommender Mann, der von seiner guten Frau und von seinen Zehn-Cent-Nägeln erzählt. Ich kaufte eine Gallone Kerosin und einen Plastiktrichter, legte das Zeug in den Kofferraum des Citation und ging dann den Block hinunter zur Mark Twain Bank. Mark Twain starb im Alter von fünfundsiebzig Jahren, das Herz voll bitterer Anklagen gegen den calvinistischen Gott und ohne Hoffnung für die Zukunft der Menschheit. Ich steuerte auf einen der Schreibtische zu, an dem eine Nette Junge Dame saß. Ich sagte ihr, ich wolle ein Geschäftskonto eröffnen. Sie drückte mir ein Formular zum Ausfüllen in die Hand und schickte mich dann weiter in das Büro von Mr. Graves.

Mr. Graves empfing mich mit einem schwungvolldynamischen Händedruck. »Was kann ich für Sie tun, Mr. ...?«

»Tillotsen. Gerald Tillotsen«, vollendete ich. Gerald Tillotsen aus Tacoma, Washington, starb im Alter von vier Wochen an Diphterie – am 24. September 1938. Ich besitze eine Kopie seiner Geburtsurkunde.

»Ich bin neu in Kansas City. Ich möchte gern ein Geschäftskonto eröffnen und vielleicht auch ein Darlehen aufnehmen. Ich hoffe doch, daß Ihr Geldinstitut einen guten Leumund hat? Wie hoch sind Ihre Außenstände in Brasilien?« Ich spähte durch das Büro, als hätte Graves eine Frau hinter dem Hutständer versteckt, und warf ihm dann mein einnehmendstes Lächeln zu.

Mr. Graves tat sein Bestes. Er versuchte erst zurückzulächeln, dann setzte er eine Miene auf, als hätte er beschlossen, meinen kleinen Scherz zu ignorieren. »Wir sind sehr solide und gesund, Mister Tillotsen.«

Ich lächelte ihn weiter an.

»Welche Art Geschäft betreiben Sie?«

»Ich bin in der Versicherungsbranche. Versicherung auf Gegenseitigkeit Hartford. Unsere Regionaldirektion ist in Oklahoma City, und ich eröffne hier eine Agentur, an der Ecke 103. Straße und State Line.« Direkt an der Interstate.

Er überprüfte das Formular, das ich ihm gegeben hatte. Seine Versunkenheit war zu verlockend.

»Vielleicht kann ich Ihnen mit einer Lebensversicherung dienen. Sie sehen so aus, als würden Sie's nicht mehr lange machen.«

Graves' Kopf schoß hoch. Sein Mund war vor Schreck halb offen. Er schloß ihn und beäugte mich wachsam. Oh, wie stumpfsinnig, wie platt das alles ist! Wie mich das langweilt! Er war wie eine Kuh, wie die meisten von euch in diesem blöden Alter, nicht fähig oder willens, gegen die Regeln zu verstoßen und zurückzuschießen, wenn euch einer blöde anmacht.

Hat er das wirklich gesagt? überlegte er. *Und wenn, ist es dann seine Art, Witze zu machen? Worauf will er hinaus? Er sieht eigentlich ganz normal aus.* Ich sah auch wirklich ganz normal aus, genauso, wie man sich einen Versicherungsagenten vorstellt. Ich war die richtige Sorte Mensch, und ich konnte mir alles erlauben. Wenn ich hin und wieder verletzend bin, wenn ich hin und wieder ein bißchen gegen die Konventionen verstoße, dann gibt es nicht einen unter euch, der mich zur Rechenschaft ziehen könnte.

Mr. Graves kam um den Schreibtisch herum. Ganz Businessman.

»Eh – ja, Mister Tillotsen. Wenn Sie dann bitte für einen Moment warten wollen ... ich lasse das mit dem Geschäftskonto dann gleich erledigen. Was das Darlehen angeht ...«

»Vergessen Sie's!«

Spätestens das hätte ihm reichen müssen. Er hätte mich um Vorlage meiner Papiere bitten müssen, er hätte ein Dutzend Dinge tun müssen. Er schaute mich an, und ich starrte ruhig zurück. Und ich wußte, wenn er mir in meine ehrlichen blauen Augen schaute, konnte er an nichts mehr denken.

»Ich eröffne das Geschäftskonto dann gleich mit dieser Zahlungsanweisung«, sagte ich und griff in die Tasche. »Das geht doch in Ordnung, nicht wahr?«

»Das ist ausgezeichnet, Mister Tillotsen«, sagte er. Er brachte das ausgefüllte Formular und die Anweisung zu einer der Sekretärinnen hinüber, während ich an seinem Schreibtisch sitzen blieb. Ich zündete mir eine Zigarre an und blies ein paar Ringe in die Luft. Die Zahlungsanweisung war am Tag vorher in einem Postamt in Denver erworben worden. Sie war über dreißig Dollar. Ich hatte nicht vor, das Konto lange zu benutzen. Graves kam mit meinen Scheckformularen zurück, schüttelte mir eifrig die Hand und wünschte mir einen guten Tag. »Ich wünsche Ihnen noch einen *guten* Tag«, sagte er. »Den werde ich haben«, sagte ich.

Die Hitze draußen war erdrückend. Ich zog mein Sakko aus. Ich schwitzte so sehr, daß ich den Sitz meiner Frisur im Außenspiegel meines Wagens überprüfen mußte. Ich ging die Straße hinunter zu einem Spirituosengeschäft und kaufte eine Flasche Chardonnay und eine Flasche Chivas Regal. In einem Haushaltswarenladen ein paar Häuser weiter kaufte ich ein paar Pappbecher. Noch eine letzte Besorgung, dann würde ich mich ein paar Stunden ausruhen können.

In dem Einkaufszentrum, das ich Graves als Standort meines künftigen Versicherungsbüros angegeben hatte, gab es ein Sportartikelgeschäft. Es war ungefähr drei Uhr, als ich den Wagen auf dem Kundenparkplatz abstellte und in das Geschäft schlenderte. Ich sah mir verschiedene Golfschläger an: Eisen, Holz; sogar ein Set mit Fiberglasgriffen war zu haben. Schließlich wählte ich ein Set aus acht Spaulding-Eisen mit den entsprechenden Hölzern, eine große Tasche und mehrere Schachteln Topflite-Bälle. Der Verkäufer, der gerade im hinteren Teil des Geschäftes einen anderen Kunden bedient hatte, kam eilfertig herbeigewieselt, mit provisionsgeilem Blick in den Augen. Ich ließ ihm keine Zeit zum Nachdenken. Die Ausrüstung kostete den stolzen Preis von 612,32 Dollar. Ich zahlte mit einem Scheck von meinem neu erworbenen Konto, bedankte mich herzlich bei dem Mann und ließ ihn die gesamte Ausrüstung zu meinem Wagen tragen.

Dann fuhr ich zu einem ganz in der Nähe der Bank gelegenen Park; Loose Park hieß er. Und so fühlte ich mich auch. Losgelöst, frei dahintreibend, wie einer von den Drachen, die die Leute im Park steigen ließen, der sich losgerissen hatte und in die Sonne hinaufstieg. Es war noch immer heiß unter den Bäumen, obwohl das Sonnenlicht zu einem Flickenteppich aus Licht und Schatten auf dem braunen Gras abgeschwächt war. Kinder tollten umher, hüpften, sprangen, schaukelten auf Spielplatzgeräten. Ich entkorkte meine Flasche Wein, schenkte einen der Pappbecher voll, ließ mich unter einem Baum nieder und genoß den Anblick der spielenden Kinder und der jungen Männer und Frauen, die durch die Parkanlage gingen.

Ein Mädchen näherte sich auf einem der Parkwege. Es sah nicht älter als siebzehn aus. Sie war klein und schlank, das frisch gewaschene blonde Haar schulterlang. Die Shorts waren sehr eng. Ich ließ meinen Blick unverfroren über ihren Körper gleiten. Als sie meinen taxierenden Blick bemerkte, bog sie vom Pfad ab und steuerte geradewegs auf mich zu. Einen Fuß vor mir blieb sie stehen, die Hände auf die Hüften gelegt. »Auf was gucken Sie?« fragte sie.

»Auf deine Beine«, antwortete ich. »Möchtest du einen Schluck Wein?«

»Nein, danke. Meine Mutter hat mir eingeschärft, ich soll niemals von Fremden Wein annehmen.« Sie guckte durch mich hindurch.

»Ich nehme von Fremden alles an, was ich kriegen kann«, sagte ich. »Weil ich auch ein Fremder bin.«

Das schien ihr zu gefallen. Sie wurde sofort anders. Sie setzte sich zu mir, und wir plauderten eine Weile. Irgend etwas stimmte nicht an ihrer Art, wie sie das Gehabe einer Siebzehnjährigen imitierte; ich begann mich zu fragen, ob der Park vielleicht ein Nuttenstrich war. Sie schlug die Beine übereinander, und ihre Shorts spannten sich noch enger um ihren Hintern, und ihre

Schamlippen zeichneten sich deutlich unter dem Stoff ab. »Wo kommst du her?« fragte sie mich.

»San Francisco. Aber ich bin gerade hierhergezogen. Ich bin an dem Sportartikelgeschäft an der Eastridge Plaza beteiligt.«

»Wohnst du hier in der Nähe?«

»Auf der westlichen neunundachtzigsten.« Auf dem Weg zu der Bank war ich zufällig die neunundachtzigste runtergefahren.

»Dann sind wir ja Nachbarn! Ich wohne nämlich auch in der neunundachtzigsten.«

Eine plötzliche Angst durchzuckte mich. Hatte ich mich verquatscht? Es war genau das, was einer von uns gesagt hätte, um mich zu testen. Ich nahm einen Schluck Wein und wechselte das Thema. »Hättest du nicht Lust, irgendwann mal San Francisco zu besuchen?«

Sie strich sich das Haar hinter ein Ohr. Dann spitzte sie den Mund, ihre fein geschnittenen Wangenknochen gekonnt zur Schau stellend. »Läuft was bei dir?« fragte sie. Ihr Englisch hatte einen sonderbaren Akzent.

»Wie bitte?«

»Ich sagte: Läuft was bei dir?« wiederholte sie, immer noch mit demselben Akzent – dem Akzent aus meiner eigenen Zeit.

Ich nahm noch einen Schluck. »Eine Flasche Wein«, antwortete ich in gutem 80er Midwestern-Englisch.

Davon wollte sie nichts wissen. »Komm mir bitte nicht mit Spielchen! Ich mag keine Spielchen.«

Ich mußte lachen: Mein ganzes Leben bestand aus Spielchen. Ich hatte seit langem schon niemand Echten mehr getroffen. Am Anfang hatte ich es nicht gewollt, und in den späteren Jahren hatte ich es aufgegeben, noch damit zu rechnen. Wenn es etwas gibt, das noch langweiliger ist als ihr, dann sind wir es. Aber das war ein Standpunkt von früher. Als ich ihr in Kansas City begegnete, war ich einsam, und sie war etwas Neues.

»Okay«, sagte ich. »Es ist nicht viel, aber wenn du willst, kannst du mitkommen. Hast du Lust?«

Sie lächelte und sagte ja.

Als wir zu meinem Auto gingen, drückte sie ihre Hüfte gegen meinen Oberschenkel. Ich nahm die Flasche in die linke Hand und legte väterlich meinen Arm um ihre Schultern. Der Wagen stand unter Bäumen in einer Straße am Rand des Parks. Wir stiegen ein. Draußen herrschte Stille. Ich beugte mich zu ihr hinüber, packte sie beim Nacken, zog ihr Gesicht mit einem Ruck ganz nahe zu mir und umschloß ihren kleinen Mund mit meinen Lippen. Zu meiner Überraschung ließ sie es nicht nur geschehen, sondern schlang die Arme um meinen Hals, rutschte über den Sitz zu mir herüber und quetschte sich auf meinen Schoß. Wir sprachen nicht. Ich zerrte an ihren Shorts; sie zwängte ihre Hand in meinen Hosenbund. Der heilige Augustinus bat den Herrn, er möge ihm Keuschheit geben – aber nicht unbedingt sofort.

Schließlich löste sie sich von mir, knöpfte schweigend ihre Bluse zu und strich sich das Haar aus der Stirn. »Wie wär's mit einem Schuß?« fragte sie. Sie hatte eine Nagelfeile hervorgeholt und feilte sich den Zeigefingernagel spitz.

Ich schüttelte den Kopf und schaute sie an. Sie hatte Ähnlichkeit mit meiner Großmutter. Ich war meiner Großmutter niemals begegnet, aber sie hatte einen höllischen Ruf. »Nein, danke. Wie heißt du?«

»Nenn mich Ruth.« Sie kratzte sich die linke Armbeuge mit dem Nagel. Dann lehnte sie sich zurück und seufzte tief. Ihre Augen nahmen ein helles, sehr hartes Blau an.

Während sie high war, stieg ich aus, öffnete den Kofferraum, schüttete den Rest Chardonnay in den Rinnstein und füllte mit Hilfe des Trichters die Flasche mit Kerosin. Dann verstopfte ich sie mit einem Stück Korken und einem kerosingetränkten Lappen. Der Nachmittag ging bereits in den Abend über, als ich den Wagen anließ und langsam durch die Straßen des am Park gelegenen Wohnviertels fuhr. Die Häuser, an denen wir vorbeifuhren, hätten in jeder beliebigen Stadt des Mittleren Westens in jener Epoche stehen können: weiß angestrichen, vierzig oder fünfzig Jahre alt, mit großen Veranden und kleinen Vorgärten. Halb abgestorbene Ulmen ließen ihre Äste über die Straße hängen. Die untergehende Sonne warf lange Schatten auf die Bürgersteige. Ruth zog die Nase kraus; sie wandte mir träge das Gesicht zu, sah die kerosingefüllte Flasche und lächelte.

Ein Stück vor uns sah ich auf der linken Straßenseite einen Mann den Gehsteig entlangspazieren. Er war ein Durchschnittstyp mittleren Alters, der wahrscheinlich gerade von der Arbeit kam und die Ruhe und Erquikkung genoß, die die Dämmerung nach dem heißen Tag brachte. Es hätte Hector sein können; es hätte Graves sein können. Es hätte jeder von euch sein können. Ich drückte den Zigarrenanzünder rein, wog die Flasche in der rechten Hand und klemmte das Lenkrad zwischen die Beine, um steuern zu können. Ich fuhr jetzt kaum mehr als Schrittempo. »Warte, ich helfe dir!« sagte Ruth. Sie streckte den linken Arm herüber und hielt das Lenkrad mit ihren schlanken Fingerspitzen. Der Zigarrenanzünder sprang raus. Ich zog ihn raus und hielt ihn an den Lappen; er begann zu schwelen und entflammte. Der stinkende Qualm trieb mit fast die Tränen in die Augen. Mittlerweile hatte der Mann uns bemerkt. Ich hängte meinen Arm zum Seitenfenster raus, in der Hand die Flasche. Als wir auf gleicher Höhe mit dem Mann waren, schmiß ich die Flasche in hohem Bogen auf den Bürgersteig, so wie der Zeitungsjunge die zusammengerollte Zeitung schmeißt. Der Lappen loderte hell auf, als die Flasche durch die Luft segelte. Sie landete direkt vor seinen Füßen und explodierte. Das brennende Kerosin ergoß sich über den Mann und hüllte ihn in Flammen. Er brannte sofort lichterloh wie eine Fakkel. Ich trat das Gaspedal bis aufs Bodenblech durch. Der Motor verschluckte sich, dann jaulte er auf, und der Wagen schoß vorwärts. Die Reifen und Ruth quietschten vor Vergnügen im Chor. Als wir davonpreschten, konnte ich im Rückspiegel den brennenden Mann sehen.

Die Sommernächte in den Great American Plains sind alles andere als still. Die Felder zirpen den Sommergesang der Insekten – keine einzelnen, sich voneinander abhebenden Leute, sondern ein hochfrequentiges Summen, Zischeln und Zirpen von Heuschrecken, Zikaden und allen möglichen anderen Nachtmusikanten, für die ich keinen Namen weiß. Man fährt über den Highway, und dieses Geräusch vermischt sich mit dem Geräusch des Windes, der durch die heruntergedrehten Seitenfenster rauscht, übertönt das Motorengeräusch und vermittelt das Gefühl von unglaublicher Geschwindigkeit. Die Räder vibrieren, die Reifen singen auf dem Fahrbahnbelag, das Lenkrad zittert in den Händen wie etwas Lebendiges, das Summen und Zirpen der Insekten hallt in den Ohren wie aus einem Kopfhörer. Aus der Dunkelheit springen einem die Katzenaugen der Begrenzungspfähle mit der Regelmäßigkeit eines Metronoms entgegen, leuchten kurz im Scheinwerferlicht auf wie glühende Kohlen, um jäh wieder in der Dunkelheit der Nacht zu verschwinden. Man verliert jegliches Zeitgefühl, weiß nicht mehr, wie lange man schon so dahinrast, wohin man fährt. Die Felder kreischen einem in den Ohren wie tausend verlorene mechanische Seelen, und man tritt das Gaspedal noch ein bißchen tiefer durch.

Als wir an jenem Abend Kansas City verließen, hatten wir es in der Tat eilig. Unsere Hauptrichtung war klar: über die Interstate 70 nach Osten, durch Missouri in einem Rutsch. Sie würden sich in Kansas City vielleicht an mich erinnern, und gleichzeitig würden sie nach dem Wer und dem Warum fragen. Mr. Graves liest die Titelseite der Zeitung über seinem Grapefruitsaft: »Mann auf offener Straße von Benzinbombe getötet.« Der Verkäufer wundert sich, wie es ihm passieren konnte, einen Scheck ungeprüft anzunehmen, einen Scheck, auf den nicht einmal ein Name oder eine Adresse aufgedruckt war, und das über einen Betrag von mehr als 600 Dollar. Der Scheck platzt. Sie finden raus, daß es eine Chardonnayflasche war. Stück für Stück puzzeln sie die Geschichte zusammen. Vielleicht könnten sie am Ende das ›Wie‹ sogar rekonstruieren (in diesem Punkt würde ich mir nichts vormachen – ich mache mir nie was vor); aber was das ›Warum‹ angeht, würden sie immer im dunkeln tappen. Wahrscheinlich würden sie auf organisiertes Verbrechen tippen. ›Bombe ging zu früh los‹, stünde nach Abschluß der Ermittlungen in den Zeitungen. ›Attentäter wurde von seiner eigenen Bombe getötet.‹

Natürlich konnten sie mich noch immer kriegen. Das Auto wurde, je länger ich es behielt, immer mehr zu einer Gefahr. Aber Ruth, die leise vor sich hinsummte, schien das kalt zu lassen. Und mich ließ es auch kalt. Man muß in solchen Dingen improvisieren.

Kurz vor Columbia Missouri hörte Ruth auf zu summen und fragte mich: »Weißt du, warum Helen Keller keine Kinder kriegen kann?«

»Nein.«

»Weil sie tot ist.«

Ich drehte das Fenster hoch, um sie besser verstehen zu können. »Das ist echt lustig«, sagte ich.

»Find ich auch. Ich hab's in einem Restaurant gehört.« Eine Minute später fragte sie: »Wer ist eigentlich Helen Keller?«

»Eine tote Frau.« Ein Insekt zerplatzte auf der Windschutzscheibe. Die Lichter der entgegenkommenden Autos brachen sich in dem Geschmier, das es auf der Scheibe hinterließ.

»Sie muß berühmt sein«, meinte Ruth. »Ich mag berühmte Leute. Hast du schon mal welche kennengelernt? War der Mann, den du verbrannt hast, berühmt?«

»Wahrscheinlich nicht. Ich mach mir nichts mehr aus berühmten Leuten.« Das letzte Mal, daß ich was mit jemandem zu tun hatte – und das auch nur am Rande –, der berühmt war, das war, als ich die Richtung des Bandes über dem Schloß im Watergate so veränderte, daß Frank Wills es sehen würde. Ruth sah nicht wie jemand aus, der darüber etwas wußte. »Ich war auch bei dem Attentat auf Kennedy dabei«, sagte ich, »aber ich hatte damit nichts zu tun.«

»Wer war Kennedy?«

Ich mußte lächeln. »Wie lange bist du schon hier?« Ich zeigte auf ihre winzige Handtasche. »Ist das alles, was du bei dir hast?«

Sie rutschte zu mir herüber und legte den Kopf an meine Schulter. »Ich brauche nicht mehr.«

»Keine Kleider?«

»Die hab ich in Kansas City gelassen. Wir können jederzeit neue organisieren.«

»Sicher«, sagte ich.

Sie öffnete die Handtasche und holte eine Aspirinschachtel aus Plastik heraus. Daraus nahm sie zwei gelbblaue Kapseln. Sie legte sie auf die Handfläche und hielt sie mir unter die Nase. »Serometh?«

»Nein, danke.«

Sie tat eine der Kapseln wieder in die Schachtel zurück und preßte sich die andere unter die Nase. Sie seufzte und schmiegte sich noch ein wenig enger an mich. Wir hatten jetzt Columbia erreicht, und ich kriegte langsam Hunger. Als ich vor einem McDonald's anhielt, sprang sie aus dem Wagen und rannte, bevor ich sie hätte aufhalten können, quer über den Parkplatz in die angrenzende Einkaufsgalerie. Ich war ein bißchen nervös wegen des Wagens und behielt ihn deshalb ständig im Auge, während ich meinen Big Mac verspeiste. Sie kam nicht zurück. Ich ging über den Parkplatz in die Einkaufsgalerie, fand ein Tabakgeschäft und kaufte mir ein paar Zigarren. Als ich zum Auto zurückschlenderte, wartete sie dort schon auf mich. Sie trat nervös von einem Fuß auf den anderen und zerrte am Türgriff. Serometh macht ungeduldig. Sie hatte eine enge, schwarzglänzende Hose an, weiß-rosa karierte Turnschuhe und eine heiße rosafarbene Bluse. »Los, mach schon!« zischte sie mir entgegen.

Ich ging extra noch ein bißchen langsamer. Sie zappelte, als würde sie sich jeden Moment in die Hose machen, und biß sich mit ihren makellosen weißen Zähnen hektisch auf die Unterlippe. Ich kramte seelenruhig nach dem Autoschlüssel. In diesem Moment kamen ein Sicherheitsbeamter und ein junger Mann in Hemdbrust und Schlips aus dem Eingang der Galerie gestürmt und blickten suchend über den Parkplatz. »Hübsche Klamotten«, sagte ich. »Waren bestimmt nicht billig.«

Sie schaute nervös über die Schulter und sah den Sicherheitsbeamten, der sie in dem Moment ebenfalls entdeckt hatte. »He, Sie da!« rief er und rannte in unsere Richtung. Ich glitt hinters Steuer und entriegelte die Beifahrertür. Ruth hatte ihre Handtasche aufgerissen und nahm eine kleine Pistole heraus. Ich stieß die Beifahrertür auf, packte ihren Arm und zerrte sie in den Wagen. Sie kreischte, und ihr Schuß ging ins Blaue. Der Sicherheitsbeamte ging trotzdem zu Boden; wahrscheinlich vor lauter Schreck. Zum zweiten Mal an diesem Tag testete ich die Beschleunigung des Citation. Ruths Tür knallte ins Schloß, und weg waren wir.

»Du gemeines Stück«, sagte sie, als wir in die Einfahrt zur Interstate bogen. »Du bist ein mieser Konservativer. Wegen dir hab ich danebengeschossen.« Aber noch während sie das sagte, lächelte sie schon wieder und fuhr mir mit der Hand über die Innenseite des Oberschenkels. Ich war mir sicher, soviel Spaß hatte sie noch nie im zwanzigsten Jahrhundert gehabt.

Aus irgendeinem Grund zitterte ich. »Gib mir eine von deinen Serometh«, sagte ich.

Ungefähr um Mitternacht hielten wir in St. Louis an einem Holiday Inn. Wir trugen uns als Mr. und Mrs. Gerald Bruno ein (ein alter Bekannter) und bezahlten im voraus. Niemand machte eine Bemerkung über unseren offensichtlichen Altersunterschied. Echt diskret. Ich kaufte eine *Post-Dispatch,* und wir gingen auf unser Zimmer. Ruth fläzte sich mit gelangweiltem Gesicht auf das Bett, aber ich mußte mich dank ihrer Cowboynummer erst noch um ein paar andere Dinge kümmern. Ich schenkte mir ein Glas Chivas ein, ging ins Bad, nahm mein Toupet ab und spülte es durchs Klo, duschte, tat eine frische Klinge in meinen Rasierapparat und rasierte mir den Schädel kahl. Lex Luthor-Look. Dabei schnitt ich mich. Das brachte mich zum Lachen, und ich konnte nicht mehr aufhören. Ruth spähte zur Tür herein und fand mich vor dem Spiegel stehend und mir den Schädel mit einem blutigen Kleenex abtupfend.

»Du bist ein Wrack«, sagte sie.

Vor Lachen wäre ich fast in die Toilette gefallen. Sie hatte ja absolut recht. Unter Kichern brachte ich heraus: »Du darfst nie zu lange an einem Ort bleiben, wenn du so unvorsichtig bist, wie du es heute abend warst.«

Sie zuckte die Achseln. »Ich wette, ich bin länger dabei als du.« Sie zog sich aus und stieg unter die Dusche. Ich ging ins Bett.

Das Zimmer umhüllte mich mit seiner trostlosen Mittelmäßigkeit aus goldfarbenem Teppich und grüner Bettdecke. Es fällt manchmal schwer, sich daran zu erinnern, daß die Dinge einmal anders waren. Im Jahre 1596 ritt ich mit Essex zum Hofe; ich schlief in einem Gemach von äußerstem, schrillem Prunk (vergoldete Wappen in den Ecken der Decke, rosafarbene Cupido-Engel, die sich auf den Wänden tummelten), in einem Bett, das schon von jeder Schlampe der Stadt gewärmt worden war. Und hier saß ich nun im Holiday Inn mit meinem Drink, in meiner pastellblauen Schlafanzughose, rauchte eine Zigarre und las eine Zeitung aus dem späten zwanzigsten Jahrhundert. Ein Erdbeben in Peru hatte nach ersten Schätzungen allein in Lima 8000 Menschenleben gefordert. Nein. Ein Stahlarbeiter aus Gary Indiana war des Mordes an sechs Kleinkindern überführt worden; die Leichen hatte er in seinem Keller vergraben. Vielleicht. Der Präsident weigert sich, die Entschließung seines Obersten Gerichtshofes durchzuführen, weil sie ›den Willen des amerikanischen Volkes untergräbt‹. Wahrscheinlich nicht.

Wir sind überall. Aber nicht überall.

Ruth kam aus dem Bad, sah mich, guckte, guckte noch mal. »Du siehst – perfekt aus«, sagte sie. Sie legte sich, nackt, wie sie war, neben mich aufs Bett und schnupperte an meinem Glas Chivas. Sie kräuselte die Lippen. Dann spähte sie über meine Schulter auf die Zeitung. »Kannst du das Zeug da verstehen?«

»Versuch nicht, mich auf den Arm zu nehmen. Lesen ist eine Fertigkeit, absolut notwendig zum Überleben. Ohne sie könntest du hier nicht lange bestehen.«

»Falsch.«

Ich kippte den Rest Scotch runter. Machte einen Zug an der Zigarre. Warf die Zeitung auf den Fußboden neben das Bett. Ich betrachtete eingehend ihren Körper. Selbst im entspannten Zustand waren die Muskeln in ihren Armen und in ihren Oberschenkeln deutlich ausgeprägt.

»Du riechst sogar so, als wärst du einer von ihnen«, sagte sie.

»Wie hast du die Sachen eigentlich durch die Alarmschranke des Geschäfts gekriegt? Die haben doch diese Etiketten dran, die einen Piepton auslösten.«

»Das war ein Kinderspiel. Ich hab die Schuhe anprobiert und bin einfach rausgegangen, als gerade keiner guckte. Im zweiten Laden hab ich die Hose mit in die

Umkleidekabine genommen, dann hab ich von den Beinen ein kleines Stück abgeschnitten, das Stück nämlich, an dem das Alarmetikett befestigt war, und sie angezogen. Die Bluse hab ich aus demselben Geschäft mitgenommen. Das Alarmetikett hab ich beim Rausgehen in meine Armbeuge geklemmt. Ganz einfach. Und angezogen hob ich sie dann im Damenklo in der Einkaufspassage.«

»Ich denk, du kannst nicht lesen. Woher wußtest du dann, welches das Damenklo war?«

»Auf der Tür ist ein Bild.«

Ich fühlte mich sehr müde und sehr alt. Ruth rutschte an mich heran. Sie fuhr mit dem Fuß an meinem Bein hoch und schob dabei das Hosenbein meines Schlafanzugs mit hoch. Ihr Oberschenkel glitt über meine Leiste. Ich fühlte, wie er hart wurde. »Laß das!« sagte ich. Sie spielte mit der Zunge an meiner Brustwarze.

Ich konnte es nicht mehr aushalten. Ich machte mich mit einem Ruck von ihr frei und sprang aus dem Bett. »Ich kann dich nicht leiden.«

Sie guckte mich mit unschuldigen Augen an. »Ich kann dich auch nicht leiden.«

Obgleich der menschliche Körper ihn abstieß, war Jonathan Swift leidenschaftlich verliebt in eine Frau namens Esther Johnson. »Was du in der Einkaufspassage getan hast, war hirnrissig«, sagte ich. »Du hättest den Sicherheitsbeamten um ein Haar getötet.«

»Womit ich an dem Tag mit dir gleichgezogen hätte.«

»Das in Kansas City war was anderes.«

»Wir können die Bullen dort ja fragen, ob sie das auch finden.«

»Du verstehst das nicht. Die Sache in Kansas City hatte Stil und Eleganz. Aber was du getan hast, war schlicht unelegant und plump. Und das schlimmste: Es war nicht einfach so, grundlos und aus Spaß an der Freude. Du hast die Sachen für dich selbst gestohlen, und das hasse ich.« Ich schüttelte mich.

»Wer hat diese ganzen Gesetze gemacht?«

»Ich.«

Sie starrte mich verblüfft an. »Du bist nicht bloß ein Konservativer. Du bist ja richtig verwildert!«

Ich begehrte sie so heftig, daß es weh tat. »Nein, das bin ich nicht«, sagte ich, aber selbst für mich klang meine Stimme verängstigt.

Ruth kam aus dem Bett. Sie schmiegte sich an mich, legte ihre Hand auf meinen Rücken und preßte sich fest gegen mich. Sie schaute zu mir auf mit Augen, in denen nichts als Begierde zu lesen war. »Du kannst alles mit mir tun, was du willst«, flüsterte sie. Mit einem Gefühl, daß ich dabei war, alles zu verlieren, küßte ich sie. Was dann kam, brauchen Sie nicht zu wissen.

Ich erwachte, als sie verschwand: Es gab ein Geräusch, wie wenn ein Arm über Stoff streicht, ein Luftzug entstand für einen kurzen Moment an der Stelle, die sie ausgefüllt hatte. Ich ließ meinen Blick durch das immer noch hellerleuchtete Zimmer schweifen. Der Morgen war noch nicht angebrochen. Die Kette hing vor der Tür; ihre Kleider hingen noch über dem Sessel. Die Aspirinschachtel hatte sie neben meiner Scotchflasche liegen gelassen.

Sie war fort. Gut, dachte ich; jetzt kann ich weitermachen. Aber ich stellte fest, daß ich nicht mehr einschlafen konnte, daß ich fortwährend nachdenken mußte. Ruth muß sehr gut darin sein, oder vielleicht ist ihre Art zu denken auch anders als meine. Ich stand aus dem Bett auf, beschloß, es noch einmal zu versuchen, fürchtete aber immer noch das Unvermeidliche. Ich ließ heißes Wasser in die Wanne einlaufen. Ich stieg hinein, schwer atmend. Ich nahm die Klinge aus meinem Rasierapparat. Ich hielt den linken Arm knapp unter die Wasseroberfläche, zögerte einen Moment, und dann zog ich die Klinge ein, zwei, drei Mal kräftig in Längsrichtung über mein linkes Handgelenk. Der Schock überkam mich immer noch, genauso heftig wie eh und je. Ich nahm die Klinge in die blutüberströmte linke Hand und schnitt mir das rechte Handgelenk auf. Es ging ganz schnell und glatt. Mein Herz pochte schnell und leicht, das Blut floß wie aus Gießkannen. Das Badewasser färbte sich schon rot. Ich spürte, wie mir die Sinne zu schwinden begannen – ja, diesmal würde es klappen, diesmal ja. Das Badezimmer begann vor meinen Augen zu verschwimmen, aber im letzten Moment, bevor ich das Bewußtsein verlor, sah ich mit Entsetzen, daß die Wunden sich wieder zu schließen begannen, wie sie es schon so oft zuvor getan hatten. Denn in der Zukunft wird die Medizin so weit fortgeschritten sein, daß die Menschen keine Angst mehr vor dem Tod zu haben brauchen.

Die rosafarbenen Finger der Morgendämmerung fanden mich noch immer bewußtlos liegend. Ich kam erst zu mir gegen elf, mit pochendem Schädel, so schwach, daß ich es kaum schaffte, aus dem kalten blutigen Wasser zu steigen. Meine Handgelenke wiesen nicht einmal mehr Narben auf. Ich taumelte in das andere Zimmer und spülte eine von Ruths Megamphetamintabletten mit zwei Fingerbreit Whisky runter. Sofort fühlte ich mich besser. Komisch, wie das manchmal geht, nicht? Das Zimmermädchen klopfte, als ich gerade das Badezimmer vom Blut säuberte. Ich rief ihr zu, sie solle später wiederkommen, beeilte mich, das Badezimmer sauber zu kriegen, und verließ danach sofort das Motel. Zum Frühstück aß ich Haferflocken mit Milch und Erdbeeren. Ich war voller Ideen. Aus dem Telefonbuch suchte ich mir die Adresse eines günstig gelegenen Sport- und Freizeitklubs heraus.

Der Oak Hill Sportclub in Florisant Missouri ist keine Einrichtung für Superreiche; zumindest macht er nicht diesen Eindruck. Ich wette mit Ihnen, daß die Mitgliederschaft nicht von einem so reinen Weiß ist wie das stuckverzierte Klubhaus. Mir war das ganz recht so. Ich stellte den Citation auf dem fast leeren Parkplatz ab, nahm meine neue Golfausrüstung aus dem Kofferraum und machte mich auf den Weg zum Umkleideraum, wobei ich mir alle Mühe gab, wie ein Zahnarzt auszusehen. Ich absolvierte erfolgreich den Spießrutenlauf durch den Zeugraum, wo der Zeugwart gerade damit beschäftigt war, einem gelangweilt dreinschauenden Caddy zu erzählen, warum den Cardinals in der Play-Off-Runde die Luft ausgehen würde. Als ich in den Umkleideraum schlenderte, hörte ich, daß die Duschen liefen. Ich warf meine Tasche in die Ecke. Jemand sang mit schauerlicher Stimme ›Ode to Joy‹.

Ich begann, die Spinde abzuklappern, in der Hoffnung, daß ich vielleicht einen finden würde, der nicht abgeschlossen war und in dem die Kleider seines Besitzers hingen. Ich würde mir die Schlüssel aus der Hosentasche meines Wohltäters nehmen und fröhlich meines Weges gehen. Ruth hätte mir jetzt vorgeworfen, ich würde eigennützig handeln; einen winzigen Moment lang hatte ich auch tatsächlich Schuldgefühle. Solche Skrupel sind der Keim des Versagens: Als ich vor einem Spind stehenblieb, dessen Inhalt vielversprechend aussah, und einen Augenblick zögerte, kam ein Golfer zusammen mit dem Wärter des Umkleideraums hereingeschneit. Ich begann mich geistesgegenwärtig sofort auszuziehen und hielt dabei meinen Kopf ein wenig gesenkt, so daß mein Gesicht durch die Spindtür verdeckt war. Der Golfer verschwand gleich darauf wieder, aber der Wärter setzte sich hin und begann ein zerfleddertes *Penthouse* durchzublättern. Mir blieb nichts anderes übrig, als mich ganz auszuziehen und in den Duschraum zu gehen. Ich fühlte mich, als stünde ich unter Strom. Vielleicht kriegte der Bursche ja einen Steifen und ging aufs Klo, um sich einen runterzuholen.

Unter der Dusche stand nur ein einziger Mann, der Opernbuffo, ein etwas fülliger Herr, der seine Gesangsdarbietung barmherzigerweise beendete, als ich reinkam. Er strengte sich mächtig an, mich zu ignorieren. Ich ignorierte ihn gleichfalls: Wir waren beide kein umwerfender Anblick. Ich wartete noch endlos lange fünf Minuten, nachdem er rausgegangen war. Zwei weitere Männer kamen unter die Dusche, und ich schlenderte betont gelassen hinaus. Der Raumwart stapelte gerade Handtücher auf einen Tisch. Ich fischte einen Fünfdollarschein aus meiner Jacke und ging zu ihm. Ganz beiläufig nahm ich mir ein Handtuch von dem Stapel.

»Hör mal, mein Freund, bist du so nett und holst mir eine Packung Marlboro?«

Er nahm das Geld und ging hinaus.

In einem zweiten nicht abgeschlossenen Spind fand ich in einer Hosentasche die Schlüssel von einem Audi. Ich war nicht wählerisch. Ich zog mich in Rekordzeit an. Die neuen Schläger ließ ich neben dem gefilzten Spind liegen. Auf einen Zettel, den ich in den Spind legte, schrieb ich: ›Die echten Produkte Amerikas werden wahnsinnig.‹ Auf dem Parkplatz standen drei Autos zur Auswahl, zwei 4000er und ein Fox. Die Tür des Fox ließ sich mit dem Schlüssel nicht öffnen. Ich war nervös, aber fast schon siegessicher, als ich um die Vorderseite eines großen Chrysler herumging ...

»Hey!«

Mein Knie gab nach, und ich knallte gegen die Stoßstange des Wagens. Die Schlüssel glitten mir aus der Hand und fielen klirrend auf die Motorhaube und von da aus auf die Erde. Mit schmerzverzerrtem Gesicht humpelte ich zu ihnen und hob sie auf. Im Bücken spähte ich nach hinten über die Schulter. Es war der Raumwart.

»Ihre Zigaretten!« Er schaute mich auf die Art an, wie ein Sechzehnjähriger seinen Vater anschaut, das heißt, mit gelangweiltem Zweifel. Alle unsere Götter werden am Ende armselig und läppisch. Es war Zeit, daß ich mich spontan freundlich zeigte. Wie die Dinge lagen, würde er sich nur zu gut an mich erinnern.

»Vielen Dank«, sagte ich. Ich humpelte zu ihm, steckte die Schachtel in meine Hemdtasche. Er wandte sich zum Gehen, aber ich konnte nicht anders: »Und was ist mit meinem Wechselgeld?«

Oh, dieses unverschämte Schweigen! Ich frage mich, was du ihnen erzählt hast, als sie dich über mich ausfragten, mein Junge. Er gab mir das Geld. Ich gab ihm einen Vierteldollar Trinkgeld und warf ihm dabei Mr. Graves' Bankangestelltenlächeln zu. Er studierte mich. Ich drehte mich um und steckte den Schlüssel in das Schloß des Audi. Meine Chancen standen fünfzig zu fünfzig. Wäre ich einer von der Sorte gewesen, die beten, dann hätte ich vielleicht in dem Moment ein Stoßgebet zu einem jener läppischen Götter geschickt. Der Schlüssel ließ sich widerstandslos drehen; die Tür ging auf. Der Bursche schlurfte zum Klubhaus zurück, angewidert von mir und seinem miesen Lakeienjob. Oder vielleicht schaffte er es auch, einfach nur zu lächeln. Lachen – die beste Medizin.

Ein bißchen auf die Tube gedrückt, dann wieder zurück auf die Interstate 70. Meine Hüfte tat mir noch während der ganzen Fahrt durch Illinois weh.

Ursprünglich hatte ich die Absicht gehabt, mich gemütlich nach Osten durchzuschlagen, nach Buffalo New York; aber nach der Oak-Hill-Geschichte hielt ich es für besser, eine Abkürzung zu nehmen. Wenn ich auf der Interstate blieb, würden sie mich über kurz oder lang schnappen. Ich konnte von Glück reden, daß ich überhaupt schon so weit gekommen war. Gleich hinter Indianapolis bog ich auf die 37 ab, die nach Norden Richtung Fort Wayne und Detroit führte.

Ich war freilich nicht völlig eingeschüchtert. Fünfundzwanzig Jahre zur selben Zeit hatten mich die richtigen Instinkte entwickeln lassen, und als der Abend und die freundlichen Insekten kamen, die mich mit ihrem Singen begleiteten, erfüllte mich die Monotonie der

Landstraße mit neuer Unbekümmertheit. Hatten mich in diesen fünfundzwanzig Jahren nicht schon zu viele Leute gesehen? Tausende hatten in mein ehrliches Gesicht geblickt – und wo waren sie jetzt? Ruth hatte mich daran erinnert, daß ich hier nicht festklebte. Bald würde ich diesem letzten Abenteuer so oder so ein Ende setzen, und wenn ich das erst getan hätte, würde es in Gottes grüner Welt keinen Grund mehr geben, mich zu verdächtigen.

Nördlich von Fort Wayne, auf dem Highway 6, einer gottverlassenen Landstraße (was in aller Welt hatte ihn dorthin verschlagen?), hielt ich an, um einen jungen Anhalter mitzunehmen. Er trug eine schäbige schwarze Lederjacke. Sein Haar war an den Seiten kurzgeschoren und oben auf dem Kopf zu spitz aufragenden Stacheln zusammengeklebt; unten fiel es ihm in langen fettigen Strähnen über den Kragen. Eine Seite war grell orange gefärbt, die andere braun mit einer weißen zickzackförmig laufenden Strähne. Auf seinem Rucksack prangte ein Fragezeichen. Er warf den Rucksack auf den Rücksitz und stieg vorn ein.

»Danke, daß Sie mich mitnehmen.« Es klang allerdings nicht so, als würde er es so meinen. »Wohin fahren Sie?«

»Nach Flint. Und Sie? Wo wollen Sie hin?«

»Flint ist schon okay. Ist auch nicht besser oder schlechter als anderswo.«

»Na ja, wie Sie wollen.« Ich fuhr los, und wir gewannen rasch an Geschwindigkeit. »Sie sollten sich anschnallen«, sagte ich.

»Wieso?«

Er war einer von der muffigen Sorte. »Weil es nicht nur vernünftig ist, sondern auch Vorschrift.«

»Könnten Sie mal das Innenlicht anmachen?« Er zog ein Kreuzworträtselheft und einen Bleistift aus seiner Jackentasche. Ich schaltete ihm die Innenbeleuchtung ein.

»Ich sehe es gern, wenn ein junger Mensch sich weiterbildet«, sagte ich.

Sein Blick war ein fast hörbares Seufzen. »Ein Wort mit fünf Buchstaben für ›niedrigster Punkt‹?«

»Nadir«, antwortete ich.

»Stimmt; kommt hin. Eins mit vier Buchstaben für ›aufgefüllt‹.«

»Voll.«

»Sie haben echt was drauf.« Er starrte eine Minute lang auf das Kreuzworträtsel, dann kurbelte er plötzlich sein Fenster runter und warf das Heft und den Bleistift hinaus. Er kurbelte das Fenster wieder hoch und starrte sein Spiegelbild darin an; dabei wandte er mir den Rükken zu. So einfach konnte ich ihn nicht davonkommen lassen. Ich knipste das Innenlicht aus, und die Dunkelheit sprang herein.

»Wie heißt du, mein Sohn? Was macht dich so wütend?«

»Milo. Sagen Sie, sind Sie schwul? Wenn ja, mir macht es nichts aus, aber es kostet Sie was ... wenn ich ... wenn ich Ihnen behilflich sein soll.«

Ich lächelte und stellte den Rückspiegel so ein, daß ich ihn im Blick hatte – und er mich. »Nein, ich bin nicht schwul. Mein Name ist Loki.« Ich hielt ihm die rechte Hand hin, wobei ich den Blick auf die Fahrbahn gerichtet hielt.

Er schaute auf die Hand. »Loki?«

Kein besserer und kein schlechterer Name als andere auch. »Ja. Wie der nordische Gott.«

Er lachte. »Klar, Loki. Ganz wie du willst. Leck mich am Arsch.«

Was für eine melodische Stimme. »Also, das ist ja ein Ding, echt. Mir scheint, Milo – wenn du nichts dagegen hast, daß ich dir gegenüber meine unmaßgebliche Meinung äußere –, du hast eine Art Verhaltensproblem.« Ich drückte den Zigarettenanzünder rein, langte nach hinten auf den Rücksitz und fingerte mir eine Zigarre aus der Jackentasche, wobei ich den Wagen über die gesamte Fahrbahnbreite des Highway 6 schlingern ließ. Ich biß die Spitze der Zigarre ab und spuckte sie aus dem Fenster. Dann zog ich den Anzünder raus und fachte sie an. Meine Insekten wimmerten. Ich kann Ihnen nicht beschreiben, wie gut ich mich fühlte.

»Nehmen wir zum Beispiel das Kreuzworträtselheft. Warum hast du es aus dem Fenster geschmissen?«

Ich konnte sehen, wie Milo mich im Rückspiegel musterte. Er wußte nicht so recht, ob er mich ernst nehmen sollte. Die Scheinwerfer schnitten einen fächerförmigen Lichtkegel aus der Dunkelheit vor uns, die weißen Markierungsstreifen in der Mitte der Fahrbahn pulsierten wie rasendes Herzklopfen. Versuch dein Glück, Milo! Was hast du zu verlieren?

»Ich hatte die Schnauze voll«, sagte er. »Zeitverschwendung. Ich mach mir nichts aus blöden Spielen.«

»Genau. Es ist bloß ein Spiel. Was zum Zeittotschlagen. Aus einem Kreuzworträtsel hat noch nie jemand wirklich was gelernt. Rechtsanwälte kommen bestimmt nicht an ihre Porsches, weil sie ihre Wortgewandtheit durch Kreuzworträtsel schärfen. Stimmt's?«

»Ich mach mir nichts aus Porsches.«

»Ich auch nicht, Milo. Ich fahr einen Audi.«

Milo seufzte.

»Ich weiß, Milo. Darauf kommt's nicht an. Die Sache ist nämlich die, daß alles bloß ein Spiel ist, egal ob Kreuzworträtsel oder Rechtskunde. Manche Leute widmen ihr Leben Jesus; andere widmen ihr Leben nekkischen Spielchen. Im Endeffekt läuft alles auf dasselbe raus. Man wird alt, und am Ende stirbt man.«

»Erzähl mir mal was, was ich noch nicht weiß.«

»Was glaubst du, warum ich dich mitgenommen habe, Milo? Ich hab dein Fragezeichen gesehen, und es hat mich irgendwie angesprochen. Wahrscheinlich denkst du, ich wär irgendein Perversling, der drauf aus ist, dich auszunutzen. Ich hab einen komischen Namen.

Ich red nicht so wie der typische Businessman um die Fünfzig. Vergiß es!« Die alte Erregung packte mich wieder. Meine Stimme wurde immer lauter, während mein Fuß das Gaspedal tiefer durchtrat. Der Wagen schoß vorwärts. »Ich glaube, du bist genauso angewidert von dem Materialismus und der Scheinheiligkeit in Amerika wie ich. Junge Leute wie du, mit orangefarbenem Haar und Spikes auf dem Kopf, versuchen, irgendwelche Werte in einer Welt zu finden, die ihnen anstelle von Ideen nur noch Müll zu bieten hat. Aber zu viele von euch verfallen dann gleich ins andere Extrem. Drogen, Gewalt, religiöser Fanatismus, Sexsicht. Andere, zu denen, wenn ich mich nicht irre, auch du zählst, neigen zum Selbstmord. Tu's nicht, Milo! Dein Leben ist zu wertvoll.« Die Tachonadel zeigte jetzt fast fünfundachtzig Meilen an. Milo suchte tastend nach seinem Sicherheitsgurt, konnte ihn aber nicht finden.

Ich wedelte mit der Hand, die die Zigarre hielt, in seine Richtung. »Was ist, Milo? Kannst du den Gurt nicht finden?« Die Nadel bewegte sich jetzt auf die neunzig zu. Ein Kleinlaster kam uns auf der Gegenfahrbahn entgegen. Als er an uns vorbeiraste, schlug mir der Fahrtwind, den er machte, gegen den Kopf und die Schulter. Fünfundneunzig.

»Denk nach, Milo! Wenn du genervt bist von der Gegenwart, von deinen Eltern und der Schule, denk über die Zukunft nach. Wie sieht die Zukunft aus, wenn dieser Trend, daß alle Werte immer mehr entwertet werden, in den nächsten hundert Jahren anhält? Denk über die Auswirkungen der neuen Technologien nach! Genspaltung, Altersforschung, künstliche Intelligenz, die Erforschung des Alls, biologische Waffen, Aufrüstung, die wahnsinnige Anhäufung von immer mehr Atomwaffen! Denk über die gewalttätigen reaktionären Bewegungen nach, die entstehen könnten – die schon im Entstehen sind, noch während wir hier sprechen, Milo – aus der verzweifelten Suche der Menschen nach etwas, woran sie sich halten können. Mal dir das Bild von der Art von Mann oder Frau aus, wie sie weitere hundert Jahre dieser Entwicklung produzieren würden!«

»Wovon reden Sie?« Er hatte einen Schrecken bekommen.

»Ich rede vom Überleben der Werte in Amerika! Schlicht und einfach davon.« Zigarrenrauch wirbelte vor den Lichtern am Armaturenbrett auf, und meine Stimme war auf Brüllautstärke angeschwollen. Milo klammerte sich an den Seiten seines Sitzes fest. Der Tacho zeigte hundertfünf Meilen an. »Und du, Milo, bist mittendrin in dieser Entwicklung. Wenn die Leute fortfahren, so zu denken wie du, Milo, wenn sie weiter so einfach ihre Kreuzworträtselhefte aus den Fenstern ihrer Audis in ganz Amerika schmeißen, *dann wird die Zukunft voll sein von absolut wertlosen Menschen!* Hab ich recht, MILO?« Ich lehnte mich zu ihm hinüber, wandte den Blick von der Fahrbahn und brüllte ihm mit einem Schwall Zigarrenrauch ins Gesicht: »HAST DU GEHÖRT, MILO? SCHREIB DIR MEINE WORTE HINTER DIE OHREN!«

»Jaja.«

»GOO, GOO, GA-GA-GAA!«

Ich trat das Gaspedal bis auf das Bodenblech durch. Der Wind heulte durch das Fenster. Die graue Fahrbahn des Highway flog unter uns vorüber.

»Merk dir meine Worte, Milo«, flüsterte ich. Er hörte mich nicht. »Fünfundzwanzig waagrecht. Acht Buchstaben. N-i-h-i-l-.«

Das Hämmern meines Pulses vereinte sich mit dem gedämpften Chor der Felder und dem Brüllen des Motors zu einem orkanartigen Tosen in meinen Ohren. Mein Körper war schweißnaß, meine Finger umkrallten das Lenkrad so fest, daß die Zigarre, die zwischen Zeige- und Ringfinger klemmte, in der Mitte plattgequetscht war wie eine Flunder; der Qualm brannte mir in den Augen. Ich trat auf die Bremse, schaltete fast gleichzeitig herunter. Das gemarterte Getriebe jaulte schmerzgepeinigt auf. Der Wagen schlingerte wie wild, rutschte von der Fahrbahn und nietete einen Begrenzungspfahl um. Milo knallte gegen die Windschutzscheibe. Der Wagen kam mit einem Ruck auf dem Kiesstreifen neben der Fahrbahn zum Stehen, direkt vor dem Schild *Willkommen in Ohio.*

Es waren weit und breit keine anderen Lichter auf dem Highway zu sehen; ich schaltete meine eigenen Scheinwerfer aus. Zitternd saß ich hinter dem Lenkrad; die kalte Nachtluft ließ mich frösteln. Die Insekten summten. Der Junge hing zusammengesunken über dem Armaturenbrett. Oberhalb seines Kopfes war die Windschutzscheibe spinnenförmig gesprungen, und als ich seine Stirn abtastete, fühlte ich warmes Blut an meinen Fingern. Ich stieg aus, ging zur Beifahrertür, öffnete sie, zog ihn heraus und schleifte ihn auf das Feld neben dem Highway. Er war erstaunlich leicht. Ich ließ ihn dort liegen, auf einem Sojabohnenfeld in Ohio an einem Sommerabend.

Die Stadt Detroit wurde von dem französischen Abenteurer Antoine de la Mothe Cadillac gegründet, einem Anhänger des Comte de Pontchartrain, Minister Ludwigs XIV, des Sonnenkönigs. Alle diese Männer verehrten den römisch-katholischen Gott, verteidigten ihre politische Stellung und scherten sich einen Dreck um die Zukunft. Cadillac, nach dem ein amerikanisches Automobil benannt wurde, suchte nach einem günstigen Ort, wo er seine eigenen ökonomischen Interessen vorantreiben konnte. Er landete am 24. Juli 1701 mit fünfzig Soldaten, einer ebenso großen Anzahl von Siedlern und ungefähr hundert freundlich gesinnten Indianern etwa an der Stelle, wo heute das Veterans Memorial Building steht, ein paar Minuten Fußweg vom Greyhound Busbahnhof entfernt.

Der Wagen war nach dem Unfall nicht mehr sonderlich gut gelaufen; der vierte Gang ließ sich nur noch mit Mühe einlegen, aber das war mir egal. Die Begegnung mit Milo war genau so verlaufen, wie solche Begegnungen verlaufen sollten, und sie war besonders erfreulich gewesen, weil sie völlig unvorhergesehen und ungeplant gewesen war. Ein Unfall, würde man glauben, ganz ohne Zweifel ein Unfall, aber exakt so, als hätte ich alles vorher minutiös geplant. Ich erreichte Detroit spät in der Nacht über die Route 12, die schließlich in die Michigan Avenue mündete. Die Luft war heiß und stickig. Ich erinnere mich, daß ich an der Cadillac-Fabrik vorbeikam: Unmengen von roten, grünen und gelben Lichtern, deren matter Widerschein auf düsterem Mauerwerk glänzte, und der Geruch von Auspuffgasen auf den Straßen der Stadt. Die Art von Gegend, zu der es mich zog, war nicht weit vom Tiger Stadium: Pfandhäuser, eine rund um die Uhr geöffnete Imbißstube, Waschsalons, schummrig beleuchtete Bars mit roten ›Stroh's‹-Leuchtreklamen in den Fenstern. Männer, die an Straßenecken herumhingen und gelangweilt von nirgendwo nach nirgendwo schlenderten.

Ich parkte in einer Seitenstraße, direkt um die Ecke von einem Seven-Eleven. Ich ließ den Motor laufen. In dem Laden drückte ich mich so lange vor einem Zeitschriftenregal herum, bis ich schließlich einen Motor aufheulen hörte und den Bruchteil einer Sekunde später den Audi am Schaufenster vorbeirasen sah. Ich kaufte eine *Time* und fuhr mit dem nächsten Bus in die Innenstadt. Am Greyhound-Bahnhof kaufte ich eine Fahrkarte für den nächsten Bus nach Toronto. Die Wartezeit verbrachte ich damit, mein Magazin zu lesen.

Wir stiegen ein. Auf der anderen Seite des Flusses hielten wir an der Zollstation an und stiegen wieder aus. »Name?« fragten sie mich.

»Gerald Spotsworth.«

»Geburtsort?«

»Calgary.« Ich gab ihnen meinen Ausweis. Das Paßphoto zeigte mich mit Haaren. Sie musterten mich. Sie ließen mich durch.

Ich arbeite in der Bibliothek der Universität von Toronto. Ich bin sehr belesen, Geschichtsstudent, ein ordentlicher kanadischer Bürger. Ich führe ein sitzendes Leben. Die Untergrundbahnen sind sauber, die Leute sind freundlich, die Restaurants sind ausgezeichnet. Der Himmel ist blau. Alles paletti.

Wir stiegen wieder ein. Außer mir gab es nur wenige Fahrgäste, und die meisten von ihnen waren bald eingeschlafen. Das einzige Licht im abgedunkelten Innern des Busses war die Lampe, die über meinem Kopf leuchtete. Ich war sehr müde, aber ich wollte nicht schlafen. Mir fiel ein, daß ich immer noch Ruths Pillen in meiner Jackentasche hatte. Ich mußte lächeln, als ich an die Zollbeamten dachte. Das einzige, was in der Schachtel übriggeblieben war, waren zwei winzige rosafarbene Tabletten. Ich wußte nicht, wofür oder wogegen sie waren, aber ich brach eine mit dem Daumennagel in der Mitte durch und schluckte eine Hälfte herunter. Sie machte mich sofort munter. Alles, was ich sah, schien plötzlich scharf umrissen. Das dunkelgrüne Plastik der Sitze. Die Gummimatte im Mittelgang. Meine Fingernägel. Alle Details waren losgelöst und traten scharf und deutlich hervor, gleichzeitig waren alle voneinander abhängig und auf seltsame Art miteinander verbunden. Ich mußte mindestens zehn Minuten lang eingehend die Fäden im Gewebe meines Hosenbeins studiert haben, als sich plötzlich jemand neben mich setzte und mich aus meiner Betrachtung aufschreckte. Es war Ruth. »Du bist zurückgekommen!« rief ich verdutzt.

»Wir sind alle zurückgekommen«, sagte sie. Ich blickte mich um. Es stimmte: Auf der anderen Seite des Mittelgangs, zwei Sitzreihen vor mir, saß Milo und schaute mich über die Schulter an. An seiner Stirn lief Blut herunter. Sein Mund war zu einem traurigen Lächeln verzogen. Mr. Graves stand vom Vordersitz auf, kam den Gang herunter und schüttelte mir die Hand. Dann sah ich den feisten Sänger aus dem Golfclub. Er war immer noch nackt. Und da saß der Bengel aus dem Umkleideraum, den ich Zigaretten holen geschickt hatte. Ein Flackern kam aus dem hinteren Teil des Busses; als ich mich umwandte, stand der brennende Mann da. Seine Augenhöhlen waren zwei dunkle Löcher hinter den wabernden Flammen. Und dort: der Wachmann aus der Einkaufspassage. Hector aus dem Eisenwarengeschäft. Sie alle sahen mich an.

»Was tust du hier?« fragte ich Ruth.

»Wir konnten nicht zulassen, daß du weiter so denkst, wie du es tust. Du tust, als wäre ich irgendein Ungeheuer. Ich bin bloß eine Person.«

»Eine recht hübsch aussehende junge Dame«, fügte Graves hinzu.

»Menschen sind Ungeheuer«, sagte ich.

»Wie du, hä?« fragte Ruth. »Aber sie können auch Heilige sein.«

Das brachte mich zum Lachen. »Komm mir nicht mit Platitüden! Du kannst ja nicht mal lesen.«

»Du tust, als wär Lesen was unheimlich Tolles. Nun, ja, die Zeiten ändern sich. Ich komme doch ganz gut über die Runden, findest du nicht?«

Der Wachmann aus der Einkaufspassage meldete sich zu Wort. »Nun ja, Miß, aufmerksam geworden sind wir deshalb auf Sie, weil Sie dabei gesehen wurden, daß Sie auf die Herrentoilette gingen.« Er sah verlegen aus.

»Aber Sie haben mich nicht geschnappt, oder?« schnauzte Ruth bissig zurück. Sie wandte sich wieder mir zu. »Du hast Angst vor der Veränderung. Kein Wunder, daß du hier in der Vergangenheit lebst.«

»Ich bilde mir das alles hier nur ein«, sagte ich. »Das kommt von deinen Tabletten.«

»Sie bilden sich das alles ein«, bestätigte der brennende Mann. Seine Stimme war ein Flüstern. »Was Sie in der Zukunft sehen, ist das, was Sie imstande sind zu sehen. Sie haben kein Vertrauen in Gott oder in Ihre Mitmenschen.«

»Er hat recht«, sagte Ruth.

»Gelaber. Psychogeschwafel.«

»Apropos Gelaber«, sagte Milo; »ich hab rausgekriegt, woher Sie dieses Goo-goo-goo-Geblubber haben. Das ...«

»Ist doch auch egal«, unterbrach ihn Ruth. »Hier ist die Wahrheit. Die Zukunft ist bloß ein Ort. Die Leute dort sind bloß Leute. Sie leben anders. Na und? Die Leute machen aus der Welt, was sie wollen. Man kann den Fehlern und Schwächen der Menschen nicht dadurch entrinnen, daß man in die Vergangenheit abhaut.« Sie legte ihre Hand auf mein Bein. »Ich sag dir, was du findest, wenn du nach Toronto kommst«, sagte sie. »Noch eine Stadt voller Menschen.«

Das Ganze war verrückt. Ich wußte, daß es verrückt war. Ich wußte, daß das alles nicht real war, aber trotzdem bekam ich immer mehr Angst. »Also ist die Zukunft bloß die Gegenwart, in Großformat«, sagte ich bitter. »Auch nur dummes Gelaber.«

»Genau! Zeig's ihr, Kumpel!« feuerte mich der Bengel aus dem Umkleideraum an.

Hector, der die ganze Zeit schweigend zugehört hatte, meldete sich zu Wort. »Für einen aus der Zukunft reden Sie aber sehr wie ein Einheimischer.«

»Du laberst den absoluten Oberscheiß daher«, sagte Milo. »Manche Leute widmen ihr Leben neckischen Spielchen ... Jesus!«

Mir wurde schwindlig. »Leck mich auch am Arsch, Milo!« Ich schüttelte heftig den Kopf, so als könnte ich sie dadurch loswerden. Das war ein Fehler: Der Bus begann zu stampfen wie ein Segelboot bei hohem Wellengang. Ich hangelte nach Ruths Arm, verfehlte ihn aber. »Wer fährt dieses Ding?« fragte ich und versuchte, von meinem Sitz hochzukommen.

»Keine Sorge!« sagte Graves. »Er weiß, was er tut.«

»Er hat einen Stromausfall im Gehirn«, sagte Milo.

»Du könntest es auch nicht besser machen«, sagte Ruth und zog mich wieder zurück auf den Sitz.

»Niemand fährt«, sagte der brennende Mann.

»Wir bauen einen Crash!« Ich fühlte mich jetzt so schwindlig, daß ich mich unheimlich zusammennehmen mußte, um nicht zu kotzen. Ich schloß die Augen und schluckte. Das schien zu helfen. Eine lange Zeit verging; irgendwann muß ich schließlich eingeschlafen sein.

Als ich aufwachte, war später Vormittag, und wir fuhren in die Stadt ein. Es ging gerade die Eglinton Avenue hinunter. Der Bus hatte doch einen Fahrer, einen schlanken Schwarzen mit sorgfältig gestutzten Koteletten, der seine Uniformmütze keck auf das eine Ohr geschoben hatte. Auf einem Schild über der Windschutzscheibe stand ›Ihr Fahrer – sicher und stets zuvorkommend‹ und darunter, auf dem herausnehmbaren Namensschild ›Wilbert Caul‹. Ich hatte das Gefühl, aus einem Alptraum zu erwachen. Ich fühlte mich glücklich. Ich reckte und streckte mich, um die Verspannungen aus dem Rücken zu kriegen. Ein junger Soldat, der auf der anderen Seite des Ganges auf gleicher Höhe mit mir saß, blickte in meine Richtung. Ich lächelte, und er erwiderte flüchtig mein Lächeln.

»Sie haben heute nacht ein paarmal im Schlaf vor sich hin gemurmelt«, sagte er.

»Tut mir leid. Ich träume manchmal schlecht.«

»Sie brauchen sich dafür doch nicht zu entschuldigen. Mir passiert das auch hin und wieder.« Er hatte ein rundes offenes Gesicht, das entschuldigend grinste. Er war vielleicht zwanzig. Wer weiß, wo seine Träume herkamen? Wir plauderten, bis der Bus am Bahnhof ankam. Er schüttelte mir zum Abschied die Hand und sagte, es hätte ihn gefreut, mich kennenzulernen. Er nannte mich ›Sir‹.

Da ich erst Montag wieder meinen Dienst in der Bibliothek anzutreten brauchte, ging ich hinüber zur Yonge Street. In den Geschäften war viel Betrieb, die Touristen waren in hellen Scharen unterwegs, die Varietés und Sex-Shows hatten regen Zulauf. Polizisten mit scharfen Bügelfalten in den Hosen und weißen Handschuhen schlenderten zwischen den Fußgängern hin und her. Es war ein strahlend heller, wolkenloser Tag, aber der Wind, der vom See die Straße heraufwehte, war kühl. Ich stand auf dem Bürgersteig vor einem der Striplokale und schaute mir das Video an, das die Passanten zum Eintreten animieren sollte. Die Prinzessin Laya. Sondra Nieve, ›the Human Operator‹. Die moderne Technik hat den traditionellen Marktschreier ersetzt, aber die Körper sind mehr oder weniger die gleichen geblieben. Die Beharrlichkeit, mit der ihr weiter an Sex und Maschinen glaubt, ist der Beweis für eure Fähigkeit zu hoffen.

Francis Bacon sah in seinem Meisterwerk *Das neue Atlantis* die utopische Welt voraus, die entstehen würde durch die Anwendung der experimentellen Wissenschaft auf soziale Probleme. Die Probleme seiner eigenen Zeit vermochte er indes nicht zu lösen. Er wurde schließlich beschuldigt, Bestechungsgelder angenommen zu haben, zu einer Geldstrafe von 40000 Pfund verurteilt und in den Tower geworfen. Er flehte aber nicht Gott um Hilfe an, sondern widmete sich ganz der Entwicklung solcher Tugenden wie Geduld und Hinnahme. Schließlich wurde er freigelassen. Wenig später, an einem Frosttag im späten März, als wir gerade in der Nähe von Highgate unterwegs waren, brachte ich ihn auf die Idee, daß Kälte vielleicht den Prozeß des Verfalls aufhalten könnte. Sofort war sein Interesse geweckt. Er hielt die Kutsche an, kaufte ein Huhn, drehte ihm den Hals um und stopfte es mit Schnee voll. Dann wartete er gespannt auf das Ergebnis seines Experiments. Unglücklicherweise hatte er sich beim Feilschen mit dem Straßenhändler gehörig verkühlt. Er kriegte einen

Schnupfen, der sich rasch zu einer Lungenentzündung auswuchs, an welcher er am 9. April 1626 starb.

Es gibt keine Mittel und Wege, solche Dinge vorauszusagen.

Als das Videoband abgelaufen war und von vorn anfing, hatte ich genug. Ich ging über die Straße und tauchte in der Menge unter.

Originaltitel: ›The Pure Product‹

Aus dem Amerikanischen übersetzt von Joachim Pente

GENE WOLFE

Der Mann aus Nebraska und die Nereide

Der Mann aus Nebraska machte einen Spaziergang in der Nähe des Meeres – da sah er sie: zwei dunkle Augen, runde Schultern mit dem Brustansatz, das Aufblitzen eines Schenkels im Gestrüpp. Dann war sie verschwunden. Kurz darauf hörte er ein schwaches Plätschern; vielleicht war es nur das Klatschen einer der sagenumwobenen siebten Wellen, die sich an den Felsen brach – einer jener Wellen, die angeblich kraftvoller als die übrigen waren.

Fast im Laufschritt eilte er zur Kante der kleinen Klippe, um in Richtung Osten übers Meer zu blicken. Die blaue Wasseroberfläche des Saronischen Golfs war bedeckt mit sanften weißen Schaumkronen; sonst bemerkte er nichts Ungewöhnliches.

»Ich fühlte mich wie einer, der den Himmel beobachtet«, murmelte er vor sich hin, »während ein neuer Planet über den Horizont gleitet; oder wie der wackere Cortez, der mit Adleraugen den Pazifik absuchte – während alle seine Männer ...«, – er kramte in seinem Gedächtnis einen Augenblick lang nach den nächsten beiden Zeilen und suchte dabei mit den Augen die Klippe ab –, »... einander in argwöhnischem Zweifel anblickten, schweigend, auf einem Berggipfel in Darién.«

Der wackere Cortez, dachte er mit einem Grinsen, während er mühsam die Klippe hinabkletterte; sein Kasettenrecorder schlug ihm bei jedem Schritt in die Seite. Er war nicht besonders begabt im Felsenklettern, aber der Abhang war weder so hoch noch so steil, als daß das erforderlich gewesen wäre. Er malte sich aus, wie er dieses Abenteuer im Konferenzzimmer seiner Fakultät zum besten geben würde. Obwohl – eigentlich war es ja gar nichts.

Gar nichts – das war es auch, was er am Strand entdeckte. Keine Spuren, gar nichts. Der Sandstreifen wand sich stellenweise nicht breiter als ein schmaler Fußpfad um den Fuß der Klippe herum.

Er fand einige Muscheln und eine verrostete Blechbüchse, in der einst englische Zigaretten gewesen waren, das war alles. Keinen abgelegten Bikini, kein vergessenes Badetuch, keine Fußspuren – gar nichts.

Als er den Blick hob, sah er eine große und ziemlich grobknochige Frau, an deren Hüften eine Feldflasche baumelte. Sie kam schweigend über den feuchten schmalen Sandstreifen auf ihn zu. Er grüßte sie in seinem mangelhaften Griechisch, und sie streckte ihm die rechte Hand mit einer eleganten Geste entgegen. Sie antwortete ihm auf englisch: »Ich wünsche Ihnen ebenfalls einen guten Morgen, Doktor. Ich bin Doktor Thoe Papamarkou von der Universität Athen. Und sie sind Doktor Cooper; Sie arbeiten an einer amerikanischen Universität, aber man konnte mir nicht sagen, an welcher.«

»An der Nebraska-Universität in Lincoln. Ich freue mich, Sie kennenzulernen, Doktor Papamarkou.« Der Mann aus Nebraska war in der Tat ein echter Lincoln-Typ, hochgewachsen und auf sympathische Art häßlich.

»Ihr Fach ist die Völkerkunde. Jedenfalls bin ich zu dieser Überzeugung gekommen, nach dem was man über Sie berichtet. Demnach laufen Sie den ganzen Tag herum, stellen alten Leuten alle möglichen Fragen und nehmen deren Antworten auf Band auf.«

»Ja, das stimmt. Und was tun Sie?« sagte er.

Sie lachte sanft. »O nein, ich bin keineswegs eine Konkurrenz für Sie, falls Sie das befürchten.«

»Gut!« Er lächelte.

Sie spielte mit dem mittleren Knopf ihres Khakihemdes. »Ich bin Archäologin. Sie haben sicher von Saros gehört?«

Er schüttelte den Kopf. »Ich weiß, daß dies der Saronische Golf ist«, sagte er, »und ich nehme an, daß er nach irgend etwas benannt ist. Ist es eine Insel?«

»Nein, es war eine Stadt. Sie existierte vor so langer Zeit, daß schon zu Sokrates' Zeiten nur noch Ruinen und ein Poseidontempel übrig waren. Stellen Sie sich das mal vor, Doktor. Wir beide, Sie und ich, denken bei dem Zeitalter Perikles' an Ruinen. Aber für jene, Perikles und Plato, Themistokles und Aristides den Gerechten gehörte Saros bereits zur Antike, zur Archäologie. Ich habe mit den Ausgrabungen begonnen; drei Männer aus dem Dorf helfen mir bei den Arbeiten. Ungefähr fünf Kilometer in diese Richtung. Dort habe ich auch von Ihnen gehört, Gerüchte über einen Völkerkunde-Wissenschaftler, und ich finde es wichtig, daß wir uns kennenlernen; wahrscheinlich sind wir die einzigen gebildeten Menschen in diesem Teil der Küste. Vielleicht könnten wir uns eines Tages sogar in unserer Arbeit ergänzen, was meinen Sie?«

»Ja«, sagte er. »Bestimmt.« Er stellte fest, daß sie ihm sympathisch war. Sie war zwar der Typ der altjüngferlichen Schulmeisterin, daran bestand kein Zweifel, mit ihrem ergrauenden Haar, das im Nacken zu einem festen Knoten zusammengebunden war. Sie könnte Miß Twiddle von den *Katzenjammer Kids* sein oder Miß Minerva aus *Miß Minerva and William Green Hill.* Und doch ...

»Und Sie?« fragte sie. »Völkerkunde ist ja ein äußerst interessantes Gebiet. Woran arbeiten Sie?«

Er räusperte sich und überlegte, wie er es ihr am besten erklären könnte. »Ich versuche, der Geschichte der Nereiden auf die Spur zu kommen.«

»Ach ja?« Sie sah ihn von der Seite an. »Sie glauben, daß die wirklich existierten?«

»Nein, nein«. Er schüttelte den Kopf. »Wissen Sie

vielleicht etwas darüber, Doktor Papamarkou? Wissen Sie, wer sie waren?«

»Ich, die ich den Tempel des Poseidon suche? Aber natürlich. Das waren die Damen ... die dienenden Jungfrauen an seinem Hofe unter dem ägäischen Meer. Er war einer der ältesten aller alten griechischen Götter. Und sie sind ebenfalls alt, sehr alt, die griechischen ... wie nennt man sie auf englisch? Meerjungfrauen? Wasserfeen? Bitte sagen Sie es mir.« Sie hielt inne, als ob ihr etwas peinlich wäre. »Ich verstehe Ihre Sprache viel besser, als ich sie spreche, bitte glauben Sie mir. Ich habe drei Jahre in Princeton studiert.« Sie löste den Haken der Feldflasche von ihrem Gürtel und schraubte den Verschluß auf.

Er nickte. »Mir geht es mit dem Griechischen genauso. Ich verstehe es ziemlich gut. Sonst könnte ich diese Arbeit hier nicht leisten. Aber oft fällt mir einfach nicht das richtige Wort ein, oder ich weiß nicht mehr, wie man es ausspricht.«

»Ich hoffe, Sie möchten nicht etwa einen Schluck von meinem Wasser trinken. Es ist widerlich warm geworden, aber ich leide unter Schwierigkeiten mit der Nase. Sagt man das so? Ich muß Medikamente einnehmen, um atmen zu können, und die Medikamente machen mich durstig. Möchten Sie vielleicht trotzdem etwas davon?«

»Nein danke«, antwortete er. »Ich habe keinen Durst.«

»Sagen Sie bitte, habe ich das richtig ausgedrückt? Meerjungfrauen?«

»Ja, Meerjungfrauen. Genauer gesagt, waren sie eine besondere Art von Nymphen, die fünfzig Töchter des Nereus. Es gab auch die Bergnymphen, die Oreaden, die Dryaden in den Baumwipfeln, die Epipotamiden in den Flüssen und so weiter. Alte Leute, vor allem die alten Menschen auf dem Land ...«

Sie lachte wieder. »... glauben immer noch an diese

Dinge. Ich weiß, Doktor. Und ich schäme mich nicht deswegen für meine Landsleute. Bei Ihnen gibt es auch so etwas Ähnliches, aber bei Ihnen sind es die fliegenden Untertassen und die kleinen grünen Männchen. Warum sollten meine Griechen nicht ihre kleinen grünen Frauen haben?«

»Das Faszinierende daran ist«, fuhr er fort, da er bei dem Thema warm geworden war, »daß man alle Namen bis auf einen vergessen hat. Die heutigen Griechen sprechen nicht mehr von Oreaden, Dryaden oder Najaden. Nur noch von den Nereiden, sei es, daß man sie in Quellen oder Höhlen oder sonstwo zu sehen glaubte. Ich versuche nun herauszufinden, was es damit auf sich hat.«

Sie lächelte. »Glauben Sie, daß sie vielleicht die einzigen sind, die noch leben?«

Als der Mann aus Nebraska zu seinem kleinen Gasthof in Nemos zurückkam, unterbrach er das plumpe Hausmädchen bei der Arbeit und mobilisierte sein ganzes mangelhaftes Griechisch, um sie über Dr. Papamarkou auszufragen.

»Sie wohnt nicht hier«, erzählte ihm das Mädchen und hielt den Blick dabei auf die Stiefelspitzen gesenkt. »Dort drüben. Dort hat sie ein Zelt.« Es watschelte schwerfällig zur Tür und verschwand. Erst einige Zeit später kam ihm der Gedanke, daß das griechische Wort für Zelt gleichzeitig Theaterkulisse bedeuten konnte.

Während er die Treppe hinaufstieg, überlegte er sich erneut, ob es wohl möglich sei, daß Dr. Papamarkou ihren schweren Gürtel, die Art Armeehose und ihr Hemd ausgezogen haben und nackt durch die Landschaft geflitzt sein könnte. Er mußte vor sich hin lächeln.

Nein. Die Frau, die er gesehen hatte – er hatte wirklich eine Frau gesehen, bestätigte er sich wieder –, war jünger, kleiner und ... hm, weiblicher gerundet. Plötzlich mußte er daran denken, daß Schliemann, der Entdecker Trojas, im Alter von siebenundvierzig Jahren ein griechisches Mädchen von neunzehn geheiratet hatte. Er selbst war noch nicht einmal so alt wie Schliemann.

Als er sie das nächste Mal sah, kam ihm dieser Gedanke sofort wieder in den Kopf. Es geschah fast an der gleichen Stelle (er hatte diese Stelle in letzter Zeit allerdings auch reichlich oft aufgesucht, mußte er sich eingestehen). Er hörte ein Geräusch und drehte sich um, aber nicht schnell genug. Er hörte wieder das sanfte Plätschern. Und wieder rannte er – diesmal wirklich so schnell er konnte – an den Rand der kleinen Klippe. Und er wurde belohnt. Ein lachendes Gesicht tauchte etwa fünfzehn Meter weit draußen sekundenlang aus den Wellen; ein Gesicht, das von üppig wallendem dunklen Haar eingerahmt war. Ein Arm hob sich aus dem Wasser, winkte kurz, und dann war alles verschwunden.

Er wartete fünf Minuten, wobei er immer wieder auf die Uhr sah. Zehn Minuten. Das Gesicht erschien nicht wieder, und schließlich kletterte er den Abhang der Klippe hinab zum Strand und starrte übers Meer.

»Doktor! Doktor!«

Er blickte sich um. »Hallo, Doktor Papamarkou! Welche Freude, Sie wiederzusehen.«

Sie kam diesmal aus der anderen Richtung, aus der Richtung von Nemo, wo sein Gasthof lag, und schwenkte etwas über dem Kopf. Er freute sich wirklich über das Wiedersehen, stellte er fest. Sie war eine geduldige Zuhörerin, eine ältere Dame, die ohne Zweifel über gewisse Erfahrungen verfügte, die das Land kannte ... »Schön, Sie zu treffen!«

»Ich freue mich ebenfalls, Sie zu treffen, mein Freund. O Doktor, lieber Freund, sehen Sie sich das an! Schauen Sie nur, was wir im Wasser gefunden haben!«

Sie streckte es ihm entgegen, und einen Augenblick später erkannte er, daß es eine glasierte Schale war, zum Teil noch von Meerestieren und -gewächsen überkrustet.

»Und Sie sind es, dem ich das verdanke!«

Der Untergrund der Schale war rot, der Kopf des Mannes darauf schwarz; der lockige Bart und die großen starren Augen waren in einem helleren Ton angedeutet, bei dem es sich ursprünglich vielleicht um Weiß gehandelt haben mochte. Vor seinem Gesicht schwamm ein kleiner, nicht sehr kunstvoll dargestellter Fisch.

»Und die Rückseite! Sehen Sie, neben dem Dreizack, die beiden senkrechten Einritzungen mit dem Querbalken darüber. Das ist unser Buchstabe Π, für Poseidon. Es gibt natürlich viel edlere Schalen, o ja, wirklich sehr viel edlere in den Museen von Athen. Aber diese hier ist so ungeheuer alt! Sie ist mykenisch, frühmykenisch, ein Stil, den wir mit unseren kretischen Gegenständen zu kopieren versucht haben – was nur sehr mangelhaft gelungen ist.«

Der Mann aus Nebraska war immer noch in die Betrachtung des bärtigen Gesichts versunken. Es war eine grobe Darstellung, eher eine Karikatur, und doch ging eine so lebendige Kraft davon aus, daß er das Gefühl hatte, der Meeresgott beobachte ihn und könne jeden Augenblick in schallendes Gelächter ausbrechen und ihm dabei einen Klaps auf den Rücken versetzen. »Sie ist wunderschön«, sagte er.

Es war, als ob sie seine Gedanken lesen könnte. »Er war der Gott des Meeres«, sagte sie. »Die einfachen Seeleute beteten zu ihm, wie auch die Kapitäne. Und außerdem zu Nereus, dem alten Mann des Meeres, der die Zukunft kannte. Heute betet man zum Heiligen Petrus und Heiligen Markus, aber vielleicht ist der Unterschied gar nicht so groß. Der Fisch, der Bart, alles wurde beibehalten.«

»Sie sagten, Sie verdanken mir diesen Fund, Doktor Papamarkou?«

»Ja, als wir uns das erstemal begegneten, sprachen wir von den Nereiden, erinnern Sie sich? Danach ging ich zu meinen Ausgrabungen zurück.« Sie öffnete ihre

Feldflasche und nahm einen ordentlichen Schluck. »Und ich mußte ständig weiter an sie denken, diese Mädchen, die sich in den Wellen tummeln. Ich sah sie förmlich vor mir. Ich sprach vor mich hin: ›Was wollt ihr mir denn sagen? Kommt nur, ich bin eine Frau wie ihr, also heraus damit!‹

Und sie winkten mir zu: Komm! Thoe, komm! Dann dachte ich daran, daß Saros ja vor langer, langer Zeit ein Hafen gewesen war. Aber wie sah die Küste damals wohl aus? Könnte es sein, daß das Meer damals viel weiter reichte? Daß die Stelle, wo sich jetzt meine Ausgrabungen befinden, keinen Kilometer im Landesinneren lag? Man sprach von einer Stadt, einer *Polis*. Für unsere Begriffe handelt es sich nur um einen sehr kleinen Ort mit einem Theater unter freiem Himmel, dem Tempel und der *Agora,* wo man Fisch und Wein kaufte, und dazu ein paar hundert Häusern.«

Sie hielt inne und atmete mühsam. Er erinnerte sich, daß sie etwas von ›Schwierigkeiten mit der Nase‹ gesagt hatte.

»Ich besitze keinerlei Taucherausrüstung oder so etwas. Aber wir haben eine Art großes Sieb gebaut, verstehen Sie? Aus Fischernetzen. Ich wies meine Männer an, so weit ins Meer hinauszugehen, bis ihnen das Wasser zum Gürtel reichte, und dann vorsichtig Sand in das Netz zu schaufeln. Und heute haben wir nun das darin gefunden!«

Behutsam gab er ihr die Schale zurück. »Meinen herzlichen Glückwunsch. Das ist ein wunderschönes Stück, und es gibt niemanden Netteres, der es hätte finden können. Ich meine es ernst.«

Sie lächelte. »Ich wußte, daß Sie sich mit mir freuen würden, genau wie ich mich mit Ihnen gefreut hätte, wenn Sie ... ich weiß nicht ... vielleicht auf eine aus uralter Zeit überlieferte bemerkenswerte Geschichte gestoßen wären, die noch nie von jemandem aufgeschrieben worden ist.«

»Darf ich Sie zu Ihrem Lager zurückbegleiten? Ich würde es sehr gern sehen.«

»O nein, das ist so weit weg und der Tag so heiß. Warten Sie, bis ich Ihnen dort etwas bieten kann. Im Moment ist dies hier alles, was ich Ihnen wirklich Wertvolles zeigen kann.« Sie sah ihn wieder auf ihre typische Art von der Seite her an; und als er nichts sagte, fuhr sie fort: »Aber wie steht's mit Ihnen? Sicher machen Sie Fortschritte. Haben Sie mir nichts zu berichten?«

Er holte tief Luft und überlegte, wie albern sich seine Beobachtungen wohl anhören mochten. »Ich habe eine Nereide gesehen, Thoe ... oder jemand versucht, mich zu täuschen, in mir diesen Eindruck zu erwecken.«

Sie legte ihm die Hand auf die Schulter, und in ihrem sanften Lachen konnte er nichts anderes als freundschaftliches Wohlwollen entdecken. »Aber das ist ja herrlich für Sie! Dadurch können Sie die Geschichten, die Sie sammeln, auf ihren Wahrheitsgehalt untersuchen. Diese Möglichkeit war, soviel ich weiß, bisher noch niemandem gegeben. Erzählen Sie mir doch alles!«

Er tat es – die Erscheinung im Gebüsch, die sein Blick so kurz erhascht hatte, die winkende Gestalt, die in den Wellen verschwunden war. »Und als Sie jetzt sagten, es wäre Ihnen so vorgekommen, als hätten Ihnen die Nereiden zugewinkt, dachte ich, vielleicht ...«

»... wüßte ich mehr darüber? Ich verstehe. Aber ich glaube, daß es doch eins von den Mädchen hier ist, das Ihnen einen Streich spielen will. Wir Griechen schwimmen wie die Fische, alle. Sie kennen doch die Geschichte von der Schlacht bei Salamis? Die Perser verloren sehr viele Schiffe, und die Besatzung ertrank. Auch wir Griechen haben viele Schiffe verloren, aber kaum Männer, denn als die Schiffe versanken, schwammen sie ans Ufer. Sie kommen aus Amerika, Doktor, wo einige Leute gut schwimmen können und andere überhaupt nicht. Wie steht es mit Ihnen, können Sie schwimmen?«

»Ziemlich gut«, sagte er. »Am College gehörte ich zur Schwimmannschaft; allerdings bin ich jetzt ein bißchen aus der Übung.«

»Dann haben Sie vielleicht Lust, wieder ein bißchen in Übung zu kommen, außerdem ist es furchtbar heiß. Wenn wir uns demnächst trennen, schwimmen Sie doch mal zu der Stelle, wo Sie das Mädchen verschwinden sahen. Entlang dieser Küste gibt es eine Menge Höhlen, deren Eingänge unter Wasser liegen. Die Einheimischen kennen sie alle. Vielleicht kennen sie die Nereiden auch.« Sie lächelte, dann wurde sie wieder ernst. »Es gibt außerdem viele Strömungen, dadurch sind die Höhlen entstanden. Wenn Sie wirklich ein guter Schwimmer sind, dann wissen Sie auch, daß ein Schwimmer sehr auf der Hut sein muß.«

Der Mann aus Nebraska war das salzige Meerwasser nicht gewöhnt, und es dauerte einige Zeit, bis er es schaffte, die Augen in dem bewegten Wellengang des Saronischen Golfs offenzuhalten. Als es ihm dann gelang, entdeckte er die Höhle beinahe im ersten Augenblick; ein dunkler Kreis im steil abfallenden Meeresgrund. Er tauchte an die Oberfläche hinauf, atmete ein paarmal tief durch, schluckte und hielt den letzten Atemzug an; dann tauchte er wieder unter. Während er in die Einmündung der Höhle schwamm, überlegte er, ob er darin wohl Tintenfische finden würde – kleine Exemplare wurden jeden Samstag auf dem Markt von Nemos angeboten.

Zweimal packte ihn eine Art Panik, und er kehrte um. Beim dritten Versuch schaffte er es mit letzter Kraft, bis an die Luft durchzukommen.

Die Höhle war dunkel, bis auf schwache Lichtstrahlen, die die von grellem Sonnenlicht glitzernden Wellen reflektierten, und einem etwas helleren Schein, der durch die Ritzen im Felsgestein fiel. Sie war außerdem feucht und angefüllt mit dem übelriechenden Schaum verfaulender Algen. Als er aus dem Wasser stieg, umfaßten ihn zwei zierliche Arme.

Ihre Küsse brannten vor Salz; sie sprach griechisch, jedoch mit einem melodiösen Tonfall, wie er es noch nie gehört hatte. Nachdem sie sich geliebt hatten, sang sie ein Meereslied für ihn, ein Wiegenlied über ein Kind, das wohlbehütet in seinem sanft schaukelnden Boot ruht. Nach einiger Zeit liebten sie sich noch einmal, dann schlief er ein.

Die Sonne war bereits hinter dem Felsen verschwunden, als der Mann aus Nebraska durch die seichte Brandung watete. Er fand seine Kleider an der Stelle wieder, an der er sie versteckt hatte, und zog sich an, wobei er das Wiegenlied vor sich hin summte.

Nachdem er den halben Weg zu seinem Gasthaus zurückgelegt hatte, fiel ihm das Lied von einer Meerjungfrau ein, die ihre Unschuld im Korallenhain verloren hat. Er pfiff es beim Weiterwandern vor sich hin. Er versuchte sich an die Textstelle zu erinnern, wo die beiden Betten aus Seetang vorkamen, von denen nur eins zerdrückt war, als er die Tür zu seinem Zimmer öffnete und feststellte, daß auch sein Bett nicht gemacht war. Er traf die Frau des Gastwirts in der Küche und beschwerte sich; sie brachte ihm frische Bettwäsche (er war der einzige Gast in dem kleinen Gasthaus) und bezog das Bett.

Am nächsten Morgen wanderte er am Strand entlang und nicht, wie sonst, über die Klippe. Er sah sie schon von weitem, obwohl er im ersten Augenblick ihren Körper für das Segel eines unglücklicherweise auf Sand gelaufenen Fischerbootes hielt. Nach weiteren hundert Schritten wußte er Bescheid, ohne ihr Gesicht zu sehen. Er drehte sie trotzdem um und versuchte, ihr den Sand von den Augen zu wischen, dann verscheuchte er das Gewühl von kleinen Krebsen, die an ihrem Arm knabberten.

Eine Stimme hinter ihm sagte: »Sie war das Hausmädchen in Ihrem Gasthaus, Doktor.«

Er drehte sich erschrocken um.

»Sie hat Sie geliebt. Vielleicht glauben Sie das nicht.«

»Thoe«, stammelte er. Und dann: »Doktor Papamarkou!«

»Und doch ist es so.« Die hochgewachsene Frau öffnete den Schraubverschluß ihrer Feldflasche und trank. »Sie können sich vermutlich nicht vorstellen, wie sich das Leben im Dorf abspielt für so ein Mädchen, das kein Geld und keine Aussteuer besitzt. Wenn dann ein Fremder kommt, der groß und stark und in ihren Augen reich ist, ein gebildeter Mensch, bei allen angesehen ... Sie hat gehört, welche Fragen Sie den Leuten stellten, und sie weihte mich in ihren Plan ein. Ich versprach, ihr zu helfen, soweit ich konnte. Alle Hilfe, die ich ihr jetzt noch geben kann, ist die, daß ich Ihnen klarmache, daß Sie geliebt wurden. Wenn Sie Liebesgeschichten aus dem Mund von alten Leuten aufzeichnen, denken Sie daran.«

»Das werde ich«, antwortete er. Ihm saß ein Klumpen in der Kehle, den er nicht hinunterschlucken konnte.

»Jetzt müssen Sie zurück zum Gasthof gehen und den anderen davon berichten. Nicht von Ihnen und ihr, sondern davon, daß sie tot ist und Sie sie erkannt haben. Ich bleibe hier, um Wache zu halten.«

Der Weg über die Klippen war kürzer. Er kletterte hinauf. Als er vielleicht fünfhundert Meter weit gegangen war, wurde ihm klar, daß er mit seinem unzulänglichen Griechisch nicht in der Lage wäre, die Nachricht von einem Todesfall mit der entsprechenden Würde zu übermitteln. Thoe müßte es ihnen sagen. Er würde warten, bis jemand vorbeikäme.

Vom höchsten Punkt der Klippe sah er, wie sie den breiten Gürtel und die Feldflasche abnahm und beides in den Sand fallen ließ. Dann folgten das Khakihemd und die Hose. Sie war schlank – wenn auch keineswegs so mager, wie er es sich vorgestellt hatte; sie löste ihr langes üppiges Haar und tauchte ins Meer.

Als sie nicht wieder auftauchte, kletterte er zum letzten Mal zum Strand hinunter. Neben dem Körper des toten Mädchens war ein Zeichen in den feuchten Sand geschrieben. Es hätte ein Kreuz mit aufwärts zeigenden Armen darstellen können, einen Dreizack oder auch den griechischen Buchstaben y. In den Taschen des Khakihemdes fand er nichts, ebensowenig in den verschiedenen Taschen der Khakihose.

Der Mann aus Nebraska öffnete die Feldflasche und roch an dem Inhalt. Dann setzte er sie an die Lippen und kippte sie, bis die Flüssigkeit seine Zunge berührte. Wie er erwartet hatte, schmeckte es salzig. Es war nichts anderes als – Meerwasser!

Originaltitel: ›The Nebrascan and the Nereid‹

Aus dem Amerikanischen übersetzt von Irene Bonhorst

Carter Scholz

Galileo der Nörgler

Das Interview fand auf seinem großzügigen Wohnsitz in der Nähe von Marina del Rey statt. Der altehrwürdige Astronom, der noch immer die italienische Staatsbürgerschaft besitzt, war trotz seiner erst jüngst erfolgten Wiedererweckung durch die Fenix Corporation braungebrannt und in blendend körperlicher Verfassung.

In seiner äußeren Erscheinung und Kleidung unterscheidet er sich auf den ersten Blick kaum von den übrigen Bewohnern des Wohnkomplexes, größtenteils ehemaligen Drehbuchautoren und Filmproduzenten, die sich diesen malerischen Flecken als Altersruhesitz gewählt haben. Seine Räumlichkeiten beherbergen einen wandgroßen Videoschirm, Kunstwerke aus mehreren Jahrhunderten sowie eine kostbare Sammlung astronomischer Geräte. Den Ehrenplatz auf dem breiten marmornen Kaminsims nimmt ein schlankes, elegantes, von ihm selbst konstruiertes Teleskop ein: dasselbe legendäre Instrument, durch das er als erster die Mondoberfläche, die Venusphasen, die Saturnringe und die Jupitermonde beobachtete.

Die wahrhaft astronomischen Kosten seiner Wiedererweckung wurden vom Vatikan getragen, gewissermaßen als kleine Entschädigung für die Verfolgung des Astronomen durch die Inquisition im siebzehnten Jahrhundert. Beantragt hatte die Wiedererweckung ein direkter Nachkomme des Gelehrten nach vorheriger Beratung mit der Fenix Corporation. Über die Gesamthöhe der Kosten und die Zahlungsmodalitäten wird zur Zeit noch verhandelt. Fest steht jedoch schon jetzt, daß der Astronom mit einer Wiedergutmachungssumme in Milliardenhöhe rechnen kann.

Aber Galileo selbst reagiert, auf seinen Reichtum angesprochen, mit einer schon fast an Gleichgültigkeit grenzenden Gelassenheit.

»Sicher, es geht mir gut«, sagt er und nimmt einen Schluck von seinem Perrier. »Und ich empfinde natürlich auch ein Gefühl der Befriedigung über meine förmliche Rehabilitation und Ehrenrettung. Aber das Ausmaß meines Reichtums ... das entzieht sich meiner Kenntnis. Ich fühle mich hier weniger wohl als in Pisa. Diese Apartments hier sind tatsächlich noch kleiner als die, in denen die Inquisition mich festhielt.«

Auf meinen Einwand, er könne doch, wenn er wolle, jederzeit dort leben und so leben, wie es ihm gefalle, erwidert er:

»Sicher. Aber wenn ich schon in diesem Jahrhundert leben soll, dann finde ich auch, daß ich in diesem Jahrhundert leben sollte.« Er läßt seinen Blick verwirrt durch das Zimmer schweifen. »Meine Rechtsanwälte sagen mir, ich sei reicher als die Medici. Darüber kann ich nur lachen. Kann ich mit meinem Reichtum einen Papst nach meinem Gusto ins Amt heben, so wie sie es getan haben? Kann ich, wenn das schon nicht möglich ist, wenigstens durchsetzen, daß das Porträt von Fernando de Medici entfernt wird, das ihn beim Entdecken der Jupitermonde darstellt? Nein. Dieses erbärmliche Gemälde, diese Verunglimpfung meiner Person, ist heutzutage ein nationales Kunstheiligtum! Stellen Sie sich das vor!«

Ich fragte ihn nach seinen Zukunftsplänen. Ob er vorhabe, wieder in seinen alten Beruf zurückzukehren.

»Warum sollte ich? Ich habe eure großen Observatorien gesehen – euer Palomar, euer Mauna Kea, sogar euer Arecibo. Sie sind eindrucksvoll, so wie Elefanten eindrucksvoll sind. Aber das ist nicht Astronomie, wie ich sie kenne. Eure Astronomen schauen nie richtig selbst durch ihre Instrumente. Wußten Sie das? Sie benutzen dazu Filme und Maschinen. Aber eure Luft ist ja auch tatsächlich so verschmutzt, daß eure größten Teleskope, wie das in Arecibo, daran gewöhnt sind, *unsichtbare* Wellen aufzuspüren.« Er schüttelt dabei den Kopf wie jemand, der sich über Wahnsinn unterhält.

Es ist deutlich zu spüren, daß ihn die tiefe Kluft, die ihn immer noch von der modernen Welt trennt, verunsichert und irritiert. Seine Ansichten, seine Einstellungen, sein Gefühl für das Annehmbare – sie sind nicht so wie unsere. Er, einst der größte Astronom auf Erden, muß sich angesichts der enormen Fortschritte der modernen Wissenschaft zwangsläufig minderwärtig vorkommen, unbedeutend und klein – gewissermaßen hinter dem Mond, um im Bilde zu bleiben.

Ich weise ihn darauf hin, daß er sich mit seinem Reichtum das größte Observatorium auf der Welt bauen lassen könnte, wenn er wollte.

»Nein, vielen Dank, ich hätte keine Lust, mich als verrückten alten Mann bezeichnen zu lassen.«

Ich frage ihn über seine Beobachtungen des Neptun, dessen Bahn in einem seiner Notizbücher klar beschrieben wird. Ob ihm das Verdienst gebühre, den Planeten entdeckt zu haben?

Er zuckt die Achseln. »Ich wußte nicht, was das war. Wer dachte schon daran, daß es noch einen Planeten gäbe? Ich hielt es für einen Stern. Vielleicht dachte ich auch, es sei ein Engel, wer weiß?« fügt er mit einem verschmitzten Grinsen hinzu.

Ich suche nach einer Erwiderung, als er sich vorbeugt und mir auf die Brust tippt. »Wissen Sie, wonach die suchen, diese sogenannten *Astronomen,* durch die blinden Augen ihrer Elefanten? *Nach dem Ursprung des Universums.* Das haben sie mir gesagt. Sie richten ihre Maschinen auf den äußersten Rand des Seins, und dort erwarten sie, den ›Ursprung des Universums‹ zu finden. Verrückt!« Er lehnt sich in seinen Sessel zurück und trinkt seinen Perrier aus.

Ich wechsle taktvoll das Thema. Ob er noch irgendwelchen Groll gegen die Inquisition hege, frage ich ihn.

Er gestattet sich ein kurzes grimmiges Lächeln und sagt dann in betont ruhigem, gelassenem Ton: »Nein, eigentlich nicht. Ohne sie wäre ich schließlich heute nicht hier, eh? Außerdem müssen Sie wissen, daß ich sie geradezu verlangt habe. Herausgefordert. Man hatte mich rechtzeitig gewarnt. Es war ein Akt schierer Idiotie, meine Dialoge zu veröffentlichen. Sie waren wirklich bereit, mich meine Forschungen unbehelligt fortführen zu lassen, solange ich keine dummen Äußerungen oder Erklärungen von mir gab. Aber das tat ich. Während meiner Kerkerzeit waren sie sehr liebenswürdig zu mir. Kardinal Baggi höchstpersönlich schuf einige wertvolle Beiträge zur Himmelsmechanik und zur Natur der Materie. Ich war, wie Sie wissen müssen, geradezu unverantwortlich besessen von dem, was ich die Wahrheit zu nennen beliebte, während die Kirche den weitsichtigeren und weiseren Standpunkt einnahm, daß jede Wahrheit relativ ist. Der Weg zur Wahrheit muß wohl bereitet sein, sonst bringt er mehr Schaden als Nutzen.« Er seufzt. »Ich frage mich, ob es wohl möglich wäre, Kardinal Baggi wiederzuerwecken. Unsere Unterhaltungen fehlen mir. Aber nein, es wäre nicht fair ihm gegenüber.«

Ich frage ihn, was es mit seinem legendären Ausspruch *(Und sie bewegt sich doch)* auf sich habe, den er, so die Geschichtsschreibung, nach dem Unterschreiben seiner Widerrufung getan haben soll.

»O ja. Ich habe den Satz vor mich hin gemurmelt, ganz leise, wie ich glaubte, und der alte Kardinal, der den Vorsitz der Kommission innehatte (sein Name fällt mir im Moment nicht ein), lächelte und sagte: ›Natürlich bewegt sie sich, mein Sohn, du darfst es nur nicht sagen.‹ Eine sehr aufgeklärte Institution, die Römische Kirche.«

Ob er trotz allem immer noch praktizierender Katholik sei, frage ich ihn.

»Aber sicher. Was haben Sie sonst erwartet?«

Aber das Erlebnis seines Todes, wende ich ein, müsse seinen Glauben doch sicherlich beeinträchtigt haben.

»Der Tod war nichts: ein Divis, ein Bindestrich, nichts weiter. Ich war in einem Zwischenstadium, wie die Doktrin lehrt. Die Seele wird erst am Jüngsten Tag zur Abrechnung gerufen, nicht vorher. Erst das ist die wahre Wiederauferstehung. Oder vielleicht ...« Er lächelt unergründlich und breitet die Arme aus, als wolle er, so scheint es mir in dem Moment, ganz Marina del Rey umfassen. »... vielleicht ist *dies* hier das Fegefeuer. Was meinen Sie, eh? Und wir alle sind tot und verdammt hier und wissen es nicht, ein Fegefeuer, das weder gut noch schlecht ist, sondern bloß wie die Erde, wo wir wieder und wieder unser Heil oder unsere Verdammnis erwerben müssen, immer und immer wieder, bis wir es besser begriffen haben.«

Ich bin kein Theologe, aber ich gebe zu bedenken, daß die Kirche selbst unlängst eingeräumt hat, daß Himmel und Hölle möglicherweise nur eine Fiktion sind, eher als Metaphern zu verstehen denn als reale Orte. Als Galileo das hört, lacht er lange und herzhaft.

»Und *mich* haben sie einen Ketzer genannt! Wie die Zeiten sich doch geändert haben! Aber vielleicht sind sie klug. Vielleicht war das schon immer die Wahrheit, und wir sind erst jetzt reif, sie zu akzeptieren. Oder vielleicht habe ich doch recht, und dies hier ist das Fegefeuer, und solche Gedanken sind Fallen, die der Teufel gestellt hat, eh? Was glauben Sie? Sind Sie schon einmal gestorben, junger Mann?«

Ich betone, daß ich noch niemals gestorben bin, daß ich das natürlich noch nicht bin, aber noch während ich das sage, habe ich plötzlich eine unangenehme, widerwärtige Erinnerung ... zweifellos falsch ... an einen Unfall ... er hat wirklich eine starke Überzeugungsgabe, dieser Italiener. Ich muß daran denken, daß die Wiedererweckung – in einem Fall wie dem seinen – auf fragmentarischem Material fußt, das die Möglichkeit von

Fehlern und Irrtümern in sich birgt. Daß Zweifel an der Naturtreue der Reproduktion offenbleiben. Ich ertappe mich dabei, daß ich diese Gedanken laut äußere. Galileo zerstreut meine Zweifel.

»Ich bin es. Sogar mein Erinnerungsvermögen ist intakt. Können Sie das auch von sich sagen?«

Mein Erinnerungsvermögen? Zumindest weiß ich, daß ich niemals gestorben bin. Galileo schenkt mir erneut sein unergründliches Lächeln, als er sich aus seinem Sessel erhebt. Ich spüre, daß das Interview seinem Ende entgegengeht.

»Ja, vielleicht bin ich ein Fallstrick des Teufels für Sie. Ach, aber Sie glauben ja nicht an den Teufel. Um so schlimmer für Sie. Nun ja, wenn es nach mir geht, dann möchte ich nicht noch einmal wiedererweckt werden, trotz meines Reichtums. Ich bin nicht überzeugt von eurer heutigen Welt. Zu meiner Zeit gab es noch wahre Giganten: die Medici, Michelangelo, Newton, mich. Diese Welt ist eine schlechte Imitation. Eure Teleskope haben Spiegel, wie Rundhallen, und Antennen, die einen ganzen Weinberg bedecken könnten, aber mit diesem ganzen Aufwand habt ihr nicht ein Zehntel von dem in eurer Welt verändert, was ich mit diesem kleinen Ding hier in meiner verändert habe.« Und er streicht mit dem Finger über das kleine schlanke Teleskop auf seinem Kaminsims.

Ich frage ihn, ob ihn denn überhaupt keine der modernen Errungenschaften beeindrucke. Zum Beispiel die von unbemannten Raumsonden aufgenommenen Bilder, die es möglich gemacht hätten, die erhabene, atemberaubende Schönheit der Saturnringe aus nächster Nähe zu bewundern – oder auch die von Narben entstellte Oberfläche der Jupitermonde, seiner Namensvettern. Ob selbst diese ihn ungerührt ließen?

Er blickt erhaben auf mich herab. »Denken Sie daran, daß ich es war, der diese Wunder entdeckte. So wie ich daran denke, daß es Gott war, der sie erschaffen hat.«

Das ist nun doch des Guten zuviel für mich, und ich fange an, die Dutzende, Hunderte, ja Tausende von Errungenschaften und Leistungen aufzuzählen, die unsere Welt seit seinem Tod auf dem Pfad des Fortschritts vorangetrieben haben – von denen die Wiedererwekkung nicht die geringste ist! Doch während ich noch rede, wird mir klar, daß diese Errungenschaften für seinen archaischen Geist unbegreiflich sein müssen. Als ich in meiner Aufzählung innehalte, nickt er bloß höflich.

»Eine Rasse kluger Affen«, ist sein Kommentar. »Ihr solltet diese Riesenspiegel besser einmal auf euch selbst richten.«

Und so verlasse ich denn den Italiener, dessen Eitelkeit letztlich nicht zu unterdrücken ist, und gehe hinaus in das unnatürliche Sonnenlicht und steige in mein Schwebefahrzeug. Durch die getönten Scheiben erscheint Marina del Rey klein und unwirklich, als es langsam unter mir verblaßt. Wenig später nehme ich Kurs nach Norden, wo ich meine Nachforschungen mit Gesprächen mit Einstein und Eduard Degas fortführen will. Einstein soll sich von der Relativitätstheorie losgesagt haben und vertreibt sich jetzt die Zeit in Lake Tahoe mit Würfelspielen und dem Lernen von Violinsonaten von Tartini. Degas, so geht das Gerücht, hat sich der Computergrafik zugewendet.

JAMES TIPTREE, JR.

All dies und dazu den Himmel

Es gibt da eine Geschichte, die man kleinen Kindern erzählt, wenn sich die Familie in eiskalten Nächten um den Heizomat versammelt. Und wenn einer der Jungen einmal die fixe Idee erkennen läßt, auf nichts im Leben verzichten zu wollen, dann hört er für gewöhnlich die Worte: ›Denk an die Hochzeitsnacht des Kronprinzen!‹

Hier ist die Geschichte. Um sie richtig würdigen zu können, ist es unumgänglich, vorerst die Bühne zu betrachten, auf der sie spielt.

Wir haben also ein kleines Land, ein ganz bezauberndes kleines Land namens Ecologia-Bella. Alle Männer dort sind kühn und wohlgewachsen und rücksichtsvoll, alle Frauen hochbegabt, entzückend anzusehen und genau einssechsundfünfzig groß; dies letzteres wurde (im allgemeinen Abstimmungsverfahren) als die Idealgröße für die Liebe festgesetzt. Die Bevölkerung gehört nicht einer einzigen Rasse an, entstammt aber demselben Kulturkreis; jedermann hat sein zufriedenstellendes Plätzchen in diesem Land, und jegliches vermeidbare Ungemach ist per Gesetz verboten.

Die herrliche Landschaft von Ecologia-Bella reicht von schneebedeckten Bergen über üppige Wälder und Seen und blumenübersäte Wiesen bis zu weiten Meeresstränden aus hellem Sand und einem phantastischen Korallenriff, auf dem es sich wunderbar spielen läßt.

Ecologia-Bella besitzt Industrien, welche schon von ihrer Struktur her arbeitsintensiv sind (was der Grund dafür ist, daß es für jedermann einen Arbeitsplatz gibt). Die meisten Frauen beschäftigen sich mit der Herstellung von Stickereien auf feinsten Seiden, welche in anderen Ländern so hochgeschätzt sind, daß jedermann dort, der auch nur vorgibt, reich und von gutem Geschmack zu sein, etwas davon sein eigen nennen muß. Dafür bezahlt er auch in Gold. Die internationalen Modeschöpfer haben ihre bevorzugten Lieferantinnen und stürzen sich auf alles, was von ihren Stickrahmen kommt. Und die Frauen von Ecologia verändern in umsichtiger Weise jedes Jahr die Farben und die Muster ihrer Schöpfungen, so daß niemand jemals im Besitz einer vollständigen Sammlung sein kann.

Die Männer von Ecologia-Bella beschäftigen sich mit der Bearbeitung von Waldparzellen, welche sie der Reihe nach abholzen, um aus dem anfallenden Holz das feinste säurebeständige Papier mit wunderhübschen Wasserzeichen zu erzeugen; vermögende Briefschreiber in aller Welt lechzen nach diesem Papier, ebenso die Regierungen ihrer Länder, welche darauf die Staatsdokumente verfassen und das aufzeichnen, was hochbetitelte Würdenträger bei wichtiger Gelegenheit von sich geben. Für dieses Papier gibt es als Bezahlung pures Silber. Und sobald ein Waldstück zum Fällen bestimmt ist, werden darin Rasseln und Klappern aufgehängt, um Vögel und kleinere Tiere davon abzuhalten, dort ihre Brut aufziehen zu wollen.

Jenen Männern und Frauen, die weder in der Weberei noch in der Stickerei oder in der Holzverarbeitung tätig sein wollen, steht eine Fülle anderer Beschäftigungen offen, wie zum Beispiel das Musizieren auf den Straßen, das Reinigen der Rauchfänge, die Schafzucht, das Kompostieren des Abfalls oder die Führung der Staatsgeschäfte. Für diese Aufgaben werden sie mit erstklassigen frischen Lebensmitteln und etwas Taschengeld bezahlt.

All dies braucht Energie, und Ecologia-Bella hat genug davon. Seine Wasser stürzen in mächtigen Kaskaden von den Höhen der Berge herab, und die weniger romantischen dieser Wasserfälle hat man sich für die Erzeugung sauberer Elektrizität nutzbar gemacht. Teilweise wird diese dazu verwendet, Wasserstoff aus

Meerwasser zu gewinnen; dieser Wasserstoff wird sodann mit einem feinpudrigen Metall vermischt, mit dem zusammen es ein nichtexplosives Gemisch formt. Das Hydrid ist flüssig, so daß es durch Pipelines gepumpt, in Kannen abgefüllt und in Tankwagen zu den Abgabestellen im ganzen Land gebracht werden kann, ganz ähnlich der Art und Weise, wie wir mit unseren Erdölprodukten verfahren. Wenn nun ein Reisender das Hydrid in seinem Tank aufgebraucht hat, tauscht er den Behälter mit dem ausgelaugten Metallpulver gegen einen neuen aus und fährt davon, wobei der wasserstoffbetriebene Motor seines Wagens nichts als reinen Wasserdampf abgibt, während man das Metallpulver zur Wiederaufladung in die Fabrik zurücksendet.

Die Kosten dieses ganzen Vorganges sind äußerst gering, da die Hauptbestandteile – Seewasser und Elektrizität – in Hülle und Fülle vorhanden sind; und Wasserstoff als Energielieferant wird für praktisch alle Zwecke verwendet. Alle Rauchfahnen, die aus Fabrikschloten oder Lokomotiven hervorquellen, bestehen, wie die Sommerwolken am Himmel, aus nichts anderem als reinen Wasserteilchen, denn die Verbrennung – oder Oxidation – von Wasserstoff ergibt als einziges Abfallprodukt Wasser. Verkehrsgewirre in Ecologia-Bella riechen wie sonnige Frühlingstage, und an den Rändern der Überlandstraßen wachsen Blumen und schattenspendende Bäume in verschwenderischer Fülle. Kinder, die auf den Straßen der Städte spielen, atmen weder Kohlenmonoxyd noch Blei ein, sondern nur Feuchtigkeit, die ihr Haar zu Löckchen ringelt und krankheitserregende Viren im Zaum hält.

Wir wollen uns nun auch den dunkleren Seiten von Ecologia-Bella zuwenden; natürlich besitzt das Land auch eine Armee, welche sonntags noch in weiß-goldene Uniformen gekleidet ist, zu denen Helmbüsche gehören. An Arbeitstagen trägt sie Tarnanzüge und führt Übungen mit ihren wirksamen Waffen durch, die von dem ganzen Silber und Gold gekauft wurden, das die fleißige Bevölkerung verdient hat. Üblicherweise wird von jedem Waffentyp nur ein Exemplar oder höchstens zwei erstanden, welches umgehend verbessert und dann in großer Anzahl nachgebaut wird. Jeder Soldat ist nicht nur imstande, die Instruktionen auf seinem Artilleriefahrzeug (oder was auch immer) zu lesen, sondern sie – sollte es sich als notwendig erweisen – sogar selbst zu verfassen und niederzuschreiben. Die Kampfkraft der Armee geht weit über die Summe ihrer Einzelindividuen hinaus; und die Kampfkraft eines einzelnen Soldaten ist gleichzusetzen der Kampfkraft von zehn Gegnern – denn sein Kopf ist klar, und sein Herz ist rein.

Einen Aspekt bei der Herstellung einiger Kriegsgeräte gibt es, welcher recht interessant erscheint. Es ist wohl allgemein bekannt, daß Jungen im Teenageralter meist nichts lieber tun, als irgendein Fortbewegungsmittel zu zerlegen und wieder zusammenzubauen. Anstatt nun diese ganze Energie sinnlos durch des Herumbasteln an Jeeps und Mofas zu vergeuden, werden alle Mädchen und Jungen, die es wünschen, in ihrer Freizeit in die Geheimnisse der Konstruktion etwa eines Kampfflugzeuges oder Panzers eingeweiht. Und wahrhaftig stolz schwellt sich dann die Brust des jungen Mechanikers, wenn sein eigener Bomber aus dem Hangar rollt und sich in die Lüfte erhebt.

Dies ergibt zuweilen höchst merkwürdige Namen für todbringende Maschinen, aber der Anblick eines Schriftzuges ›Mittelschule *Edelweiß*‹ auf einem Raketenwerfer trägt sehr dazu bei, die Bedienungsmannschaft immer daran denken zu lassen, wofür sie den Willen hat zu kämpfen.

Und ebendiese jugendliche Interessenvielfalt wird auch dort eingesetzt, wo es um die Herstellung der Computer und fernmeldetechnischen Geräte für die Armeen geht. Recht zahlreich sind dabei Vorschläge für die Verbesserung und Erneuerung seitens der Jugend, welche dann auch Anwendung finden.

Diese ganze unwillkommene militärische Aktivität wird Ecologia-Bella von seinen Nachbarnationen aufgezwungen, im besonderen von dem großen Land jenseits der hohen Berge namens Pluvio-Acida.

Die Landschaft von Pluvio-Acida ist angeblich flach bis hügelig, aber seit vielen Generationen hat niemand sie zu Gesicht bekommen – bedingt durch die eigentümliche Undurchsichtigkeit der Luft. Es gibt auch Gerüchte, wonach Pluvio-Acida einstmals eine fruchtbare Erdschicht und lebende Bäume besessen haben soll, aber der Boden ist jetzt so ausgewaschen und aufgewühlt von Leuten, die Löcher hineinbohren, um alles das abzubauen, was frühere Löcherbohrer übersehen haben, daß jeder Schritt auf offenem Gelände einen Sturz in eine Art trockenen Schlick bedeutet, der nach Schwefelwasserstoff ›duftet‹ – ausgenommen dort, wo durch das ständige Absinken des Untergrundes von Sprüngen durchzogener Beton den Boden bedeckt.

Wie alle vernünftigen Menschen verwenden auch die Pluvio-Acidaner fossile Brennstoffe für die Energiegewinnung – das heißt also Erdöl: mit den üblichen Folgen. Sie haben eine reiche, wenngleich in ihrer Vielfalt begrenzte Fauna, bestehend aus braunen Ratten, Kakerlaken und zwei Arten von Hausfliegen. Auch eine bestimmte Sorte von hartem Gras gedeiht immer noch in freier Natur.

Die sehr Reichen, von denen es in Pluvio-Acida viele gibt, verschönern ihre schlammwüstenartigen Besitzungen mit geschickt nachgemachten Bäumen aus Plastik, was einen halbwegs angenehmen Eindruck macht. Die andere Klasse, die Armen – auch das Proletariat genannt –, von denen das Land noch weit mehr hat, sehen sich die Landschaft der Reichen im staatlichen Fernsehen an, welches ihnen auch sagt, wofür sie ihren Lohn ausgeben sollen.

Pluvio-Acida erfreut sich einer sehr hohen Beschäftigungsrate für gesunde männliche Bürger zwischen zwanzig und fünfunddreißig; die aktuelle Zahl ist 105 Prozent. (Die überzähligen Prozentpunkte ergaben sich aus der Unfähigkeit eines oder mehrerer Zählbeamter, bestimmte Arbeiter von Robotern zu unterscheiden.) Alle diese Arbeitskräfte werken wie verrückt in Schmelzhütten, Maschinenfabriken, Minen, Schmieden, Walzwerken, chemischen Fabriken und so weiter, und das Bruttosozialprodukt ist extrem hoch. Die Arbeitslosen verursachen keine Probleme, da man sie an normalen Tagen ohnehin nicht sehen kann.

Das typische Frühstück eines pulvio-acidanischen Arbeiters besteht aus einem in unverdünnten Alkohol getauchten stark gezuckerten Krapfen; zum Mittagessen wird üblicherweise der Krapfen weggelassen. Die Geburtenrate ist hoch, aber die Überbevölkerung wird gebremst durch Serien von unvermeidbaren Betriebsunfällen, genannt ›Hopplas‹, welche absolut nichts mit den vielen Kindern zu tun haben sollen, die mit drei Beinen, sechs Fingern oder Spaltbildungen der Wirbelsäule zur Welt kommen.

Pluvio-Acida hat auch eine enorme Exportrate. Seine Gruben, Schmieden, Schmelzhütten und so weiter exportieren Metallerze, Barren, Roheisen oder halbfertige Legierungen. Dafür erhält das Land Diamantenkrönchen, Blut und menschliche Organe zum Zweck der Transplantation für jene, die sie sich leisten können.

Die Armee Pluvio-Acidas ist stark, wenngleich unorthodox; es gibt einen kleinen Kader von Technikern, welche die komplizierten Kriegsmaschinen bedienen können, und eine große Anzahl anderer, die das nicht können; ihnen überläßt man die Kalaschnikows. Da ihre Herzen nicht rein sind, gleicht ihre individuelle Stärke auch nicht der von zehn Männern: Unglücklicherweise jedoch gibt es für jeden ecologia-bellanischen Soldaten elf pulvio-acidanische.

Pluvio-Acida hat eine blühende Atomindustrie, ungeachtet der Tatsache, daß diese bereits für eine ganze Reihe von Hopplas verantwortlich gewesen ist. Und in der armseligsten Ecke der unterentwickeltsten Provinz kann man gelegentlich sehen, wie pilzförmige Wolken zum Himmel steigen.

Aber das ist auch schon alles, denn der pulvio-acidanische Nachrichtenverbreitungsdienst – kurz PAN genannt –, welcher so allgegenwärtig ist wie die gemeine Hausfliege, hat von merkwürdigen Wolkenformationen berichtet, die von einem unfruchtbaren Inselchen von der ecologia-bellanischen Küste aufsteigen – immer unter höchster Geheimhaltung und im besonderen dann, wenn der Wind nach Süden weht. (Im Süden liegt das Land Lethargien, dessen Einwohner bereits soviel mitgemacht haben, daß es ihnen völlig egal ist, ob sie radioaktiv sind oder nicht.) Diese Wolken werden von Experten studiert, und das Gruselwort ›Fusion‹ macht bereits hinter vorgehaltener Hand geflüstert die Runde. Daher sind Pluvio-Acidas strategische Denker auf alles gefaßt.

Wäre jedoch der PAN ein wenig sorgfältiger in seinen Nachforschungen, hätte er sicher herausgefunden, daß die Pächter des Inselchens ein Ehepaar namens Herr und Frau Fusion sind, die es dazu verwenden, in ihrer Eigenschaft als Hersteller von Feuerwerkskörpern für festliche Anlässe das phantastische, jedoch noch absolut geheime Überraschungsprogramm für die königlichen Feiern in Ecologia-Bella auszuarbeiten; die Insel ist außerdem sicher vor den neugierigen Blicken ihrer Konkurrenten, denn im Geschäft mit Feuerwerkskörpern tobt, wie man weiß, ein geradezu mörderischer Konkurrenzkampf.

Aber nun ist es Zeit für unsere Geschichte.

Wir beginnen mit einem hübschen jungen Kronprinzen in dem Land Pluvio-Acida, wo königliches Blut durch eine einfache Zählung der Reichtümer bestimmt wird. Gerade bei Erreichung seines achtzehnten Lebensjahres segnet gleich nebenan, in Ecologia-Bella, das königliche Herrscherpaar das Zeitliche, und seine schöne fünfzehnjährige Tochter wird zur Königin gekrönt.

Amoretta, die kleine Königin, wurde durch einen für Ecologia-Bella typischen Unfall zur Waise. Ihre Eltern, seit vierzehn Jahren verheiratet und sehr verliebt ineinander, beschließen, im königlichen Schwanenboot eine Ausfahrt zu unternehmen. Dieses Boot – eigentlich eine Art seefestes Doppelbett – wird von siebzehn zahmen weißen Schwänen gezogen, die ihre Hälse in goldene Gurtwerke stecken, um das Korn aus einem vor ihnen schwebenden Pfännchen picken zu können, und die so die königliche Barke ziehen.

Als die beiden Liebenden das Ende des Sees erreichen, sprechen sie soeben in großer Zuneigung über die Ereignisse ihres Lebens miteinander, fragen sich, wie vierzehn Jahre so rasch vorbeigehen haben können, und versichern einander, daß sich an ihrer Liebe nichts geändert hat – was die Wahrheit ist. Als sie also bemerken, daß sie den verschwiegensten Teil der Bucht erreicht haben, kommt ihnen der Gedanke, ihres Hochzeitstages und ihrer Liebe zueinander in der allernatürlichsten Art und Weise zu gedenken.

Was sie auch tun.

Doch dann kommen die Schwäne, die sich immer schon über die Menschen gewundert haben, auf dieselbe Idee und beginnen mit viel Gespritze und Getümmel das königliche Paar bei seiner Gedenkstunde zu unterstützen. Und einige Biber am Ufer machen, angeregt durch den allgemeinen Ausbruch von Liebe und Leidenschaft, mit noch mehr Temperament mit. Irgendwann mitten in diesem Aufflackern der Ekstase wird das Boot über den niedrigen Wasserfall am Ende des Sees gespült und überschlägt sich. Das königliche Paar ist jedoch so inniglich umschlungen, daß es einfach das Schwimmen vergißt.

Als Amoretta von der Tragödie erfährt, ist sie außer sich vor Trauer, denn sie liebte ihre Eltern sehr, genauso wie die ganze Einwohnerschaft von Ecologia-Bella; selbst ihr Brüderchen Treuherz, noch nicht den Windeln entwachsen, beginnt zu schluchzen.

In einem Anfall tränenreicher Rachsucht entscheidet der Aufseher über die königlichen Besitzungen, daß sich solch ein Vorfall nie wieder wiederholen darf; er lädt daher alle männlichen Schwäne auf einen Wagen und fährt sie zum Tierarzt. Von welchem sie mit Sopranstimmen zurückkehren. Das einzige noch intakte Schwanenmännchen schließt der Aufseher in einen goldenen Käfig ein, und zwar so, daß die Weibchen hineinkönnen, das Männchen jedoch nicht hinaus kann.

Die Frau des Aufsehers meint, das sei grausam, weil Schwäne doch üblicherweise in lebenslanger Einehe leben. Nach einem gewissen Beobachtungszeitraum muß sie jedoch zugeben, daß die Damen, so lange ihnen regelmäßige Besuche im goldenen Käfig gestattet werden, vollauf zufrieden scheinen mit ihren Sopranehemännern. Und sie ziehen ihre Jungen ohne die üblichen Territorialkämpfe auf.

Nach angemessener Zeit erfahren auch die Herrscher von Pluvio-Acida – selbstverständlich das reichste Paar des Landes – vom Dahinscheiden Königin Rhapsodias und König Uxors. Das Herrscherpaar hat zwei Söhne: Der ältere, Kronprinz Adolesco, scheint ein direkter Abkömmling eines längst vergessenen edleren Stammes der Familie zu sein. Er ist ein hübscher blauäugiger, sehr männlicher junger Mann mit einem Gesicht, das so offen ist wie der Frühling, und sein Herz (und das versetzt seine Eltern gelegentlich in Panik) ist voller hochfliegender Ideale. Man hört ihn des öfteren ganz unglaublich heftige Kritik üben an dem Land, das er einmal regieren soll, und man hört dabei auch seine Andeutungen, daß eines Tages die Zeit reif sein könnte für gewisse Veränderungen. Möglicherweise fallen aus diesem Grund jedesmal, wenn Adolescos Vater Schnupfen hat, die Notierungen an der pulvio-acidanischen Börse um fünfzehn Punkte.

Der jüngere Bruder, Prinz Slimoldi, ist aus ganz anderem Holz geschnitzt; gedrungen und schwammig, mit einem Gesicht wie ein Frettchen und einem dazu passenden geistigen Potential, stellt er in den Augen eines jeden Pluvio-Acidaners das Idealbild des jungen Mannes schlechthin dar. Er gilt mithin als der bessere der beiden Brüder. Was in dieser Angelegenheit zu unternehmen bleibt, bleibt jedoch weitgehend unklar, denn der ältere Bruder scheint wie durch einen Zauber unverwundbar zu sein, und keiner der halbherzigen Versuche, die Thronfolge zugunsten des jüngeren zu beeinflussen, ist von Erfolg gekrönt: Das Pferd des älteren erblickt jeden Fallstrick beizeiten und überspringt ihn einfach; die zyankaligewürzte Suppe schenkt Prinz Adolesco einem Bettler; und der gedungene Scharfschütze hat eine schlechte Woche.

Als unsere Geschichte beginnt, finden wir den Kronprinzen in Reiselaune. Zwei Punkte sind es, die ihm Lust machen auf einen Abstecher nach Ecologia-Bella.

Zum einen ist ihm der ständig anwachsende Durchzugsverkehr königlicher Junggesellen in dieser Richtung nicht verborgen geblieben. Die Nachricht von einer schönen jungfräulichen Erbin eines attraktiven Thrones verbreitet sich nämlich in Windeseile. Königinwitwen eskortieren ihren noch etwas unreifen männlichen Nachwuchs durch Pluvio-Acida in Richtung Ecologia-Bella. Schon leicht tattrige Herren des Hochadels schnallen die Korsetts enger und machen sich auf den Weg in eine potentielle Ehe. In dem Gedränge bemerkt Adolesco auch etliche anscheinend bestens geeignete Kandidaten: den kühnen jungen König eines reichen, wenngleich eisigen Landes im Norden; den gutgewachsenen Erben eines tropischen Paradieses im Süden und den freundlich-verbindlichen, väterlich wirkenden Monarchen eines Reiches im Osten, der es versteht, seinem Harem selbst westlichen Ohren als begehrenswerte Bleibe erscheinen zu lassen ... Adolesco runzelt die Stirn, während er sein bestes Reisepferd striegelt, einen großen schneeweißen Wallach. Was haben diese Freier an sich, das er nicht besitzt? Wie können sie es wagen, jemandem den Hof zu machen, der seine – seine! – eigene Nachbarin ist?

Die zweite treibende Kraft ist elterlichen Ursprungs. Unser junger Prinz hat das Alter erreicht, da der Druck von Elternseite zunimmt. Holographien von atemberaubend schönen Prinzessinnen erscheinen auf mysteriöse Weise auf seinem Schreibtisch. Seine Eltern geben eine Riesenparty für die zweit- und drittreichste Familie des Landes und ihre charmanten Töchter. Duftende Briefe, die Miniaturporträts junger Weibspersonen enthalten, fliegen von weitentfernten Königshöfen herbei. Und Adolesco beginnt es zu dämmern, daß seine Eltern ihn, wenn er die Sache nicht bald selbst in die Hand nimmt, an weiß Gott wen binden könnten, ohne ihn groß zu fragen ... Aber sollte es Zufall sein, daß unter den vielen Bildern sich keines einer jungfräulichen Königin eines Spielzeugkönigreiches befindet, von der es heißt, sie sei allerliebst anzusehen?

Er fragt. Und entdeckt, daß man Ecologia-Bella nicht nur nicht ernst nimmt, sondern es geradezu verabscheut.

»Von dort aus werden unseren Leuten diese ganzen kommunistischen Ideen in den Kopf gesetzt«, grollt sein Vater. »Gräßlich ungebildete Leute«, fügt seine Mutter hinzu. »Sie haben keine Ahnung von Kapitalgewinnen.« Sie verdreht die vorstehenden Augen nach oben – ein erschreckender Anblick.

Zwei Wochen später macht sich Jung-Adolesco nach der Absendung eines königlichen Schreibens, in dem er ersucht, empfangen zu werden, auf den Weg nach Ecologia-Bella. Sein Pferd wird in einem Container mit spezieller Sauerstoffversorgung an die Grenze auf den hohen Bergen gesandt, von wo aus er die Reise für sich und den Wallach auf dem ecologia-bellanischen Nachtexpreß über Bergpässe und durch Tunnel fortsetzt (nicht unerkannt vom ecologia-bellanischen Erkennungsdienst) und den Expreß noch vor den phantastischen Wäldern und lieblichen Landschaften verläßt, wo er viele hübsche, vergnügliche Erlebnisse hat.

Er kommt an einem schönen kalten Frühlingsabend beim Palast an, nachdem sein weißes Pferd müde den Weg am See entlang getrottet ist. Die Strahlen der untergehenden Sonne umfangen Pferd und Reiter mit ihrem goldenen Schein – und vor sich auf dem Sattel hat der Prinz die kleinste Tochter des Palastkochs sitzen, die er aufgelesen hat, als sie durch den kalten Abend heimwärts trottete.

An einer Gruppe Ahornbäume neben der Anlegestelle für die königliche Barke hält sein Pferd plötzlich inne und bleibt reglos stehen. Eine silberne Gestalt steht unter den hellen Ahornblüten. Es ist ein junges Mädchen, so vertieft in die Fütterung der kleinen Schwäne, daß sie des Prinzen Näherkommen nicht gehört hat. Ihm bleibt ein Augenblick, in dem er ihre Vollkommenheit in sich aufnehmen kann – dann dreht sie sich um, überrascht, als das Kind auf des Prinzen Pferd ihren königlichen Namen ruft.

»Oh!« seufzt sie. »Ich wollte doch allein sein! So *viele* Leute sind schon gekommen!«

Er reißt sein Pferd herum, unverzüglich den Ort zu verlassen, aber um das Kind vom Sattel heben zu können, muß er absteigen, und sie hat Gelegenheit festzustellen, daß er – im Gegensatz zum Prinzen von Paradisio – keine Sporen trägt und sein Pferd nur eine Trense und nicht die grausame Kinnkette wie im Norden.

Und da die Schwänchen alle gefüttert sind, machen sich alsbald zwei goldhaarige Gestalten auf den Weg zu den Ställen, wohin sie das große Pferd führen. Der

Sonnenuntergang verstärkt das Strahlen, das von den beiden ausgeht.

... Es gibt wirklich keinen Grund für uns, den Ablauf der Ereignisse im Detail zu verfolgen. Also lasset uns kurz den Vorhang herabziehen.

Wenn er sich Monate später wieder hebt, erblicken wir zwei wunderschöne junge Leute, die rasend und über alle Maßen ineinander verliebt sind.

»Er ist ganz anders«, sagt die junge Königin zu ihren Ratgebern. »Er will die Dinge wirklich ändern, Frieden machen mit allen und Gutes tun.«

»Sie ist berauschend«, schreibt der junge Prinz an seinen besten Freund. »Und das Land ist ganz einfach eine Offenbarung. Und sollte es dazu kommen, daß wir einst eine einzige Nation werden, dann kannst du hier einen Besitz erwerben.« (Ecologia-Bella untersagt den Grunderwerb durch andere als Personen, die bereits mindestens in der dritten Generation Bürger des Landes sind.) Der Prinz ist so hingerissen von Ecologia-Bella, welches so viele seiner hochfliegenden Ideale verkörpert, daß sein erster Gedanke ist, es als eine Art Disneyland intakt zu erhalten und an Pluvio-Acida als solches anzugliedern, ohne etwas zu verändern, außer vielleicht einige Vorschriften, die sich auf die Werbung auf frei zugänglichen Plätzen beziehen.

Wir haben bereits die Ratgeber der Königin erwähnt. Diese sind zusammengefaßt in der Ratsversammlung von Ecologia-Bella, einer kleinen schlechtbezahlten Gruppe Freiwilliger – älterer Frauen und Männer, die hin und wieder zusammenkommen, wenn eine Gefahr die Stabilität des Landes bedroht. Und es ist klar, daß die gegenwärtige Situation nicht nur nach Wachsamkeit verlangt, sondern möglicherweise auch nach Aktionen.

Und so gibt eine Dame, welche von der Königin besonders geschätzt wird, ihr den folgenden Hinweis: »Wenn du Prinz Adolesco zum Gemahl nimmst, wird unsere Nation zu einem Teil von Pluvio-Acida und damit seinen Gesetzen unterworfen. Sie werden überall in Ecologia-Bella mit dem Bergbau beginnen, mit der Rodung der Wälder und dem Bohren nach Öl!«

»O nein«, entgegnet Amoretta verträumt, aber überzeugt. »Er schwört, er werde nichts verändern. Ecologia-Bella werde mein Eigentum bleiben, und ich würde weiterhin über das Land regieren.«

Die Dame sieht ihre Königin an und erkennt, daß es keinen Sinn hat, mit ihr die Veränderungen zu diskutieren, die mit den Vorsätzen eines Mannes zwischen seinem achtzehnten und seinem dreißigsten Lebensjahr vor sich gehen könnten.

»Er wird dein rechtmäßiger König sein«, sagte sie nur, »wie wird es dir gefallen, dir sagen lassen zu müssen, was du tun darfst und was nicht?«

»Oh, darüber habe ich schon nachgedacht.« Amoretta flicht eine Blume in ihr goldenes Haar. »Von König Boris oder Prinz Raoul würde mir das überhaupt nicht gefallen. Aber mein liebster Adolesco ist ganz anders. Er liebt mich wirklich. Ich bin sicher, er würde sich nie gegen meine eigenen Wünsche stellen.«

Die Dame seufzt und zieht sich zurück, um den anderen zu berichten, daß mit Vernunft nichts erreicht werden kann. Die Königin ist mit einem süßen Gift infiziert ...

Währenddessen hat Adolesco seine eigenen Probleme mit Eltern und Ratgebern. Aber sie sind nicht allzu schwerwiegend. Die Vorstellung, den alten Stachel im Fleisch friedlich zu annektieren, hat ihre Reize. Und des Königs Ratgeber betonen, daß nur Mammon allein weiß, welche wilden Ideen dem Prinzen demnächst kommen könnten, wenn ihm diese Heirat untersagt wird. So zumindest könnte man erwarten, daß er endgültig seßhaft wird, und das gar nicht so weit weg von zu Hause – außerdem würde ihn das endlich mit etwas anderem beschäftigen als mit dem Herumpfuschenwollen an Pluvio-Acidas Wirtschaft. Und einige

Aristokraten des Landes blicken hinaus auf ihre Plastikbäume und denken, daß es ganz nett sein müßte, einen Grundbesitz in Ecologia-Bella zu haben.

Die Ratgeber des jüngeren Bruders, des Prinzen Slimoldi, entwerfen listig ein Dokument mit dem Inhalt, daß Slimoldi gewisse Rechte erhalten sollte für den Fall, daß Adolesco – wenn er das Königreich Pluvio-Acida einmal geerbt haben wird – als neuer Herrscher mehr als einen gewissen Prozentsatz seiner Zeit den Geschäften von Ecologia-Bella widmet. So groß ist des Prinzen Verblendung, so sehr hat ihn die Liebe verzaubert – und so undurchsichtig ist der Inhalt des Dokuments auf den ersten Blick –, daß er ohne Zögern unterschreibt.

So steht also einer Eheschließung von Ecologia-Bella und Pluvio-Acida nichts mehr im Wege. Draußen auf der Felseninsel schwebt den Fusions ein Schauspiel von Leuchtraketen und Feuerwerkskörpern vor, welches seinesgleichen in der Menschheitsgeschichte noch finden muß. Und die Menschen in Ecologia-Bella, die nur den hübschen idealistischen Kronprinzen sehen und die strahlende Freude ihrer jungen Königin, freuen sich herzlich mit den beiden.

Aber es ist nicht so leicht, der Ratsversammlung von Ecologia-Bella zuwiderzuhandeln.

Ein einfach gekleideter älterer Herr, vor dem die Königin stets ein wenig Respekt gehabt hat, kommt zu ihr, ein großes Buch in Händen, in dem die Gesetze von Ecologia-Bella auf dem feinsten und haltbarsten Pergament, das im Land zu finden ist, aufgezeichnet sind.

»Meine Liebe«, beginnt er, nachdem er einen Becher gewürzten Weines dankbar akzeptiert hat, »es ist vielleicht deiner Aufmerksamkeit entgangen, daß es im Hinblick auf unseren Herrscher – nämlich dich – gewisse rechtliche Aspekte gibt.«

Sie blickt auf mit einem Gesichtsausdruck, der imstande wäre, einen steinernen Löwen zum Schmelzen zu bringen; er wappnet sein Herz.

»Oh, darüber weiß ich Bescheid«, erklärt sie. »Das Volk muß einverstanden sein. Willst du eine Volksabstimmung?«

»Nicht nötig, nicht nötig.« Mit einer Handbewegung erledigt er die Volksabstimmung. »Es genügt mir, daß die Menschen unseres Landes, besonders die jüngeren, mit ihren Herzen auf deiner Seite stehen. Aber da gibt es noch eine andere Überlegung, und zwar im Hinblick auf deine Jugend.«

»Wie bitte? Willst du, daß ich warte, bis ich alt und runzlig bin?«

»Du würdest mit, nun, sagen wir, sechzehn Jahren nur unwesentlich runzlig sein, denke ich«, lächelt der Ratsherr.

»Mit *sechzehn?* Das ist ja noch ein ganzes Jahr!«

»Exakt.« Er öffnet das Gesetzeswerk in seinen Händen. »›Für den Fall, daß der Herrscher sein sechzehntes Lebensjahr noch nicht vollendet hat, ist die Ratsversammlung berechtigt, ihre oder seine Eheschließung bis zu diesem Datum aufzuschieben, so nicht ein Notfall zu einer anderen Vorgangsweise zwingt ...‹ Es gibt noch keinen, ahem, Notfall, meine Liebe, oder?«

»Notfall ...?«

»Es ist noch kein – ahem, königlicher Nachkomme unterwegs?«

Die kleine Königin Amoretta richtet sich auf ihre volle Größe von einssechsundfünfzig auf. »Die Königin von Ecologia-Bella ist kein Tier!«

»Ausgezeichnet«, nickt der Ratsherr. Aber insgeheim wälzt er so seine Gedanken; natürlich brächte ein königlicher Bastard einige Schwierigkeiten mit sich, aber wenn man dies verhindern könnte, so gäbe es nichts Wirksameres, um die Glut der ersten Liebe abzukühlen als ein kleines Weilchen der ungestörten Intimität zwischen den beiden Liebenden – das haben zumindest seine eigenen Erfahrungen ergeben.

Er räuspert sich. »Noch etwas steht da in unseren Gesetzen, mein Kind. Es tut mir leid, dir dies sagen zu müssen. Aber unsere Vorfahren, deren Vermächtnis unsere heutigen Gesetze sind, waren natürlich vertraut mit der Liebe und ihren verschlungenen Wegen. Für den Fall, daß der Monarch oder die Monarchin die Absicht erkennen läßt, sich mit einem Partner zu verehelichen, der die Unabhängigkeit von Ecologia-Bella in Gefahr bringen könnte, ist, so legten diese unsere Vorfahren fest, das Einverständnis sämtlicher Mitglieder der Ratsversammlung notwendig, bevor die Eheschließung stattfinden kann. Und die Feststellung, ob nun diese Unabhängigkeit Ecologia-Bellas in Gefahr ist oder nicht, liegt wiederum nicht beim Monarchen, sondern ebenfalls einzig und allein bei der Ratsversammlung.

Es ist meine traurige Pflicht, dich auf das Votum der Ratsversammlung hinzuweisen, daß der von dir ins Auge gefaßte Gefährte tatsächlich die Unabhängigkeit unseres Landes in Gefahr bringen könnte und daher die Empfehlung lautet, diese Eheschließung nicht stattfinden zu lassen.«

»Du meinst, daß ihr mir verbieten wollt – daß ihr mir verbieten könnt, meinen Adolesco zu heiraten? Mir das Glück meines Lebens nehmen wollt?« Mit blitzenden Augen stampft die kleine Königin tatsächlich mit dem Fuß auf. »Niemals! Wer hat dieses Gesetz verfaßt? Ich werde es ändern.«

»Nicht so rasch, meine Liebe!« Der alte Ratsherr bleibt sitzen und hebt beruhigend die Hand. »Nicht so rasch! Ich habe nicht gesagt, daß wir die Heirat verbieten *werden*. Aber du mußt den Gedanken akzeptieren, daß wir es *können*. Du bist zwar die Königin, aber du kannst unser Grundgesetz nicht ändern.«

Amoretta läuft im Zimmer auf und ab.

»Ich weiß es!« bricht es aus ihr hervor. »Ich werde abdanken! Genau, ich werde einfach abdanken. Dann könnt ihr mir gar nichts mehr verbieten.«

»Ach, meine Liebe, auch wenn wir annehmen, daß

der Prinz gewillt wäre, eine Bürgerliche zu ehelichen ...«

»Das würde er, dessen bin ich sicher!« ruft sie aus, und dann fügt sie hinzu, denn sie ist ein aufrichtiges Mädchen: »Ich bin mir dessen ziemlich sicher.« Doch Nachdenklichkeit legt sich über ihre Züge.

»Ja. Auch wenn wir dies annehmen, meine Liebe – würde das Volk von Ecologia-Bella es zulassen? Und wir wiederum können nicht zulassen, daß du etwas tust, was möglicherweise Unruhen nach sich ziehen könnte. Denk noch einmal nach. Die Menschen haben soeben deine geliebten Eltern verloren. Dein Bruder ist noch ein kleines Kind. Willst du dein Volk *jetzt* alleinlassen? Aus rein selbstsüchtigen Gründen?«

»Nun ... natürlich nicht.«

»So steht es einer Königin an!«

»Oh!« Amoretta läßt sich in einen Sessel fallen und ist plötzlich mehr Kind als Königin. »Wenn ich Adolesco nicht heiraten kann, will ich sterben. Da will ich lieber sterben!«

»Das meinst du wirklich? Komm, denk nach!«

Sie denkt einen Augenblick nach. Dann sagt sie: »Ja«, und überrascht den Ratsherrn damit ein wenig. »Ich glaube, ich würde lieber sterben als auf meine Liebe verzichten. Ich hätte dann nichts mehr, wofür es sich lohnte zu leben ... habt ihr auch das Recht, eure Königin zu töten?« fragt sie in bitterem Tonfall.

Er schnappt nicht nach dem Köder, sondern sagt mit sanfter Stimme: »Nun gut, meine Liebe. Aber wir wollen zuerst einmal sehen, was die Zeit mit sich bringt. Du bist also einverstanden, daß die Eheschließung in einem Jahr stattfindet, wenn du sechzehn bist?«

»An meinem Geburtstag«, sagt sie mit fester Stimme. »Wenn es unbedingt so lange dauern muß.«

... Das nächste Jahr verfliegt in einem Wirbel leidenschaftlicher Freuden – aller Freuden bis auf eine einzige, denn die kleine Königin meint es ernst. Hin und wieder kommt der alte Ratsherr vorbei und erkundigt sich formell nach dem Stand der Dinge.

»Du bist immer noch der Überzeugung, daß für dich ein Leben ohne den jungen Adolesco nicht in Frage kommt, meine Liebe?«

»Immer noch«, erwidert sie darauf; und manchmal lächelt sie.

Einige Mitglieder der Ratsversammlung finden Gelegenheit, verschiedene Probleme wirtschaftlicher und gesellschaftlicher Natur mit ihrer Königin zu besprechen; es sind stets harmlose Dinge, lösbare Fragen, aber doch lehrsam für Amoretta, die stets angenommen hat, daß ihr Land sich irgendwie selbst regiert. Nun erkennt sie, daß es sich um einen stetigen Prozeß handelt, bei dem ein sanfter Druck hier, ein leises Zurückhalten dort notwendig ist, um die Nation in Gang zu halten. Die langfristige Vorausplanung beeindruckt sie, desgleichen die Klarsicht, mit der sozio-demographische Veränderungen wahrzunehmen sind oder jegliche andere Lebensäußerungen – wie etwa das Eindringen politischer Themen in die Kunst der Weber einer bestimmten Provinz.

Am lehrreichsten jedoch erweist sich ein Staatsbesuch nach Pluvio-Acida, zu dem sie sich schwer – jedoch unauffällig – bewacht begibt.

»Dein Bruder ist ganz ... anders als du«, sagt sie zärtlich zu Adolesco.

»Slimie ist ein unangenehmer Mensch.«

»Ich glaube, er ist schlimmer als das. Er ist grausam, ich sehe es in seinen Augen.«

Da sieht sie etwas Neues in den Augen ihres Lieblings – ein Aufflackern von Zorn, vorbei, noch ehe man es sich versieht, aber unzweifelhaft vorhanden. Offenbar ist es durchaus in Ordnung, wenn er seinen Bruder einen unangenehmen Menschen nennt, aber es ist etwas ganz anderes, wenn man hört, wie die eigene Familie von Außenstehenden kritisiert wird.

Amoretta sagt nichts mehr, sondern besänftigt den Kratzer auf seinem Stolz mit einem Kuß.

»Ich liebe dich so sehr!«

»Und ich liebe dich. Oh, mein Gott – laß uns einfach ausreißen!«

»Königinnen reißen nicht aus«, sagt sie und fügt hastig hinzu: »Und Könige auch nicht. Außerdem dauert es nur mehr einen Monat, mein Liebes, dreißig kurze Tage.«

»Dreißig Ewigkeiten.« Seine Augen verschlingen sie.

... Und so dämmert schließlich der große Tag herauf, hell und klar und erwartungsvoll vibrierend.

Hell und klar ist er, weil Amoretta in der Mittsommernacht geboren wurde. Die Schüsse, die von Zeit zu Zeit hörbar werden, stammen von den pulvio-acidanischen Grenzwachen in ihrem Versuch, die Horden ihrer Mitbrüder zurückzuhalten, die entlang der Grenze ihre Nachtlager aufgeschlagen haben und auf den Moment warten, in dem Pluvio-Acida und Ecologia-Bella eins werden. In vorderster Reihe befindet sich ein Zug pluvio-acidanischer Aristokratie, das Scheckbuch in Händen und fest entschlossen, unter den ersten zu sein, die ihre Wahl unter dem ecologia-bellanischen Grundbesitz treffen.

Die knallenden Geräusche bei Sonnenaufgang stammen jedoch auch von einem Luftdruckgewehr im Park des Palastes (Luftdruckgewehre sind die einzigen Schußwaffen, die den Bürgern, ausgenommen das Militär, erlaubt sind). Prinz Adolesco, zur Jagd gekleidet, ballert auf ein Rudel fetter Hirsche und auf ein paar dralle Fasane, die sich alle in Erwartung eines unmittelbar bevorstehenden Leckerbissens um ihn versammeln. Die Geschoße aus dem Luftdruckgewehr – alles inländische Produkte – stören sie kaum.

»Verflixt und zugenäht!« ruft der Prinz verärgert dem Himmel zu und läßt eine etwas kernigere Verwünschung folgen, als ein ganz besonders feister Hirsch versucht, dreist seine Nase in des Prinzen Jackentasche zu stecken. Er dämpft jedoch hastig sein Temperament, als Amoretta und eine Gruppe ihrer engsten Freundinnen in Sicht kommen, die gerade einen Abschiedsspaziergang zusammen machen.

Die Königin läuft auf ihn zu. »Was ist geschehen, mein Liebster? Bist du verletzt?«

»Warum zum ... warum rennen sie nicht davon? Verschwinde, gotteslästerlicher Vogel, flieg schon davon! Diese Tiere hier, das sind hoffnungslose Feiglinge! Amy, das sind sie! Warum laufen sie nicht weg?«

»Nimm es dir nicht zu Herzen, liebster Adolesco! Wir werden einen davon so abrichten lassen, daß er davonläuft. So schnell wie der Blitz!«

Der Prinz läßt ein Stöhnen äußerster Frustration hören und wirft das Luftdruckgewehr weit weg. Dann ermannt er sich, grüßt die Anwesenden, küßt die Hand seiner Liebsten und stapft davon.

Amoretta blickt ihm nach und lächelt zärtlich. Eine der älteren ihrer Damen bemerkt dieses Lächeln und fühlt ihr Herz zu Eis erstarren, denn es besiegelt Amorettas Schicksal; das Lächeln verrät nämlich nicht nur das strahlende Glück eines betörten Mädchens, sondern ein neues Element liegt darin, welches sich in dem vergangenen Jahr entwickelt hat: ein Funken durch nichts zu erschütternder Mütterlichkeit. Amoretta kennt ihren Liebsten jetzt gut; sie ist sich vieler Dinge bewußt, ist nicht gedankenlos und unbekümmert, wofür sie viele halten. Doch anstatt ihre Leidenschaft zu dämpfen, hat dieses Wissen den gegenteiligen Effekt. Adolesco ist zu einem Teil ihr Sohn geworden, dem sie alles vergibt. Sie sieht seine Fehler und übersieht sie zugleich – mit der unerschütterlichen Überzeugung einer Mutter, die sicher ist, daß der Sohn sie unter ihrer liebevollen Lenkung alle ablegen wird, wenn er nur erst einmal erwachsen ist.

Die Dame seufzt in ihrem Dilemma: Dieser übermächtige Mutterinstinkt wäre wohl in andere Bahnen gelenkt worden, hätte Amoretta ein echtes Baby gehabt; doch dazu ist es nun zu spät. Nun ja; wir sehen, daß auch in Ecologia-Bella ein Mädchen einen Taugenichts an ihr allzu mütterliches Herz drücken kann, der sich dort des Platzes ihrer späteren rechtmäßigen Kinder bemächtigt. Nicht, daß Adolesco nun ein Taugenichts wäre; er ist nur noch sehr jung und unausgegoren, und die endgültige Form, zu der sich seine Persönlichkeit später auskristallisieren wird, könnte unter Umständen eine nicht so anziehende sein.

Aber wir müssen nun zum Tag seiner Hochzeit zurückkehren.

Um die Mittagsstunde wird ein mehr oder weniger zeremonielles Mahl eingenommen, an dem Prinz Adolescos Eltern teilnehmen, die Herrscher von Pluvio-Acida. Sie landen am Vormittag mit dem königlichen Düsenflugzeug, das selbstverständlich von konventionellen Flüssigbrennstoffen angetrieben wird. Eine beachtliche Menschenmenge hat sich versammelt, um die Ankunft von König Puerco Volante, Königin Porcellana und Prinz Slimoldi mitzuerleben, wenngleich das anwesende Volk von Ecologia-Bella sich auch gelegentlich diskret schneuzt und die Nasen zuhält.

Königin Porcellana revanchiert sich umgehend.

»Was ist das für ein schrecklicher Geruch?« fragt sie Adolesco, der die Treppe hinaufgelaufen ist, um seine Eltern zu begrüßen. »Das riecht wie Giftgas! Mein Gott! Glaubst du ...?«

»Beruhige dich, liebe Mutter. Das ist nur frische Luft. Bei manchen Menschen hat sie diese Wirkung.«

Die Königin schnuppert. »Kein Wunder, wenn etliche dieser Leute Gesichtsmasken tragen. Das machen diese gräßlichen Bäume. Als erstes mußt du veranlassen, daß man alle fällt. Ich habe gehört, sie sind schuld an der Umweltverschmutzung.«

Und zu dem Zeitpunkt, als König Puerco Volante und

seine Familie den Palast erreichen, wo Königin Amoretta sie erwartet, sind sie von den Sauerstoffschwaden so übermannt, daß sie nichts mehr von sich geben, was wert wäre, hier erwähnt zu werden.

Ihre Teilnahme an dem Mahl wird durch einen Schwächeanfall von Königin Porcellana vorzeitig beendet, und die Herrscher von Pluvio-Acida sind dankbar, sich in ihre Gästesuite zurückziehen zu können.

Kurz darauf verschwinden auch die anderen Gäste, um sich auszuruhen und für die bevorstehenden Festivitäten vorzubereiten. Die Hochzeit soll am frühen Abend stattfinden, denn dies war die Stunde von Amorettas Geburt; aber die Sommersonne steht immer noch hoch am Himmel.

Und nun stattet ihr der alte Ratsherr seinen letzten Besuch ab.

Er trifft die kleine Königin *en deshalbillé* an; träumerisch arbeitet sie am Blumenkranz einer Brautjungfer.

»Meine Liebe«, sagt er in sehr ernstem Tonfall, »bist du bereit für die Stunde, da deine Wünsche – all deine Wünsche – in Erfüllung gehen sollen?«

Sie will schon freudig erregt antworten, da besinnt sie sich: Dies ist keine gewöhnliche Konversation. »Ja ... ich meine – ja, natürlich!«

»Dann wirst du jetzt mit mir kommen. Diese Stunde steht unmittelbar bevor.« Er entfaltet einen großen hauchdünnen schleierartigen Umhang, den er über dem Arm getragen hat.

Sie starrt ihn einen Augenblick lang an, dann packt sie Spiegel und Haarbürste und beginnt fieberhaft zu arbeiten. »Oh, aber meine ... und die Nase ... warte!«

»Darum wird man sich augenblicklich kümmern, keine Sorge.« Er nickt in Richtung einer älteren Dame und deren Zofe, die lautlos hinter ihm eingetreten sind und damit begonnen haben, allerlei Dinge aus Amorettas Schränken und Frisiertisch auszuwählen und sie in eine große unauffällige Tasche zu legen. »All dies wirst du in Kürze wiedersehen. Und jetzt leg dies hier um ... so ist es richtig, es muß dein Gesicht bedecken ... und komm mit mir. Sprich zu niemandem. Wir müssen hoffen, daß niemand dich erkennt.«

Sie folgt ihm hinaus aus ihren Gemächern und durch den hinteren Teil des Palastes, den sie gut kennt, wo jedoch so viele Fremde kommen und gehen, daß es auf einen mehr oder weniger nicht ankommt. In einem kleinen Hof steht ein langer, niedriger, unauffälliger Wagen mit einem Fahrer in Zivilkleidung; in diesen Wagen hilft der Ratsherr Amoretta. Als sie Platz genommen haben und der Wagen sich in Bewegung setzt, räuspert er sich und spricht.

»Also, meine Liebe. Du mußt wissen, daß es eine gewisse Stunde gibt, die, wenn ich so sagen darf, in der Geschichte Ecologia-Bellas nicht aufscheint und auf unseren Uhren nicht gezählt wird. Ich sage dies gleichnishaft, um damit auszudrücken, daß Handlungen oder Taten, die während dieser einen Stunde gesetzt werden, als nicht stattgefunden betrachtet werden. Sie existieren offiziell nicht. Und diese Stunde ist jene unmittelbar vor einer königlichen Hochzeitszeremonie – somit jetzt gleich beginnend.«

»Aber was ...?« beginnt sie, denn in den vergangenen Wochen ist ihre Verwirrung immer größer geworden. Man hat ihr gesagt, daß sie Adolesco nicht heiraten darf, und nun sieht es ganz danach aus, als ob dies doch möglich sei. Sie war nicht so närrisch zu hoffen – und hat es dennoch getan, ein bißchen wenigstens. Was sie jedoch vage erwartet hat, das war etwas Offizielleres, ja selbst etwas Katastrophales, aber nicht diesen merkwürdigen Vorgang.

»Ich weiß, ich werde entführt.«

Der Ratsherr hebt die Hand.

»Nein. Erlaube mir fortzufahren. Der Grund für die Existenz dieser inoffiziellen Stunde ist die Tatsache, daß vor langer Zeit die Weisen von Ecologia-Bella entschieden haben, die Paraden, Reden, endlosen Stunden der Formalitäten und der verschiedensten lukullisch untermalten Lustbarkeiten eines langen Hochzeitstages seien einem für das junge Paar glückhaftem Ergebnis der darauffolgenden Nacht abhold. Die beiden seien erschöpft, nervös, überfüttert von den vielen Leckerbissen und den vielen Reden und so weiter und so fort, wenn man sie dann endlich im immer noch vorhandenen grellen Schein der öffentlichen Aufmerksamkeit allein läßt. Kannst du mir folgen?«

»O ja! Tatsächlich ...«

Seine Hand hebt sich wieder.

»So wird also dafür gesorgt, daß die beiden allein sein können, solange sie sich noch frisch fühlen, zu einer Stunde, welche nicht existiert, an einem Platz, der sich in keinem Reiseführer wiederfindet, um dort zu tun, was immer ihr Herz begehrt – und zwar in absoluter Zweisamkeit, wie es einem der kostbarsten Augenblicke des Lebens gebührt. Dort, wo ich dich jetzt hinbringe, darfst du die königlichen, die jungfräulichen Skrupel und Zwänge ablegen, welchen du dich bisher so tapfer unterworfen hast, denn dies ist ein alter Brauch, welcher seit undenklicher Zeit in allen Einzelheiten festgelegt ist. Es gibt nichts, wovor du dich ängstigen mußt, nichts, was du tun mußt, außer für die Erfüllung deiner eigenen Wünsche zu sorgen; und verlaß dich darauf, daß wir dich zur rechten Zeit zum Altar bringen werden. Das Volk wird seine Zeremonien, Paraden und prächtigen Bilder haben, und alles wird bestens arrangiert sein, genauso wie damals, als deine jungfräuliche Frau Mutter diesen Weg ging. Kannst du mir immer noch folgen?«

»O ja! Ja, natürlich! Wie wunderbar! Aber ...«

»Aber in deinem Fall, meine Liebe«, fährt er mit fester Stimme fort, »in deinem Fall gibt es einen Unterschied. Ich sagte, daß *alle* deine Wünsche in Erfüllung gehen werden. Du hast jetzt verstanden, daß du deinen Adolesco in der schönsten Stunde deines Lebens haben kannst. Aber du hast auch den Wunsch ausgesprochen, sterben zu wollen, wenn du ihn nicht heiraten darfst. Das, meine Liebe, ist immer noch der Fall. Du darfst ihn nicht heiraten, und du kannst ihn nicht heiraten. Und daher wird dies nicht nur die glücklichste Stunde deines Lebens sein, sondern auch die letzte.

Wenn es soweit ist, wirst du zwei Phiolen erhalten, welche du austrinken sollst – eine davon bitter, die andere süß. Die erste wird dafür sorgen, daß deine Glückseligkeit wirklich vollkommen ist, ohne die kleinen nervösen Verkrampfungen, die so oft die erste Erfahrung einer Jungfrau mit der körperlichen Liebe beeinträchtigen. Das ist die bittere Flüssigkeit. Die süße wird dafür sorgen, daß nach der totalen Erfüllung eine leichte und schmerzlose Kühle über deinen Körper kommen wird. Das wird alles sein, ehe du die Besinnung verlierst. Doch diese Besinnungslosigkeit ist der Tod; du, Königin Amoretta, wirst niemals daraus erwachen. Um es offen herauszusagen – nach dieser Stunde der Liebesglut wirst du sterben. Bist du immer noch darauf vorbereitet?«

»Ja.« Die kleine Königin hebt das Gesicht, die sanften Lippen fest zusammengepreßt.

»Gut. Dann gibt es eine Kleinigkeit, die du tun mußt. Dein Prinz, der dich ja in seinen Armen sterben sieht, wäre darob natürlich untröstlich verzweifelt und keinesfalls in der Lage, gewisse Dinge zu tun, die er tun muß. Daher mußt du ihm zu irgendeinem Zeitpunkt im, ääh ... Verlauf der Ereignisse sagen – und ihn überzeugen –, daß du nur eine Doppelgängerin bist. Daß die Königin selbst nicht imstande war, ihre Skrupel zu überwinden, und an ihrer Stelle eben dich, ihre Doppelgängerin, gesandt hat – was übrigens ein Recht beider Personen ist. Du siehst die Notwendigkeit für dieses Vorgehen ein, und deine Phantasie wird dir zu Hilfe kommen, denke ich?«

»O ja – aber wird er es nie erfahren? Wird er eine andere heiraten? Ach, das ... nein, nein!«

»Beruhige dich. Diese Vorspiegelung falscher Tatsachen dauert nur eine Stunde lang. Und er wird keine andere heiraten – außer möglicherweise in vielen Jahren einmal, wenn er zurück sein wird in Pluvio-Acida. Und er wird sehr bald wissen, daß das Märchen von der Doppelgängerin Unsinn ist; daß er vielmehr diese Stunde mit der Königin selbst verbracht hat.«

»Sehr gut. Ist das alles? Ich muß jetzt nachdenken ... Was, wir fahren zur Kathedrale?«

Die Hochzeit soll vor dem großen Altar der Göttin der maßvollen Fruchtbarkeit stattfinden, einer architektonischen Zierde der Hauptstadt.

»Ja, aber zu einem Trakt des Gebäudes, der nur wenigen Menschen bekannt ist.«

»Ich nehme an, mein Leichnam wird öffentlich aufgebahrt werden?« fragte die kleine Königin tapfer.

»Ja, einen Tag lang. In der Kathedrale des Alls.«

»Würdest du dann bitte dafür sorgen, daß Donna mein Haar zurechtmacht?«

»Gewiß.« Der alte Herr zieht sein Notizbuch aus der Tasche und notiert dies sorgfältig. Ein, zwei Minuten lang herrscht Schweigen.

»Mein armes Volk«, bemerkt die Königin gedankenvoll. »Ich glaube wirklich, daß es mich recht gern hat, nicht wahr? Und ich habe versucht, ein paar kleine Dinge in Angriff zu nehmen ... aber ich war so jung.«

»Mehr als nur recht gern. Die Menschen werden erst den lauteren Charakter und die überragenden Qualitäten deines Bruders kennenlernen müssen, bevor ihre Trauer verebben kann ... Und nun ist es meine offizielle Empfehlung an dich, nur noch an die unmittelbar bevorstehenden Freuden zu denken. Denk daran, wie du dich bald fühlen wirst, wenn dein Prinz mit offenen Armen auf dich zugeht, und du dich unbeschwert seiner Umarmung hingeben kannst.«

»Ohhh, ja!« Und sie denkt an nichts anderes mehr, bis sie an der Rückseite der Kathedrale vor einem unauffälligen alten Nebeneingang anhalten. Aus dem Wagen hinter dem ihren steigen die ältere Dame und die Zofe mit der Tasche.

»Dies ist Gräfin Verdant, meine Liebe. Ich glaube, du kennst sie bereits. Sie wird sich um alles kümmern und die ganze Zeit über in deiner Rufweite sein.«

Mit diesen Worten verabschiedet sich der alte Ratsherr und fährt davon.

Nach einer angemessenen Weile klopft er an des Prinzen Tür.

»Oh, tritt nur ein!«

Der Ratsherr öffnet die Tür und sieht sich dem Prinzen gegenüber, welcher sich, in kurze Hosen mit dem Emblem von Pluvio-Acida darauf gekleidet, nach seiner siebten Dusche an diesem Tag die Brust abtrocknet. Er greift nach dem Zeremonienschwert, das ihm seine Eltern zusammen mit anderen für die Hochzeit notwendigen Accessoires mitgebracht haben, und versucht nervös, es zu schärfen. Dazwischen wirft er häufige Blicke auf eine bronzene Uhr, welche er im Verdacht hat, stehengeblieben zu sein, so langsam vergeht ihm der Nachmittag.

»Dieses verdammte Ding läßt sich überhaupt nicht zuschleifen!« ruft er aus. »Wertloses Blech! Das ist auch etwas, das ich an Ecologia-Bella so mag: Alle eure Sachen sind erstklassige Qualität. Weiß Gott, was ihr mit eurer Arbeiterschaft anstellt, daß das so ist ...«

»Vielleicht ist es das, was wir mit unserer Arbeiterschaft *nicht* anstellen«, lächelt der Ratsherr. »Und nun, mein lieber junger Prinz, stehst du kurz davor, an einem uralten ecologia-bellanischen Brauch teilzunehmen, welcher dir, davon bin ich überzeugt, besser gefallen wird als alle anderen Dinge dieser Welt.«

»O mein Gott, muß ich mich schon ankleiden?«

»Absolut nicht.« Der Ratsherr schüttelt einen zweiten

großen schleierdünnen Umhang aus. »Vielleicht könntest du einen hübschen Morgenrock anlegen – dieser goldene dort drüben genügt vollauf.« Er winkt den Diener vorwärts, der hinter ihm eingetreten ist. »Und ein Paar Pantoffeln. Alte Steine sind kalt.«

»Nicht nur sie«, murmelt der Prinz; aber seine Neugier ist geweckt, ganz besonders als der Diener unter anderem auch ein Fläschchen Duftwasser und eine Bürste in die Tasche steckt, die er mitgebracht hat.

»Ich nehme an, daß du auf diesem Gebiet bald keinen Grund zur Klage mehr haben wirst«, strahlt der Ratsherr und hilft ihm, den alles verbergenden Umhang umzulegen. »Und jetzt komm mit und bemühe dich, möglichst nicht aufzufallen.«

Es folgt eine Wiederholung der Reise über die Hintertreppen, der Wagenfahrt und der Erklärungen des Ratsherrn, wobei jener Teil, der sich im speziellen auf Königin Amoretta bezieht, ausgelassen wird.

Die Reaktion des Prinzen entspricht genau den Vorstellungen des alten Ratsherrn.

»Was für ein wundervolles Land!« ruft Prinz Adolesco wieder und wieder aus und kreuzt nervös die Beine. »Welch ein verständiges, aufgeklärtes Land! Meinst du das wirklich? Sie wird da sein? Es ist kein Scherz?«

»Auf meine Ehre! Da sieh ...« Er hebt eine Blüte auf, die irgendwie an Amorettas Schleierumhang hängengeblieben sein muß. »Gerade eben hat sie vor dir die gleiche Reise gemacht.«

»Beim Himmel, welch ein Land!« Der Prinz preßt die Blüte in seinen Händen, als wäre sie der Schlüssel zur Himmelstür, und stellt die Beine wieder gerade.

Von der sonnenbestrahlten Straße treten sie durch die unauffällige Tür in die Kathedrale und befinden sich in einem kühlen dämmrigen alten Korridor. An seiner linken Wand sieht man hohe Stützpfeiler aus Marmor, welche die Rückseite des riesigen Standbildes der sitzenden Göttin formen. In einer Nische befindet sich eine bewegliche Steinplatte, welche zur Seite geschoben ist und im Licht einer sanft leuchtenden Lampe eine Tür aus glänzendem Nußholz erkennen läßt. Der Ratsherr bedeutet Adolesco stehenzubleiben.

»Hinter dieser Tür befindet sich ein Apartment, das alles enthält, wonach es junge Liebende gelüsten könnte. Es gibt etliche Räume; dein Diener wird in einem Hinterzimmer sein, jederzeit bereit, dir später für die offizielle Zeremonie, welche dir rechtzeitig angekündigt werden wird, beim Ankleiden behilflich zu sein.

Im ersten Raum, den du betreten wirst, steht ein Bett. Und in dem Bett wird eine junge jungfräuliche Königin liegen, die niemals noch den nackten Körper eines lebendigen Mannes erblickt hat. Auch den ihren hat noch nie das Auge eines Mannes erblickt, noch die Hand eines Mannes berührt – nicht einmal die eines Arztes, seit ihrer Geburt. Und, denk daran, sie ist auch eine Königin, aus einer langen Ahnenreihe königlichen Blutes. Es wird vonnöten sein, daß du in deinem Verhalten äußerste Einfühlsamkeit walten läßt. Ich weiß, daß es dir daran nicht mangelt; ich habe genau beobachtet, wie du in der Lage bist, ein Vollblutpferd zu bändigen, wenn es scheut, und zu beruhigen, wenn es wütend reagiert. Das soll nicht heißen, daß es sich bei der Königin um ein Tier handelt, jedoch in unseren grundlegenden Gefühlen sind wir alle Tiere, und wir haben alle unsere eigene Empfindsamkeit, nicht wahr?

Ich verlasse dich jetzt. Sammle dich und klopfe dann. Wenn dir nicht geantwortet wird – wenn dir *nicht* geantwortet wird! –, tritt ein. Sollte jedoch die Antwort ›Nein‹ lauten, dann darfst du es keinesfalls wagen einzutreten; ruf mich, und ich werde dich holen. Aber ich bezweifle, daß dieses Mißgeschick sich ereignen könnte. Und nun adieu. Möge dir alle Glückseligkeit zuteil werden, die deine Liebe verdient.«

Der Ratsherr nimmt den Umhang an sich und geht.

Adolesco holt tief Luft und nähert sich der geheimnisvollen Tür. Als er klopft, klingt ihm das wie Gewehrfeuer, obwohl seine Hand so sanft war wie nur möglich. Unwillkürlich hält er den Atem an und horcht. Kein Geräusch – und ganz gewiß keine menschliche Stimme – erklingt hinter der Tür.

Mit zugeschnürter Kehle dreht er den Türknauf und öffnet.

Das Zimmer vor seinen Augen liegt unter einem Nebel aus weichem Licht und warmen Farben. Er läßt den Blick rundum gleiten, bis er auf ein großes seidenes Bett fällt.

Die Seide spannt sich straff um etwas, das er unschwer als den schmalen Körper eines jungen Mädchens erkennen kann, und unter dem hochgehaltenen oberen Ende der Decke, unter einem Schwall goldenen Haares, blicken die beiden größten Augen hervor, die er je in seinem Leben gesehen hat, und suchen die seinen.

Ihre Blicke treffen sich. Zögernd tut er einen Schritt nach vor ... dann einen zweiten ... »Amy?«

... Aber es gibt keinerlei Ursache und Notwendigkeit, das Schauspiel weiter im Detail zu verfolgen, welches schließlich so alt ist wie die Menschheit – obwohl es selten noch mit solcher Hingabe gespielt worden ist.

Es genüge der Hinweis, daß alles gut geht – sehr gut, selbst die Turbulenzen der Gefühle, als Amoretta gesteht, ihr eigenes Double zu sein.

»Es geschah alles in der letzten Minute – die arme kleine Königin war so hin- und hergerissen zwischen ihrer Vorstellung von Anstand und Schicklichkeit und ihrer Liebe zu dir, daß ihr übel wurde – ich meine, richtig übel. Und da wußte sie, daß es nicht gutgehen würde, daß sie dir keine gute Partnerin abgeben würde. Doch die Vorstellung, dir ›nein‹ zu sagen und zu sehen, wie du dich enttäuscht abwendest, konnte sie auch nicht ertragen. Also rief sie mich – das heißt, eigentlich habe ich ihr den Vorschlag gemacht. Ich nehme diese Sache mit der Jungfräulichkeit nicht so ernst wie sie ...

das heißt, ich bin schon noch Jungfrau ... das heißt, ich *war* ...« Sie lacht so bezaubernd wie eine Amoretta, die fröhlicher ist als sonst, und sein Herz krampft sich zusammen.

(Amoretta hingegen, der kleine Schalk, genießt ihre Rolle ganz außerordentlich!)

»Aber ich habe es nur für sie getan, verstehst du? Ich habe meine Aufgabe immer ernst genommen, ich beobachte sie stets genau. Du wärst überrascht, wenn du wüßtest, was ich alles schon mitgemacht habe! Lange, öde Zeremonien natürlich – und auch ein paar Dinge ganz aus der Nähe: Niemand hat je Verdacht geschöpft. Ich war sogar zusammen mit ihr in deinem Land – hast du etwa bemerkt, daß ich es war, die neben dir auf der Tribüne stand, während unten die pluvio-acidanische Armee vorbeizog, die Marine, die Luftwaffe, und wer weiß, was noch?«

»Das warst *du?*« Der Sturm hat sich längst gelegt.

»Na sicher! Sie wußte doch, daß es endlos dauern würde, verstehst du, und ich mag Militärparaden lieber als sie. Meine Güte, habt ihr eine riesige Armee! Und du warst so hübsch anzusehen!«

»Auch du warst sehr schön ... Aber willst du damit sagen, daß du immer hier im Palast warst? Wieso habe ich dich noch nie getroffen?«

»Oh, das hast du ja. Das war eine sehr spannende Sache für mich, glaub mir. Aber du hast mich kein zweitesmal angesehen – das tut niemand. Ich habe dann nämlich anderes Haar und andere Augen, und all das und ein Stück rosa Pflaster auf dem Kinn verändern mein ganzes Gesicht. Oh, und dann noch ein paar Pölsterchen hier und da. Ich nenne das meine ›Uniform B‹. Wenn ich sie bin, dann ist es ›Uniform A‹.«

Sein Blick gleitet zärtlich und erstaunt über ihre Gestalt. »Aber ihr seid so ähnlich ... es ist einfach unglaublich. Hör mal, und wie soll ich wissen, daß ihr beide mir keine Streiche mehr spielt?«

»Oh, das könnten wir nicht! Jetzt nicht mehr. Aber ich verrate dir ein Geheimnis – sieh her!«

Unbefangen dreht sie sich auf den Bauch, um ihm ihre pfirsichhäutige Kehrseite zuzuwenden. »Siehst du diesen großen braunen Fleck auf meiner linken ... ooh!« Plötzlich erinnert sie sich daran, wer er ist und was geschehen ist, und der Pfirsich errötet sanft, ehe sie sich daranmacht, ihn zu verstecken.

Er hält sie fest, lacht und sieht sie an. »Meinst du diesen winzigkleinen Schönheitsfleck, den ich kaum erkennen kann?«

»Nun ja. Aber die Königin ist *makellos,* verstehst du? Das ist *mein* Erkennungszeichen. So kannst du uns immer auseinanderhalten.«

»Das könnte sich bei offiziellen Gelegenheiten als ein echtes Problem erweisen!«

Und zwischen Gekicher und spielerischem Geplänkel kommt es zur klassischen Wiederversöhnung. Die ganze Situation erscheint dem Prinzen nun weit eher prickelnd denn enttäuschend. Welcher überaus gesunde junge Mann faßt es wohl als Beleidigung auf, an seinem Hochzeitstag eine wunderschöne Reservejungfrau in die Geheimnisse der Liebe einweihen zu dürfen? Es gibt nichts, was ein üppiger Teller ecologia-bellanischer Meeresfrüchte nicht in Ordnung bringen würde – und in weiser Voraussicht wurde ebendieser Teller bereitgestellt.

Und so schläft er tief und sie beinahe, als sie spürt, wie die endgültige, tödliche Eiseskälte sie sanft überkommt. Sie hat nur noch die Kraft, ein Adieu zu flüstern, aber es ist zu leise, um ihn zu wecken. Erst als der Ratsherr mit seinem Morgenmantel sich über ihn beugt, schrickt Adolesco benommen hoch und kommt taumelnd auf die Beine – und der Ratsherr hätte den jungen Prinzen wegführen können, ohne daß ihm aufgefallen wäre, daß etwas nicht stimmt, hätte letzterer sich nicht niedergebeugt, um ihr einen Abschiedskuß zu geben.

Da stößt ihn die Kühle ihrer Haut und die Reglosigkeit ihres Körpers ins volle, schreckliche Erwachen.

»O mein Gott – was ... Hilfe!«

»Hilfe ist schon da. Wir haben das immer befürchtet«, sagt der Ratsherr und zieht Adolesco an der Schulter zurück, so daß die beiden weißgekleideten Männer an das Mädchen herankommen können.

»Sie hat einen Herzfehler. Aber dies sind unsere besten Kardiologen, sie werden alles in ihrer Macht Stehende für sie tun. Jetzt mußt du dich auf andere Dinge konzentrieren. Komm, überlaß diese charmante junge Dame ihren Ärzten – auf dich wartet eine Königin, um deine Ehefrau zu werden.«

Widerwillig läßt sich der Prinz in ein anderes Gemach führen, wo man ihn badet und in seine schönste purpurne Uniform kleidet, und als er in das Schlafzimmer zurückkehren will, merkt er, daß die Tür verschlossen ist. Aber ein hoher Spiegel, der ihm sein prachtvolles Ebenbild in Rot und Gold zeigt, hebt seine Laune, und da er schließlich und endlich gar nichts tun kann, richtet er seine Gedanken auf jene Pflichten, die unmittelbar vor ihm liegen.

Er hat sich, so scheint es, ein wenig verspätet.

»Du mußt dich beeilen«, sagt der Ratsherr und führt ihn zu einem verwinkelten Gang. »Geh hier weiter, schnell! Am anderen Ende des Ganges erwarten dich Personen, die dir sagen werden, was du zu tun hast.«

Und nun wird unsere einfache Geschichte kompliziert, denn sie läuft auf drei verschiedenen Schauplätzen zugleich ab. Wir wollen zuerst einen Blick auf das werfen, was sich gerade vor der Kathedrale abspielt:

Die Hochzeitsparade vom Palast herüber ist unvergleichlich prachtvoll. Vornweg marschiert die Militärkapelle, und noch nie zuvor war Musik fröhlicher und stimmungsvoller, noch nie zuvor waren Uniformen glanzvoller und Musikinstrumente blitzblanker in den Strahlen einer sinkenden Sommersonne.

Hinter der Musikkapelle kommt der Zug der Bürger von Ecologia-Bella, alle in ihrer Nationaltracht aus heller Seide, welche reich an Rüschen und Krausen und Litzen und Borten ist und das Auge eines jeden Betrachters erfreut: Es sind die Sieger der Wettkämpfe, die das ganze Jahr über abgehalten werden – Wettbewerbe im Holzfällen, im Gobelinsticken, im Schachspiel, in Leichtathletik, im Schweißen, in der Blumenzucht, im Rauchfangkehren, Computerbau und in allem möglichen anderen dazu. Sie alle schreiten fröhlich einher und streuen Blumen gemeinsam mit anderen, die keinerlei Wettbewerb gewonnen haben, die nur einfach liebenswert sind.

Dahinter kommt ein herrlicher Festwagen, der in seiner verschwenderischen Blumenpracht, deren Duft die ganze Luft erfüllt, alles das darstellen soll, was edel und frei und schön ist.

Dann beginnt die lange Reihe der Kutschen, alle beflaggt, alle gezogen von passenden Pferdegespannen – glänzend rotbraun und elfenbeinfarben und ebenholzschwarz und gefleckt und fuchsfarben. Die ersten Kutschen bringen prominente Besucher herbei und ältere Menschen – und nie zuvor sind Pferde so stolz einhergeschritten, nie zuvor haben Geschirr und Kopfschmuck so geglänzt und geschimmert. Danach kommt eine Dampforgel, von Ponys gezogen, um die Militärkapelle zu unterstützen, und direkt dahinter befindet sich die königliche Marschkapelle aus Pluvio-Acida, welche ohne Unterlaß die Nationalhymne ihres Heimatlandes schmettert; glücklicherweise übertönt die Dampforgel dies Schmettern.

Der Musikkapelle folgen zwei Kutschen der königlichen Familie von Pluvio-Acida, deren Mitglieder nervös die Haltegriffe dieser fremdartigen Fahrzeuge umklammern, wenn sie nicht gerade der Menschenmenge zuwinken.

Und dann kommt – aaah! – die erste der Kutschen im

bräutlichen Gefolge, in denen sich die jungen Adeligen befinden, die Prinz Adolesco begleiten. Hinter ihnen drei offene Zweisitzer, in denen Königin Amorettas Brautjungfern und engste Freundinnen sitzen wie in riesigen Blumenbuketts. Und endlich, endlich erscheint ein großer weiß-goldener Landauer wie eine Hochzeitstorte, und darin, hinter dichten Schleiern und Blumengestecken, sitzt die Königin. (So nimmt man zumindest an, denn Königin Amoretta besitzt tatsächlich ein Double.) Sie wird nur von ihrer ältesten Ehrendame und einer reich mit Bändern geschmückten Kinderfrau begleitet, welche einen mindestens ebenso reich mit Bändern geschmückten Prinz Treuherz auf den Knien hält. Die Königin winkt den Menschen freundlich zu – jedoch nicht allzu lebhaft, denn dies ist ein feierlicher Tag.

Hinter ihr kommt der Grund für die ganze Angelegenheit: ein ganz unglaublich schöner Prinz auf einem hohen schneeweißen Roß, das tänzelt und steigt wie das Streitroß Alexanders des Großen. Die Schönheit des Prinzen ist weniger eine erblickte denn eine erfühlte, weil der Federschmuck auf seinem Helm so umfangreich ist, daß nur hin und wieder das Auge sein Gesicht dahinter erkennen kann. Seine athletische Gestalt und Haltung zu Pferde sind jedoch ausreichende Hinweise auf sein königliches Geblüt.

Hinter ihm kommt ein Kontingent berittener Palastgarden in Gold und Weiß und Federbüschen, ihre herrlichen Rösser im Gleichschritt, und schließlich eine dritte Kapelle, deren Klänge die Pferde im Schritt halten. Den Abschluß bildet eine Schar preisgekrönter Tiere, geführt von einem mächtigen Bullen, alle im vergangenen Jahr geboren, zusammen mit ihren jungen stolzen Eigentümern.

Dem Hochzeitszug folgt ein Gemisch aus Straßenmusikanten, Jongleuren und Stelzengehern, und nach einer Weile erscheint, als Schlußpunkt sozusagen, ein höchst schlagkräftiger Trupp weiß-golden gekleideter

Männer mit Lkws, welche die Aufgabe haben, für die Entfernung all dessen zu sorgen, was infolge der Festivitäten auf den Straßen liegt.

Und auf der ganzen Länge des Zuges stehen Menschen am Straßenrand, die Luftballons austeilen und steigen lassen und weiße Tauben in die Luft werfen, denen beigebracht worden ist, ein paar hübsche Kreise zu ziehen, ehe sie in ihre heimatlichen Schläge zurückfliegen. Auch Blumengirlanden und Trillerpfeifchen und Konfetti werden verteilt, und dazwischen sieht man immer wieder weibliche und männliche Polizisten in Sonntagsuniform, deren Hauptaufgabe es ist, verlaufene Kinder, die sich zumeist inmitten der Musikanten einer der Kapellen wiederfinden, zu ihren Eltern zurückzubringen.

Und weil der Prinz unglückseligerweise aus dem Land stammt, welches nun einmal sein Vaterland ist, befinden sich in der Menschenmenge auch etliche betont unauffällige Palastgarden in Zivil, die jedoch an diesem Tag gottlob keinen Grund haben, ihre ganz speziellen Talente zur Schau zu stellen.

Direkt vor der Kathedrale endet die Parade, dort wo sich ein quadratischer Platz befindet, auf dem dichtes Gras wächst. Hier nimmt der bürgerliche Teil des Hochzeitszuges halbwegs geordnet Aufstellung. Die Kutschen hingegen fahren bis dicht an die Treppe zur Kathedrale heran, um die Passagiere aussteigen zu lassen, die nacheinander das riesige, aber dennoch bereits ziemlich überfüllte Hauptschiff betreten.

Das Brautgefolge verschwindet zusammen mit der Braut um eine Ecke zum Seitentor, welches in einen breiten Korridor führt, von dem wiederum Türen zu verschiedenen Räumen abgehen; dieser Korridor erlaubt es, eine Prozession vorzubereiten und zu bilden.

Und hier verlassen wir sie für einen Moment.

Draußen hat währenddessen die Orgel, ein weithin berühmtes wunderschönes Instrument, allerlei bekannte feierliche Musikstücke gespielt. Nun erklingen plötzlich einige wuchtige Akkorde, und alle Anwesenden schweigen. In die Stille erhebt sich die Melodie einer einzelnen Flöte von hoch oben – ein zärtlich verzauberndes und doch ernstes Solo, welches die Intimität und die tiefe Bedeutung des bevorstehenden Ereignisses andeuten soll. Der Flötenspieler ist Weltklasse; selbst die Besucher aus Pluvio-Acida hören auf zu nörgeln und unruhig umherzuwetzen und halten den Mund.

Daraufhin schreitet, gemäß der ecologia-bellanischen Tradition, eine verschleierte Priesterin der Göttin der maßvollen Fruchtbarkeit zum blumenbekränzten Altar und singt mit herrlicher Stimme ein Gebet, in dem sie alle der Bedeutung des Tages Rechnung tragenden Segnungen auf das junge Paar herabfleht. Sobald sie ihren Gesang beendet hat, begibt sich der Erzbischof von ganz Ecologia-Bella an ihren Platz vor dem Altar.

In diesem Augenblick jedoch bemerkt die Priesterin, daß ein bestimmtes kleines grünes Licht inmitten der Blumen nicht aufleuchtet, was eine Verzögerung bedeutet. Routiniert aus langen Jahren der Erfahrung mit dem Umgang des Zeremoniells, fügt sie ihrem Gesang einen für alle Fälle vorbereiteten Schlußteil hinzu und danach eine Minute der schweigenden Meditation, und dann leuchtet das Licht auf. Sie dreht sich um und schreitet davon – und da kommt es zu einem außergewöhnlichen Vorfall, den wir von Anfang an verfolgen wollen, und dazu müssen wir zum Gefolge der königlichen Braut zurückkehren, welches wir in jenem Korridor der Kathedrale verlassen haben, der vom Hauptschiff durch eine schwere Doppeltür getrennt ist.

Das Gefolge zerstreut sich in diesem Korridor und zieht sich in die davon abgehenden kleinen Räume zurück, wo die unvermeidbaren Auffrischungsarbeiten erledigt werden, die nach einer langen ermüdenden Fahrt nun einmal notwendig sind. Der königlichen Familie von Pluvio-Acida werden allerlei Erfrischungen angeboten, welche, soviel man weiß, die Puerco-Volantes noch nie zurückgewiesen haben, und auch die Diener der anwesenden Herren, die Brautjungfern und Freundinnen der Braut erhalten allerlei Stärkungen.

Die Gestalten von Königin Amoretta und Prinz Adolesco jedoch verschwinden recht rasch hinter den Türen zweier verschiedener königlicher Gemächer, wo sie ungestört allein sein dürfen. Diese beiden Gemächer befinden sich in einem Teil des Sockels der großen Statue der Göttin, von wo aus – was den meisten Menschen unbekannt ist – Verbindungstüren zu dem noch geheimeren Gemach auf der anderen Seite des Sockels führen, von welchem wir bereits wissen.

So wird also die junge Dame, die in der Kutsche der Königin gekommen und im Gemach der Königin entschwunden ist, rasch der königlichen Krone und Robe und Verschleierung entledigt und von ihren Pflichten entbunden, um ihr die Möglichkeit zu geben, sich zusammen mit den anderen Brautjungfern fröhlich zu vergnügen, die natürlich diesen Zuwachs gar nicht bemerken. Dann öffnet sich eine Geheimtür, und eine zarte kalte Gestalt wird hereingetragen. Nur Gräfin Verdant bleibt im Zimmer zurück, um den schmalen, vor kurzem noch so lebendigen kleinen Körper in – welche Ironie! – Hochzeitskleider zu gewanden.

Eine Tür weiter findet eine fröhlichere Verwandlung statt. Der Ersatzprinz tritt ein und entledigt sich mit einem Gefühl tiefer Dankbarkeit seines mit Straußenfedern überladenen Helms und Adolescos Schwert und seiner übrigen Ausstaffierung. Darunter ist er ein – im Grunde genommen schöner – junger Pferdeknecht aus den königlichen Stallungen, der das alles so recht genossen hat (die Federn einmal ausgenommen) – besonders den Ritt auf dem prachtvollen weißen Roß des Prinzen.

Als er sich zurückbegibt zu den anderen Pferdeknechten, tritt Prinz Adolesco selbst vom Geheimkorridor her eilig ein; dieser hat immer noch genug Geistesgegenwart, um seinem Double zu danken, und die beiden wären ganz sicher in eine angeregte Diskussion über die Fesselprobleme des Wallachs verfallen, wäre da nicht der alte Mann (den weder der Prinz noch irgend jemand anderer vorher oder nachher je gesehen hat), der hastig über die Schwelle tritt und den Prinz am Arm packt.

»Schnell! Du hast schon Verspätung! Deine Königin steht allein vor dem Altar, und auch der Erzbischof wartet schon!«

Der Unbekannte führt den Prinzen zum Hauptkorridor, der in seinen Augen verdächtig menschenleer wirkt, und dann eilen sie zu der großen Doppeltür. Der Begleiter des Prinzen wirft einen Blick hinaus.

»Beeil dich! Sie wird schon ungeduldig! Du lieber Himmel – sie wendet sich ab, sie schwankt! Es ist keine Zeit mehr für Erklärungen, junger Mann! Bist du stark genug, um sie zu tragen?«

»Ja! Aber ...«

»Dann lauf hinaus, fang sie auf und trag sie zum Altar und *heirate sie!*« befiehlt ihm der Alte. »Geh schon!«

So stark ist die Verwirrung des Prinzen nach diesem emotionsgeladenen Tag, an welchem er merkwürdigen Befehlen gehorcht und daraus resultierende, noch merkwürdigere Erlebnisse gehabt hat, daß er durch die Doppeltür mitten in das Hauptschiff der Kathedrale eilt – wo ein tiefverschleiertes junges Mädchen soeben dabei ist, dieses zu verlassen –, die schmale Gestalt einfängt und sie zurückträgt zum Altar; der Erzbischof, der ein wenig kurzsichtig ist, beginnt automatisch mit dem Hochzeitsgottesdienst, und alle Einwände der Dame vor dem Altar werden vom Chor hoch oben auf der Empore übertönt, welcher augenblicklich mit dem Gesang beginnt.

Die Hochzeitsgesellschaft ist starr vor Schreck. Und

im ersten Moment relativer Stille auf dem Chor oben wirft die Priesterin ihren Schleier zurück und ruft: »Laß mich augenblicklich los, du Dummkopf! Ich bin nicht deine Königin!«

Und tatsächlich – alle sehen, daß sie das nicht sein kann, denn sie ist so schön wie die Königin von Saba – und genauso schwarz.

Dieser Moment allergrößter Peinlichkeit wird durch die Ankunft einer Schar Männer – allen voran die Ratsherren zusammen mit Prinz Slimoldi – beendet, welchen es mit vereinten Kräften gelingt, Adolesco durch die Doppeltür zurückzuzerren, während die anwesenden Gäste gebeten werden, die Ruhe zu bewahren.

Die Ereignisse hinter den Kulissen, welche daraufhin ihren Lauf nehmen, kann man sich vorstellen, denn die Entdeckung des Leichnams der Königin steht unmittelbar bevor; wir müssen jedoch eine Sekunde lang innehalten, um uns zu fragen, wie es unmittelbar vor der Tragödie zu dieser – man kann es anders nicht nennen – dummen Posse kommen konnte.

Da ist einmal der Alte, der Adolesco den blödsinnigen Befehl gab und dessen Identität nie aufgeklärt wird, da er wie vom Erdboden verschluckt ist. Diejenigen, die in diesem Fall skrupelloses Intrigantentum vermuten, nehmen an, daß es einer von Prinz Slimoldis Ratgebern gewesen sein könnte. Andere sind der Meinung, es habe sich einfach um einen senilen Kathedralendiener gehandelt, dessen Hirn so überwältigt war von den Aufregungen des Tages, daß er mit dem klaren Denken nicht mehr zu Rande kam. Das Volk ganz im allgemeinen denkt jedoch, daß Adolesco die Nachricht vom Tod der Königin vorübergehend so durcheinandergebracht hatte, daß er – nicht vertraut mit den Sitten und Gebräuchen des Landes – die Frauengestalt vor dem Altar für seine dort wartende Liebste hielt.

Welche Erklärung auch immer zutrifft, in jedem Fall löscht diese Episode die gerade eben zart keimenden

Strahlen vom Charisma des jungen Prinzen in Ecologia-Bella völlig aus. Hinauszustürzen nach dem Tod der Liebsten und den Versuch zu machen, statt dessen die Priesterin zu ehelichen – das kann einfach nicht in einem günstigen Licht betrachtet werden. Und die Ecologia-Bellaner sprechen davon zwar mit einem tiefen Seufzer, auf den jedoch unweigerlich schallendes Gelächter folgt.

Aber ist das nicht ein Ergebnis, welches die vorausschauenderen Mitglieder der Ratsversammlung sich nur wünschen konnten? Und bedeutet es für ein kleines Land nicht ein Element der Gefahr, wenn seine Einwohner anfangen, den Herrscher eines benachbarten, nicht unbedingt befreundeten Landes der Lächerlichkeit preiszugeben? Schließlich: Ist es nicht eine der Aufgaben der Ratsversammlung, drohende Gefahren abzuwenden?

Und so finden sich auch jene, die – entsprechend dem Grundsatz des *cui bono?* – vermuten, daß die Ratsversammlung von der Handlungsweise des Prinzen nicht gar so überrascht gewesen ist: Diese ging nur einfach über ihre kühnsten Hoffnungen hinaus. Aber selbst die Wohlgesonnensten unter den Bürgern von Ecologia-Bella sind mit den anderen der Meinung, daß ein junger Mann, der eine solche Verhaltensweise an den Tag legt, nicht die erste Wahl für einen König ihres Landes sein kann.

Doch wir müssen nun zu den Räumen jenseits des Korridors der großen Kathedrale zurückkehren, wo die Nachricht, daß der jungen Königin etwas Schreckliches zugestoßen ist, sich wie ein Lauffeuer verbreitet. Als die Mitglieder des Brautzuges aus ihren Gemächern treten, um sich zu einer Prozession zu formieren, postiert sich ein Mann in weißer Jacke neben der Tür zum Gemach der Königin, und von draußen dringen die unverwechselbaren Töne einer soeben ankommenden Ambulanz herein.

»Die Königin ist schwerkrank! Die Hochzeit wird ... verschoben!«

»Sie haben die Möglichkeit, meine Herrschaften, in draußen bereitgestellten Fahrzeugen zum Palast zurückzukehren – oder sich an einen beliebigen anderen Ort bringen zu lassen«, erklärt der Ratsherr. Diener erscheinen plötzlich, bereit, den Hochzeitsgästen zur Hand zu gehen.

Der Prinz drängt sich durch die Menschenmenge in das Gemach, wo seine Königin liegt. Ein Blick auf die Tatenlosigkeit rundum genügt ihm.

»Warum *tut* ihr nichts?« fragt er die Ärzte, die sich um Gräfin Verdant versammelt haben. »Versucht doch, sie wiederzubeleben, verdammt noch mal! Laßt mich vorbei – dann werde ich es tun!«

Man hält ihn zwar zurück, aber erst nachdem seine Finger bereits die eiskalte Haut seiner Liebsten berührt haben; und diese Eiseskälte wirkt überzeugender als Worte. Er starrt hinab auf sie, und sein Herz bricht.

Doch eine wilde Hoffnung bleibt ihm ... Zuviel Verwirrung hat es heute schon gegeben.

»Laßt mich fünf Minuten lang mit ihr allein! Ich verlange dies, es ist mein Recht!«

»Wie Ihr befiehlt, Majestät«, erwidert Gräfin Verdant und bedeutet den anderen mit einer Handbewegung, den Raum zu verlassen. Und als sie sich anschickt, den anderen zu folgen, sagt sie mit ruhiger, leiser Stimme zu ihm: »Denk nicht mehr an Muttermale oder Schönheitsfleckchen oder ähnliches, mein armer junger Prinz! Das eine, das du zu Gesicht bekommen hast, habe ich ebenso rasch wieder entfernt, wie ich es aufgetragen habe. Du mußt verstehen, die Königin hat sich die Sache mit dem Double ausgedacht, um den Anstand ein wenig zu wahren, um ihrer eigenen Schamhaftigkeit Genüge zu tun. Das war schon die Königin selbst, mit der du zusammen warst.«

Er blickt sie schweigend an, und seine letzte Hoffnung schwindet. Er hat, so erkennt er, Amoretta sehr geliebt, und nie mehr als gerade jetzt ...

Wir wollen ihn nun während der wenigen Minuten ungestörter Trauer alleinlassen, welche auch Königen und Prinzen gegönnt sind.

Als diese vorbei sind, tritt der Ratsherr ein. Er kommt mit einem Vorschlag.

»Ich will dich nicht mit meinen Beileidsbezeugungen quälen. Dieser Tod hat auch mich zutiefst berührt. Aber es gibt jetzt soviel zu erledigen. Ich nehme an, du würdest es vorziehen, für einige Zeit in dein Heimatland zurückzukehren ... du wirst verstehen, daß gegenwärtig dein ... ääh ... Image hier ziemlich ramponiert ist.«

Als ihn der Prinz verständnislos und mit gerunzelter Stirn ansieht, fügt der alte Mann hinzu: »Fräulein Victoria Ntutu.«

»Wer?«

»Die Priesterin, mit der du dich ... ääh ... teilweise verheiratet hast.«

»Oooh.« Er vergräbt die Stirn in den Händen. »Was soll ich nur tun? Ich will nicht, daß die Familie ...«

»Hör zu! Der internationale ecologia-bellanische Nachtexpreß fährt in Kürze ab. Ich erinnere mich daran, daß du die Reise hierher darin sehr genossen hast, und so habe ich mir die Freiheit genommen, den königlichen Waggon an sein Erste-Klasse-Abteil anhängen zu lassen. Ein Wort von dir genügt, und ich lasse dich inkognito dorthin bringen. Dein Gepäck wird dich schon erwarten. Morgen um die Mittagszeit bist du in der Hauptstadt deines Landes, nach einer erquickenden Nacht und einem Vormittag des Friedens und der Ruhe. Was sagst du dazu?«

Nicht eine Sekunde lang schwankt der Prinz.

So verbringt also Adolesco seine Hochzeitsnacht – und sie ist so ruhevoll und angenehm, wie sie unter den Umständen nur sein kann. Und merkwürdigerweise ist dies auch seine letzte Nacht als Prinz.

Einem glücklichen Umstand, welchen auch die Ratsversammlung von Ecologia-Bella nicht imstande wäre noch zu verbessern, ist es zu verdanken, daß seine Mutter, Königin Porcellana, sich jetzt infolge des exzessiven Genusses von Sauerstoff kombiniert mit dem Entzug bestimmter Nahrungsmittelzusätze, von welchen eine gewisse körperliche Abhängigkeit durchaus entstehen kann, außerordentlich elend fühlt. Sie verlangt, augenblicklich aus diesem gräßlichen Land weggebracht zu werden.

So befiehlt König Puerco Volante also den königlichen Jet herbei, unbeirrt von der Tatsache, daß das Wetter nach dem Tod der Königin umgeschlagen hat, und wilde Stürme über die Berge hinwegbrausen. Außerdem hat der Pilot den Festivitäten etwas vorgegriffen und ausgiebig gefeiert.

Als sich zeigt, daß über den Gipfeln der Berge Gewitter wüten und heftige Windböen auftreten, hat der Pilot jedoch immerhin die Geistesgegenwart, das Flugzeug rasch hochzuziehen über die dräuenden Wolken. Doch dann wird es von einem unvorstellbar heftigen Blitz zwischen den Wolken getroffen, der die elektrische Anlage lahmlegt, und da kann er sich einfach nicht entsinnen, welcher der sechshundertfünfundachtzig Schalter und Druckknöpfe seine Probleme löst; und so befiehlt er seinen königlichen Flugpassagieren den Ausstieg aus der Maschine.

Jedoch – o weh! – da zeigt es sich, daß die letzte in Pluvio-Acida überlebende Familie von Stachelschweinen (Flüchtlinge aus dem dortigen Zoo) ihr Nest in den königlichen Fallschirmen gebaut haben. Die tausendfach zerstochene Seide reißt in zweitausend Meter Höhe, und der arme König Puerco Volante straft seinen Namen Lügen: Er kann in keiner Weise *volar* – fliegen –, ebensowenig wie Königin Porcellana und Prinz Slimoldi.

Als Adolesco nach erquickender Reise in seiner

Hauptstadt ankommt, ist er also König von Pluvio-Acida, und die nächsten Jahre halten ihn gewaltig in Trab.

Wenn die Jugend daher nach zuviel strebt im Leben und die Worte hört: »Denk an die Hochzeit des Prinzen!« so kann man wohl die Antwort vernehmen: »Na und? Immerhin war er hinterher König!«

Worauf man nach eigenem Ermessen zu entgegnen hat.

Es gibt noch ein Nachspiel zu unserer Geschichte, von welchem möglicherweise kein heute lebender Mensch in Ecologia-Bella Kenntnis hat:

Einige Tage nach dem tragischen Tod von Königin Amoretta öffnet in einem alten winkeligen Kloster hoch oben in den Bergen ein braunhaariges Mädchen seine braunen Augen und spricht zum erstenmal, langsam und leise.

»Lebe ... ich?«

Der alte Mann, der sich über sie beugt, sagt: »Ja, du lebst. Königin Amoretta nicht.«

»Wie ... traurig.«

»Ja und nein. Möchtest du etwas trinken? Du warst einige Tage lang ohne Bewußtsein.«

»Ja ... ein Unfall?« Sie ist jetzt wacher geworden.

»Nein. Eine neuartige Injektionsflüssigkeit, welche wir für gewisse Notfälle testen. Einschließlich einer gelegentlichen Rettung in letzter Sekunde.«

»Oh ... « Sie lächelt und beschäftigt sich augenblicklich mit ihrer Suppe.

Von da an können wir die Geschichte weiterführen. Schwester Inconnue, wie sie genannt wird, ehe sie sich selbst einen Namen wählt, findet nach und nach ihr Gedächtnis wieder. Bis es soweit ist, studiert sie. Man vermittelt ihr eine genaue Kenntnis der Flora und Fauna von Ecologia-Bella. Die Nonnen gehören einem unterrichtenden Orden an, und ihre besten Schüler beenden ihre Studien an allen Universitäten rund um den Erdball, ehe sie zur Zier und zum Nutzen ihres Heimatlandes zurückkehren.

»Es scheint alles wie ein Traum«, sagt sie zu dem alten Rastherrn bei einem seiner regelmäßigen Besuche. »Sehr traurig und einigermaßen dumm. Aber warum?« fragt sie ernsthaft. »Bitte sag es mir, warum? Konntet ihr das nicht – nun, anders bewerkstelligen?«

»Keine Chance«, antwortet Gräfin Verdant und beißt den Faden an ihrer Stickerei ab.

»Siehst du, meine Liebe«, erklärt der Ratsherr, »nach sehr eingehenden Überlegungen der ganzen Ratsversammlung kamen wir zu zwei Schlußfolgerungen. Die erste besagte, daß wir als ein kleines verwundbares Land es uns nicht leisten können, eine schöne jungfräuliche Königin zu haben. Du hast selbst gesehen, was da nicht alles beim Palast anlangte; es hätte kein Ende mehr genommen. Eifersüchteleien, Konflikte, allerlei Verwicklungen. Und früher oder später wäre die Unabhängigkeit des Landes in Gefahr gewesen. Was bei deinem Bruder wegfällt; wie mächtig die Frau auch sein mag, die er einmal in sein Haus bringt, so würde sie doch nie die Regierungsgewalt an sich reißen können. Die internationalen Thronfolgegesetze sind völlig überholt, das ist mir klar. Sie sind ein Verbrechen. Aber das können wir nicht ändern.

Und die zweite – und nicht weniger wichtige – Entdeckung war, daß irgendwo unter diesen goldenen Locken ein Hirn existiert, um das es jammerschade gewesen wäre. Eine Schande, es für die mehr oder weniger symbolischen Aktivitäten einer königlichen Gemahlin zu vergeuden. So wie es jetzt steht, kannst du – wenn du brav und fleißig lernst – es sogar zu einem Mitglied der Ratsversammlung von Ecologia-Bella bringen und damit, wie du bemerkt haben könntest ...«

»Damit zu wirklicher Macht in dem Land, von dem

ich dachte, es würde mir gehören«, vollendet sie schelmisch.

»Ganz richtig. Ein gefährliches System, aber das beste, das wir finden konnten.«

»Ich verstehe …« Sie blickt nachdenklich zur Seite. »Eine Frage: Wenn ich eines Tages, sobald ich alt und sehr weise geworden bin, ein anderes System vorschlage … würde euch das sehr überraschen?«

Originaltitel: ›All This and Heaven Too‹

Aus dem Amerikanischen übersetzt von Biggy Winter

LEE KILLOUGH

Todesglas

Seit dem Tod meines Vaters haben meine Geschwister und ich uns stets mit größter Sorge um einander gekümmert, aber uns bindet weit mehr als nur unser Blut und unsere gemeinsame Liebe zum Glas – uns bindet auch die gleiche schreckliche Furcht. Die Öffentlichkeit erinnert sich an Joshua Benet als einen Namen, der gleich Tiffany, Gallé und Lalique für feinstes Glas steht, aber was ich nicht vergessen kann, ist sein Tod, zehn Jahre körperlicher und geistiger Verfall bis hin zu tobendem Wahnsinn, zum Taumeln und Zucken und dem Brüllen paranoischer Anschuldigungen, bis von dem Vater, den Claudia, Garrett und ich angebetet hatten, nichts mehr übrig war. Nichts außer dem Vermächtnis seiner genialen Schöpferkraft an unsere Hände und kaltem Angstschweiß vor der Zeitbombe in unseren Genen.

Ich war daher nicht überrascht, als Claudia mich während meiner Arbeitszeit bei Johns Hopkins anrief, wo ich gläserne Apparaturen blies, die für Forschungszwecke bestimmt waren. »Dane, jemand muß mit Garrett reden. Er hat sich wieder einem anderen religiösen Kult angeschlossen, einem heidnischen diesmal, glaub ich.«

Nicht gerade ein Grund zu besonderer Besorgnis, soweit ich es sehen konnte. Garrett war, seit er vom College nach Hause zurückkam, dauernd von einer Religion zur anderen gesprungen. »Er ist ein erwachsener Mann, Claudia.«

Ich konnte sie direkt vor mir sehen am anderen Ende der Leitung, in ihrem Atelier, das vollgepfropft war mit farbigem Glas und Blei und dem größten privaten Vorratslager an Vitamintabletten und Reformhauslebensmitteln in unserem Teil der Erde. Jeder von uns verteidigte sich anders gegen das Schicksal. Ich sah nicht ein, weshalb Garretts Versuch lächerlicher sein sollte als der Claudias.

»Warum läßt du ihn nicht leben, wie er will?«

Ihr Atem kam zischend durchs Telefon. »Erstens ist diesmal die Hohepriesterin oder was immer sie ist, sogar zu ihm gezogen ... sie nennt sich Aletheia, ohne Hausnamen, bloß Aletheia ... und ... sie ist nicht damit zufrieden, ihm nur sein Geld abzunehmen. Offensichtlich warst du nicht in seiner neuen Ausstellung im Museum of Modern Art.«

»Ich habe seit einem Monat nicht einmal mit ihm gesprochen.«

»In *Newsweek* steht ein Artikel. Den solltest du besser mal lesen.«

Mir fiel ein Exemplar des Magazins im Foyer ein. Ich rannte hin, nahm es und überflog ganz rasch die Kunstseite.

»Benet à la Bosch« lautete die Überschrift. Ich habe keine Ahnung, ob dem Autor die Ausstellung gefallen hat; ich sah den Text überhaupt nicht. Drei Gegenstände der Ausstellung waren als Farbfotos in dem Artikel abgebildet, und für mich existierte sonst nichts auf der Seite. Garrett war berühmt wegen seiner Porträts und Skulpturen aus Glas, die den Gesetzen der Schwerkraft zu trotzen schienen, Kristallfäden zu Träumen aus Mondstrahlen und Sternenfeuer versponnen. Aber die Gegenstände auf diesen Bildern ... Ein Klumpen Bleikristall, dem Bruchstück eines Gletschers gleich, hielt ein Wesen gefangen, erstarrt in einem Augenblick verzweifelten Kampfes. Ein Feenpalast, schwebend leicht wie eine Wolke, warf einen verzerrten dämonischen Schatten. Das dritte Foto zeigte zwei Ansichten der gleichen Vase. Von vorn betrachtet, unterschied sie sich nicht von seinen gewöhnlichen Werken, aber das frische junge Mädchengesicht im Glas

wurde zum Gesicht einer zahnlosen Hexe, wenn das Licht hindurchschien.

Ich starrte die Fotos an. Konnte tatsächlich irgendein Kult Garrett beeinflußt haben, Dinge wie diese herzustellen? Vielleicht hatte er nur angefangen, geschäftlich zu denken. Den schönen Menschen in ihren Villen in St. Tropez und Monte Carlo, die sich bei Sonnenbaden und Glücksspiel zu Tode langweilten, würden diese Stücke gefallen. Der Reiz des Neuen, die in der Schönheit eingefangene Häßlichkeit, würde sie in Scharen aus den Galerien mit jetzt alltäglichen Schall- und Bewegungsskulpturen herbeiströmen lassen, aus Holosymphoniekonzerten und aus den Boutiquen mit Silicid-Schmuck und modischer Kleidung im Chamäleon-Look.

Aber ich mußte noch an etwas anderes denken, das Claudia entweder übersehen hatte oder nicht sehen wollte: daß auch Vater, als sein geistiger Verfall einsetzte, seinen Stil geändert hatte.

Vierundzwanzig Stunden später stieg ich in Gateside aus dem Flugzeug und erwischte die Drahtseil-Straßenbahn zum Aventin.

Künstler haben sich diesen Zufluchtsort in den Bergen geschaffen. Die Reichen und Berühmten entdeckten dann seinen Frieden und seine Einsamkeit und bebauten die Ufer vom Lunasee und Heliosee mit ihren Villen; doch der Ortskern gehört immer noch den Künstlern. Läden und Ateliers, die Wohnräume darüber mit Balkons davor, säumten die Terpsichore Road und die anderen nach Musen benannten Straßen, durch die ich auf meinem Weg zu Garretts Atelier kam. Schallskulpturen erklangen, während ich an ihnen vorbeiging. Ein kinetropischer Gegenstand registrierte Bewegung in seiner Nähe und klapperte zur Begrüßung mit hölzernen Ringen. Garretts Atelier besaß kein Schild, kein zur Schau gestelltes Muster, nur ein Fenster mit eingeritzten zarten Phantasieblumen rings um die großen Buchstaben *BENET* und darunter, kleiner und schlicht, das Wort: *Glas.* Ich stieß die Eingangstür auf.

Die Gerüche drinnen waren die meines eigenen Lebens ... der Geruch von Säure und heißem Glas und der warme Metallgeruch eines Brennofens. Vorbei an drei schmucklosen Holzstühlen und einer einzigen Glasvitrine mit etwa einem halben Dutzend fertiger Teile, und vor mir lag unter Leuchtstoffröhren das Atelier: Tische, übersät mit zugeschnittenen Glasstücken und in Arbeit befindlichen Gegenständen; Kästen voll formloser Klumpen und Stäben aus Glas; eine mit Asbest und Stein überzogene Werkbank mit Halterungen, Spritzdüsen, Gasbrennern, einer Lötlampe; unter einem sehr hellen Licht eine weitere Werkbank, dahinter ein Regal mit Glasur- und Säureflaschen. Eine schlaksige Gestalt hockte an dieser Werkbank, den Rücken zur Tür.

»Ich bin in einer Minute bei Ihnen«, sagte Garrett.

Ich trottete durch das Atelier zu ihm hinüber. »Begrüßt man so seinen kleinen Bruder?«

Zum erstenmal in meinem Leben grinste er nicht und stürzte er sich nicht auf mich. Statt dessen wurden Garretts Finger, die den Farbpinsel hielten, weiß. »Schickt Claudia dich?«

»Ich habe den *Newsweek*-Artikel über deine Ausstellung gelesen und gedacht, solange ich noch Urlaub habe, könnte ich mal kurz bei dir reinschauen.« Das war zumindest die halbe Wahrheit. »Ein interessanter Stilwechsel.«

»Dafür hältst du es?«

Seine Stimme klang verschlossen, unnahbar wie die Gipfel über dem Aventin.

Ich entsann mich der düsteren Stimmungen meines Vaters, und meine Eingeweide zogen sich zusammen. »Garrett ...«, begann ich heiser.

Über uns knarrte die Decke. Garrett schaute kurz hoch, wandte sich dann wieder mir zu. »Es fängt an, Dane.«

Das Ziehen in meinem Leib wurde stärker. »Bist du bei einem Arzt gewesen?«

Er runzelte gereizt die Stirn. »Ich brauche keinen Arzt. Wir alle kennen doch die Anzeichen ... Depressionen, unerklärlicher und zügelloser Zorn, unkontrollierbare Bewegungen, Zucken. Es gibt Augenblicke, in denen meine Hände derart beben, daß ich nicht arbeiten kann, und ich bin sechsunddreißig, genauso alt wie Vater, als er ...«

»Eine Angstreaktion«, unterbrach ich. »Die Anzeichen kommen nur, weil du dauernd darüber nachgrübelst ...«

»Dane, hör auf damit!« Er hob den Arm, und einen Augenblick lang dachte ich, er würde den Gegenstand, an dem er arbeitete (eine antik wirkende Schale aus gemasertem bernsteinfarbenen Opaleszentglas mit einem Fuß, eine Schale, die man in der viktorianischen Zeit Coupe nannte), zu Boden schleudern, aber er fing sich wieder und setzte seine Arbeit daran fort ... nämlich das Malen der Silhouette eines Autos, eines Oldtimers, wie ich jetzt sah. »Du glaubst, wenn man sich dagegen wehrt zuzugeben, daß etwas existiert, dann existiert es auch nicht. Das ist keine Antwort, ebensowenig wie Claudias Vitaminpräparate und Bierhefe.«

Die Decke knarrte wieder. Diesmal erkannte ich die Ursache: Über uns ging jemand umher. Die leichten Schritte oben näherten sich der Treppe am Ende des Raumes. Ein Paar nackter Füße erschien auf den Stufen.

»Aber es gibt eine Antwort«, sagte Garrett. »Dane, darf ich dir Aletheia vorstellen?«

Die Frau kam die Treppe herab, lange geschmeidige Glieder, ein kurzer neogriechischer Spielanzug und ebenholzschwarzes Haar, zu einem lässigen Knoten hochgebunden; doch der erste Gedanke, der mir durch den Sinn zuckte, war ›Pygmalion‹, nicht ›Priesterin‹. Denn die Atelierlampen weckten auf ihrem Haar einen wechselnden purpurnen Glanz, als sei es gar nicht schwarz, sondern von dunkelschillerndem Violett, und ihre Haut schimmerte perlfarben von einem inneren Licht her gleich Glas, das den Schmelzpunkt erreicht. Während mir kurz der Atem stockte und ich eine schlanke Hand faßte, die sich sogar heiß anfühlte, fragte ich mich, ob Garretts Genie diese Frau wohl aus Opalglas geschaffen haben könnte, wobei er ihr das klassische Antlitz einer griechischen Statue und Amethyste als Augen gab und dann sein durch geheimnisvolle Religionen erlangtes Wissen anwandte, um ihr Leben einzuhauchen.

»Auf eine gewisse Weise vielleicht.« Ihre amethystfarbenen Augen hielten lächelnd meinen Blick, doch dann, während ich noch verblüfft feststellte, daß ich meine Gedanken nicht laut ausgesprochen hatte, sahen sie starr an mir vorbei, auf einen Punkt irgendwo in einer fremden Dimension gerichtet, so daß mir ein Schauder über den Rücken lief. *Wahnsinn* sagten diese Augen. »Ich will mal nach dem Ofen sehen, Garrett. Die Schale für die Kimbrough-Hochzeit müßte eigentlich fertig sein.«

Die Stimme war wie Kristall, klar und glatt, aber irgendwie ... transparent. Als sie verklungen war, konnte ich mich zwar an die Worte erinnern, aber nicht an den *Ton*.

Auf bloßen Füßen ging Aletheia graziös durch den Raum zum Brennofen. Das Licht dort umgab ihr Haar mit einem purpurnen Heiligenschein, aber ihre Haut glühte von innen her, eine weiße Glut, die sich hypnotisch schimmernd vom Dunkel der Vertäfelung im Hintergrund abhob.

Es war schwer, den Blick von ihr loszureißen und Garrett anzusehen. »Ich wußte nicht, daß du mit jemandem zusammenwohnst«, log ich. »Seit wann seid ihr zusammen? Wo hast du sie getroffen?«

»Es ist nicht so, wie du denkst. Sie kam vor ein paar Wochen ins Galerie-Café auf der Suche nach einem Job und einem Platz, wo sie bleiben könnte. Ich habe mehr

Platz, als ich benötige, und ich brauchte jemanden für den Haushalt und als Hilfe im Atelier, also ...« Er zuckte die Achseln. Doch er wich meinen Augen aus. »Sie ist richtig begabt für Glas. Ich lasse sie jetzt das ganze Brennen allein erledigen.«

Ich schaute zu ihr hinüber. Aletheia öffnete den Brennofen, langte hinein und hob eine schwere Kristallschale heraus, die zum erneuten Erhitzen und langsamen Abkühlen hineingestellt worden war, um die beim Herstellungsprozeß entstehenden Spannungen zu mildern. Aletheia war also nicht für die Stücke in der Ausstellung verantwortlich, überlegte ich, und vielleicht stimmte das mit dem neuen Kult überhaupt nicht. Dennoch ...

Ich blickte zu meinem Bruder hinüber. Garrett beobachtete sie mit einer Intensität, einer Inbrunst, daß mir ein Schauder über den Rücken lief. Ich senkte meine Stimme, damit Aletheia es nicht höre. »Komm schon, Garrett, keine Frau von solcher Schönheit muß im Haushalt arbeiten und einem Künstler das Atelier aufräumen, um sich den Lebensunterhalt zu verdienen! Weshalb ist sie wirklich hier?«

Er zögerte, sagte dann: »Ihr Name bedeutet ›die Heilerin‹.«

Mein Magen drehte sich um. O Gott. »Sag mir bloß nicht, du hast irgendeinen Hokuspokus gemacht, und weil sie daraufhin auftauchte, glaubst du jetzt, du hättest sie herbeschworen.«

Er wich meinem Blick aus. »Sie sagt, sie könne mich heilen.«

Ich seufzte. »Womit? Mit geheimnisvollen Zauberformeln?«

»Sie *kann* mich tatsächlich heilen, Dane.« Tiefster Glaube brannte in seinen Augen. »Wenn sie mich berührt, hören die dunklen Stimmungen auf. Meine Hände beben nicht mehr.«

Ich schaute zu Aletheia hinüber. Sie schien nichts gehört zu haben. Sie hatte die Schale auf einen Arbeitstisch gestellt, kniete davor, drehte sie langsam und war völlig darin vertieft, sie sorgfältig zu prüfen.

Während ich sie beobachtete, kam mir ein Gedanke: Wenn die Krankheitssymptome bei Garrett lediglich durch seine innere Unruhe entstanden und sie ihm half, darüberhinwegzukommen, bedeutete Aletheia für ihn im Augenblick keinerlei Gefahr. Ich könnte ja ein wenig hierbleiben, um sicherzustellen, daß sie für ihre ›Dienste‹ keine übertriebene Bezahlung verlangte.

Aletheia starrte in das Bleikristall und stöhnte.

Der Laut weckte in uns beiden einen angeborenen Reflex. Wir stürzten zu der Schale hinüber.

»Ist sie gesprungen?« Die Befürchtung ließ Garretts Stimme schneidend klingen.

»Nein.« Die Amethystaugen blickten zu ihm auf, dann schräg an uns beiden vorbei, konzentrierten sich auf ein Etwas jenseits unserer Wahrnehmung. »Es wird keine Hochzeit geben.«

Meine Erleichterung der Schale wegen paarte sich mit Belustigung. »Keine Hochzeit also.« Ich versuchte zu lächeln, aber etwas in diesem verrückten schrägen Starren und der kurzen Erklärung lähmte meine Muskeln. »Wie kommen Sie darauf?«

»Das Glas.« Sie liebkoste gedankenverloren den Rand der Schale. »Die Abbilder fügen sich nicht zusammen.«

Ich hockte mich neben Garrett am Arbeitstisch nieder. Die Schale war eine Schichtarbeit, Lage um Lage mit eingeätzten feinsten Blumendesigns und zwei Porträts, vermutlich Braut und Bräutigam. Wie üblich bei Garrett waren die Details bis ins kleinste ausgeführt. Die beiden schönen jungen Gesichter in ihrer Laube aus zartem Gespinst wirkten dreidimensional gleich Hologrammen. Logischerweise hätten sich daher die Porträts, in einem bestimmten Winkel durchs Glas gesehen, übereinanderschieben müssen. Sie taten es nicht. Wie auch immer wir die Schale drehten, die beiden Bilder vereinigten sich nicht. Sie lagen nebeneinander, bis sie sich fast berührten, sprangen dann jäh auf die andere Seite hinüber.

Ich versuchte wieder und wieder, die Bilder übereinanderzuschieben, fuhr fort, die Schale zu drehen. »Es ist irgendein Trick der Lichtbrechung, nicht wahr, Garrett? Wie hast du das gemacht?«

»Ich weiß es nicht.« Er biß sich auf die Lippen.

»Es ist kein Trick«, sagte Aletheia. »Es ist so, wie es ist.« Sie ging fort, die Treppe hinauf.

Ich folgte ihr, ließ Garrett zurück, der fasziniert die Schale anstarrte.

Aletheia mußte geradewegs zum Balkon gegangen sein. Dort fand ich sie, gegen das Geländer gelehnt, den Blick auf die schneebedeckten Gipfel gerichtet. Die Nachmittagssonne legte purpurne und blaue Lichter über ihr Haar und badete ihre Haut, vertiefte das Glühen darin, bis Aletheia beinahe zu strahlen schien. Eine kühle Brise, die den Duft der Bergkiefern mit sich brachte, umspielte uns, und von der Straße herauf tönten die lachenden Stimmen der Touristen beim Schaufensterbummel und der gemischte Chor von einem Dutzend Schallskulpturen aus dem Atelier gegenüber.

»Ich tue nichts mit dem Glas«, sagte Aletheia, ohne mich anzusehen.

Ich zuckte zusammen. »Sie sprechen also nur Prophezeiungen aus und lesen Gedanken.«

Sie fuhr mit der Hand über das Geländer. »Ich prophezeie nichts. Die Dinge sind, wie sie sind.«

»Und auf diese Art wollen Sie Garrett heilen?«

Jetzt schaute sie sich um, doch sie sah mich kaum an, blickte ins Weite. »Ich habe nie gesagt, ich könne ihn heilen. Doch helfen, ja.«

»Er glaubt, Sie wüßten ein Mittel. Er sagt, Ihr Name bedeute ›die Heilerin‹.«

Es klang wie ein Vorwurf, weit mehr, als ich beabsichtigt hatte. Ihr Blick wurde klar, und der Ausdruck von

Heftigkeit darin ließ ihre Augen juwelenartiger glitzern als je zuvor. Licht schimmerte rosafarben und golden auf ihrer Haut. »Er glaubt, was er glauben möchte. Er denkt nicht klar.« Sie seufzte. »Er stellt nicht die richtigen Fragen.«

Das Licht, das von ihr ausging, verursachte mir Kopfschmerzen. Gereizt runzelte ich die Stirn. »Was für Fragen? Was haben Fragen damit zu tun, ob Sie ihm helfen?«

»Ich kann nicht suchen. Ich muß gesucht werden. Ich bin Aletheia!«

Ich bin Aletheia. Sie sprach es wie einen Titel aus. Namen. Etwas regte sich in meinem Gedächtnis, aber als ich mich zu erinnern versuchte, entglitt es mir natürlich.

Eine Minute lang starrte ich in die Amethystaugen, mühte mich vergeblich, den verschwommenen Gedanken zu fassen, verließ dann den Balkon und ging nach unten zurück. Garrett war dabei, das Coupe weiterzumalen.

»Ein Teil meines Gepäcks ist noch auf der Seilbahnstation«, sagte ich zu ihm. »Ich hole es jetzt.«

Er nickte, ohne aufzuschauen.

Aber ich ging nicht zum Bahnhof, ich ging zur Bibliothek.

Als ich ins Atelier zurückkehrte, hatte Aletheia das Abendessen fertig. Es war eine kurze, stille Angelegenheit. Garrett schlang sein Essen hinunter, damit er möglichst bald an seine Arbeit zurückgehen konnte, und Aletheia starrte ihn an und durch ihn hindurch – in welche Dimension auch immer. Auch ich aß schweigend, fragte mich, was ich mit der Information, die ich bekommen hatte, tun sollte. Wenn ich davon erzählte, könnte dies vielleicht die Hilfe in Nichts auflösen, die Garrett durch Aletheia zu verspüren glaubte. Andererseits würde Schweigen seine Verzweiflung noch steigern, wenn die ›Heilung‹ letzten Endes versagte.

Und außerdem konnte ich nicht dauernd hierbleiben, und was mochte mit ihm geschehen, wenn ich ihn schließlich mit dieser Frau und ihren wahnsinnigen Augen allein zurückließ?

Nach dem Essen folgte ich Garrett nach unten und saß und sah zu, wie er eine weitere Glasschicht auf das Coupe auftrug.

»Ein Auftrag?« fragte ich.

Er blickte von Coupe und Lötkolben auf, seine Augen purpurn hinter den Didymiumlinsen seiner Schutzbrille. »Der Siegercup für das Diana Mountain Road Rennen in der nächsten Woche. Es findet jetzt fünfundsiebzig Jahre lang statt, und für das Ereignis wollten sie etwas Nostalgisches und gleichzeitig Passendes.«

»Ein Coupe ist sicher genau das richtige für ein Autorennen.«

Zugegeben, ein schwacher Witz, aber ich hatte geglaubt, Garrett würde zumindest lächeln. Er tat es nicht.

Ich biß mir auf die Lippen, dann, nachdem ich tief Luft geholt hatte, fragte ich: »Wer hat dir erzählt, daß Aletheias Name ›die Heilerin‹ bedeutet?«

Garrett antwortete nicht gleich. Die Flamme des Lötkolbens auf dem Glas glühte von Blau zu blendendem Orange auf. Durch die Schutzbrille jedoch würde es, wie ich wußte, nur rosa wirken. Eine Minute später sagte er: »Ich weiß es seit der Zeit, als Mutter mit mir in Umständen war, aus einem Gespräch über Namen und ihre Bedeutung. Warum?«

»Weil ich es nachgeschlagen habe. *Althea* bedeutet ›die Heilerin‹.«

Die orangefarbene Glut fuhr über die Schale des Coupes. »So? Na, wenn schon! Ihr Name ist eben eine Abwandlung.«

Ich war versucht, die Sache auf sich beruhen zu lassen. Die Wahrheit könnte ihm womöglich mehr schaden als helfen. Dann dachte ich wieder an die seltsame Frau dort oben mit ihrer opalschimmernden Haut und den ins Jenseits gerichteten Augen. »Nein. Aletheia bedeutet ›die Wahrheit‹.« Ich holte tief Luft. »Garrett, du hast nicht irgendeinen heilenden Geist heraufbeschworen. Wer auch immer Aletheia ist und woher sie auch kommen mag, sie ist wahnsinnig. Ich denke, sie glaubt, sie ist das, was ihr Name aussagt, nämlich die Personifizierung der Wahrheit. Ganz gleich, wie sie den Trick mit der Hochzeitsschale bewirkt hat, sie hat es getan, um ihre Wahnvorstellung zu rechtfertigen.«

»Wahnvorstellung.« Jetzt schaute er hoch. Von der Schale abgehoben, verdüsterte sich die Flamme des Lötkolbens wieder zu Blau. »Ich habe vergessen, es dir zu erzählen. Nachdem du zum Bahnhof gegangen warst, habe ich die Kimbroughs angerufen, um ihnen zu sagen, daß die Schale fertig ist. Die Hochzeit ist abgeblasen. Die Braut ist heute nachmittag mit einem anderen Mann durchgebrannt.«

Er hatte sich wieder dem Coupe zugewandt, und mich überlief eine Gänsehaut, ehe mir einfiel, ich hätte darauf hinweisen können, daß Prophezeiungen allein noch keine Heilerin ausmachen. Aber nun war es zu spät dafür; Garrett hatte sich in tiefste Konzentration geflüchtet.

Vielleicht hätte ich die Sache später erneut zur Sprache gebracht, als wir drei irgendwann nach Mitternacht draußen auf dem Balkon saßen, den Sternenhimmel über uns betrachteten und dem Chor der Schallskulpturen lauschten, wie sie nach und nach in der Stille verklangen. Die opalisierende Blässe von Aletheias Haut leuchtete verschwommen im Dunkeln, verwandelte die Frau in ein Phantom, das mit übergeschlagenen Beinen, halb zusammengerollt in einem Korbsessel hockte.

Sie legte den Kopf in den Nacken und atmete tief. »Hier ist es schön. Künstler stellen ernsthafte Fragen und wollen auch wirklich ehrliche Antworten. Viel zu oft in dieser Welt hat man mich zurechtgebogen und wurde mir Gewalt angetan von Menschen, die in der

Wahrheit etwas sehen, das man nach Maß bestellen und anfertigen kann.«

Ich wollte Garrett anstoßen. *Siehst du? Hör dir bloß diesen Unsinn an!* Aber ich ließ es sein. Jene Hochzeit war tatsächlich gestrichen worden, und Aletheia verstand Garrett. Er glaubte, was er glauben wollte. Solange er davon überzeugt war, daß diese merkwürdige Frau für ihn eine Waffe bedeutete, mit der er sein Schicksal bekämpfen könnte, würde er nicht auf mich hören.

Vom oberen Ende der Straße durchbrach lautes Gelächter und Geschrei die Stille. Eine Schallskulptur begann als Antwort darauf jämmerlich zu wimmern und setzte damit andere in Bewegung, ein schläfriges Dahinplätschern aus hohen und tiefen Tönen, die Wellen gleich vor den Spaßvögeln her die Straße herabflossen. Als die Gruppe näher kam, erkannte ich einige von Garretts Nachbarn, die ich bei früheren Besuchen kennengelernt hatte, darunter Caroline Edmund-Leigh, die Holosymphoniekomponistin, und den Dichter Tony Jubal.

Sie blieben unter unserem Balkon stehen, und Tony rief herauf: »Weißt du, daß du ein modernes Orakel bist?«

Garrett blinzelte. »Was?«

»Darius Millers neues Stück ›*Der Mann im Beton-Segelflugzeug*‹ hatte heute abend im Blauen Orion-Theater in Gateside Premiere mit Kelsi Ferris in der Hauptrolle.«

»Eine Rolle, deretwegen, wie es in den Klatschspalten heißt, Maya Chaplain Himmel und Erde in Bewegung gesetzt haben soll, um sie zu bekommen«, fügte Caroline in einem Ton hinzu, als genieße sie eine besondere Köstlichkeit. »Habe ich Maya nicht vor ein paar Wochen in deinem Atelier ein Kristallei kaufen sehen?«

»Ja«, entgegnete Garrett langsam.

»Nun«, meinte Tony gedehnt, »nach der Premiere besuchten wir die Schauspielerparty, und Kelsi erzählte uns, ›jemand‹ habe ihr kurz vor Beginn der Show ein Kristallei mit einer unsignierten Karte geschickt, auf der gestanden habe: *Ein Wunsch für Dich und alle Mitwirkenden.* Und dann sei etwas Merkwürdiges geschehen. Kelsi hob das Ei auf und hielt es in der Hand, und sie schwört, es sei völlig in Ordnung gewesen, kein einziger Sprung irgendwo zu sehen, doch plötzlich sei es in ihren Händen in Dutzende von Stücken zerbrochen.«

»Und das Stück war ein Erfolg«, sagte eine der anderen Frauen. »Ich weiß aus sicherer Quelle, daß die Kritiker bereits vor Begeisterung tobten, als sie das Theater verließen.«

Es verschlug mir den Atem.

Aletheia lachte, ein klingender Laut, klar, als schlüge man gegen Kristall. »Glas ist wundervoll, so empfänglich. Sie hätten Glas nehmen sollen in Delphi und Dodona.«

»Delphisches Glas«, sagte Tony. »Mir gefällt der Klang des Wortes. Ich glaube, ich werde es in meinem nächsten Gedicht verwenden.«

Die Gruppe zog weiter. Garrett starrte ihr nach, bis sie hinter einer Ecke verschwand, dann wandte er sich um und schaute Aletheia an. »Du hast es gewußt. Als Miß Chaplain das Ei hochob, sagtest du: ›Es wird ihr nicht helfen.‹« Er lächelte schwach. »Glaubst du immer noch, daß sie verrückt ist, Dane?«

»Nicht verrückt, nein, aber ... Ich weiß nicht, was sie ist.«

Die Dunkelheit verwandelte Aletheias Augen in Obsidian, aber sie glitzerten noch immer, spiegelten das Licht der Straße unter uns wider. »Ich bin Aletheia.«

Garretts Lächeln verschwand, plötzlich lag Zweifel in seinen Augen, während er Aletheia beobachtete. War ihm eingefallen, was ich ihm erzählt hatte, was ihr Name wirklich bedeutete? Mein Magen zog sich zusammen vor Schuldgefühl und Mitleid. Warum hatte ich es nur gesagt? Vorher hatte er zumindest Hoffnung gehabt.

Aber dies ist besser für ihn.

Die Worte tönten so klar in meinem Kopf, daß ich dachte, Aletheia spräche, aber als ich ihr einen Blick zuwarf, bewegten sich ihre Lippen nicht. Ich starrte sie an, runzelte dann ärgerlich die Stirn. Besser! Wie konnte dies besser sein?

Aletheia lächelte. In meinem Kopf sagte ihre Stimme: *Paß auf.*

Ich paßte auf. Während der folgenden Tage beobachtete ich Garrett, sah zu, wie er sich verbissen und voll Eifer in seine Arbeit stürzte. Ich beobachtete Aletheia. Und ich beobachtete das Glas, prüfte jedes Teil vor und nach dem Brennen. Manchmal veränderten die Gegenstände sich. Wenn Aletheia sie in den Ofen tat, kamen sie mit Mustern heraus, die sie vorher nicht gehabt hatten.

Wie die Vase, die eine Frau als Geschenk für ihren äußerst wohlhabenden Verlobten bestellt hatte. Garrett ritzte ihr Porträt in das Kristall, und von vorn gesehen, zeigte es ihre überwältigende Schönheit, vollkommen und fehlerlos. Von jedem anderen Winkel aus jedoch verzerrte sich das Gesicht, enthüllte Eitelkeit, Selbstsucht und Geiz.

Und dann das Coupe für das Autorennen.

Aletheias leichtes Aufstöhnen ließ Garrett und mich zu ihr hinüberrennen und uns aufgeregt über das Coupe beugen.

Zunächst wunderte ich mich, was sie gesehen haben mochte. Das ursprüngliche Design schien in Ordnung. Die Umrisse von Oldtimer-Rennwagen durchzogen das ganze gemaserte Glas, einige sichtbar auf der äußeren Oberfläche, einige vom Innern der Schale aus, andere gleich Phantomen unter der Oberfläche, wie halbvergessene Erinnerungen oder als seien sie vom aufwirbelnden Staub des Rennens verhüllt. Auch wenn man das Coupe drehte, tauchten weder neue Umrisse im Glas auf, noch veränderten sich diejenigen, die zu sehen waren. Doch dann bemerkte ich das Licht. Es strömte durch die Schale und war nicht golden, sondern pulsierendes, flackerndes Scharlachrot, und wo es die Wagen umtanzte, fielen ihre Umrisse in sich zusammen, wurden zu verbogenen Gestellen, blutrot gefärbt.

Mein Magen verkrampfte sich. Ein weiteres Stück für die delphische Sammlung?

»Welches neue Unheil wünschst du uns diesmal herbei?« sagte Garrett leise.

Aletheia blickte ihn ernst an. »Ich mache die Zukunft nicht. Was geschehen soll, geschieht.«

Garrett fuhr über den Rand des Coupes, folgte der Verdickung der Kante mit seinem Finger ... immer im Kreis herum, herum und herum.

Als der Tag kam, an dem das Rennen stattfand, sahen wir es uns im Fernsehen an, aber ich bin sicher, nicht wie die meisten Zuschauer. Wir saßen schweigend, Garretts Augen und meine gespannt auf den Bildschirm gerichtet. Böse Vorahnungen quälten mich, ließen mich schaudern. Aletheia – ich wünschte mir zu wissen, was sie fühlte oder sah. Mit übergeschlagenen Beinen kauerte sie in einem dunklen Lehnstuhl, der ihre schimmernde Blässe noch betonte, das Gesicht ausdruckslos, die Hände entspannt im Schoß, Juwelenaugen, am Fernseher vorbei konzentriert auf etwas starrend ... was auch immer.

Dreiviertel der Strecke verlief das Rennen ohne besondere Zwischenfälle. Hin und wieder schleuderte ein Fahrzeug. Ein französischer Wagen auf der Außenbahn schrammte beim Abbremsen in einer scharfen Zickzackkurve die Absperrung entlang. Einem Amerikaner platzte ein Reifen. Eine aufsteigende Wolke aus weißem Rauch zeigte das Ende eines italienischen Motors an. Nichts davon tragisch, außer vom Standpunkt des Italieners vielleicht, der armfuchtelnd um seinen Wagen herumrannte, eine Flut von Gehässigkeiten brüllend, theatralisch und rhythmisch wie eine Opernarie.

Dann erreichten die führenden Wagen die Skorpion-Kurve.

Die Vorderreifen von Victor Dietrichs Porsche lösten sich plötzlich gleichzeitig in herumfliegende Gummifetzen auf. Innerhalb von Sekunden schleuderte der Wagen quer über die Bahn und gegen die innere Absperrung, hochwirbelnd und sich überschlagend, prallte er wieder zurück und landete auf den zwei folgenden Wagen. Ein orangefarbener Feuerball umschloß alle drei. Ein vorbeikommendes Fahrzeug, bemüht, den aufgetürmten Wagen auszuweichen, rutschte seitwärts, schoß durch das Schutzgeländer und ins Leere hinaus.

Alles was hinter dem Feuer vorging, blieb der Fernsehkamera verborgen, aber am Ende hieß es in der Statistik: vier Fahrer tot und drei weitere verletzt im Krankenhaus.

Garrett schlug mit der Faust auf die Armlehne der Couch. »Ich hätte was sagen sollen. Ich hätte sie warnen müssen!«

»Auch du kannst die Zukunft nicht ändern«, sagte Aletheia wie von weit her.

Er sprang auf, fuhr auf sie los. »Was hast du dann hier zu schaffen? Wer und was *bist* du überhaupt?!«

Sie seufzte. »Wenn du dich gegen dein Wissen wehrst, wie kann ich dir jemals helfen?«

Garrett explodierte, so plötzlich und glühend wie die Rennwagen. Indem er sie bei den Schultern packte, riß er Aletheia aus dem Sessel hoch auf die Füße. »Wie zum Teufel kann die Wahrheit mir helfen?« brüllte er. »Willst du mir mein Ende prophezeien, mir sagen, wieviel Tage mir noch für meine Arbeit übrig bleiben? Soll mir das etwa *helfen?!*«

Sie schaute ihn voller Mitleid an. »Die richtigen Fragen werden dir helfen.«

»*Fragen.*« Garrett schüttelte sie, sein Gesicht von Wut und Verzweiflung verzerrt. »Zum Teufel mit deinen Fragen!«

Aletheias Kopf flog vor und zurück. In Erinnerung an die mörderischen Wutanfälle unseres Vaters stürzte ich mich auf Garrett. »Hör auf! Laß sie los, oder du bringst sie um!«

Ineinander verstrickt, gingen wir zu Boden. Irgendwie gelang es Aletheia jedoch loszukommen. Aus den Augenwinkeln sah ich, wie sie sich auf die andere Seite des Zimmers zurückzog und uns von dort mit funkelnden Augen beobachtete. Garrett unter mir schlug um sich, trat und holte mit den Fäusten aus, landete aber nur einen einzigen guten Treffer, der meinen Kopf brummen ließ, ehe ich seine beiden Arme fest auf den Boden preßte. Er mochte der ältere, klügere, talentiertere von uns beiden sein, aber ich war immer schon schneller und stärker gewesen.

Er wehrte sich noch eine Minute, erschlaffte dann. »Dane. Ach Gott, Dane!«

Sein Verzweiflungsschrei durchdrang meinen ganzen Körper. Ich drückte Garrett wild an mich, suchte nach einem beruhigenden, tröstenden Wort ... einem Wort, das auch mich beruhigen würde. »Es wird alles gut. Du hast Claudia und mich. Ganz gleich, was kommt, wie unvorstellbar es auch sein mag, wir werden ihm ins Gesicht sehen, uns ihm gemeinsam stellen.«

Sein Beben stockte. »Gesicht?« Er setzte sich jäh auf, riß sich los, so daß er mich ansehen konnte. »Gesicht. Das ist es.« Er wandte sich um und schaute zu Aletheia hinüber. »Ist dies die Frage?«

Sie lächelte leicht.

Langsam stand Garrett auf und ging auf die Treppe zu.

Ich wollte ihm folgen, aber eine fiebrigheiße Hand faßte meinen Arm. »Bitte nicht. Lassen Sie ihn arbeiten.«

Ich drehte mich um und blickte direkt in die Amethystaugen. Sie waren auf mich gerichtet, sahen mich an, eindringlich, aufrichtig ... und ungeheuer glücklich. Ich starrte Aletheia an. »Welche Frage?«

Für einen Moment lag Trauer in ihren Augen. »Eine persönliche Frage.«

Ich mußte gegen das Verlangen ankämpfen, sie auch zu schütteln. »Ist es die richtige? Können Sie mir versprechen, daß dies ihm tatsächlich hilft?«

Die Hitze, die von ihrer Hand ausströmte, verbrannte fast meinen Arm. »Ich verspreche es.«

Ich ließ ihm seine Ruhe. Das hinderte mich jedoch nicht zu spekulieren, was er wohl tue. Vielleicht ein Selbstporträt in Glas, um zu sehen, was ihm bevorstünde und wie bald.

Garrett arbeitete den Rest des Tages und die ganze Nacht hindurch. Ich erwachte mehrmals, und jedesmal hörte ich Stimmen und Geräusche von unten her. Aber am nächsten Morgen fand ich Garrett in der Küche, mit klaren Augen und vor sich hin singend, während er Toast und Kaffee zubereitete.

Staunen und Erleichterung durchfluteten mich. Ich hätte Aletheia in die Arme nehmen und an mich drükken können. Sie hatte recht behalten. »Die Antwort muß dir gefallen haben. Wie lautete die Frage?«

Er lächelte nur und verließ kurz den Toaster, um einen Schuhkarton ins oberste Fach des Geschirrschranks zu stellen.

Da erst wurde mir bewußt, daß *er* das Frühstück zubereitete. »Wo ist Aletheia?«

»Fort.« Er wandte sich um und lächelte mir erneut zu. »Und du solltest auch gehen. Du hast deine Arbeit. Und ich habe meine.«

Konnte dies tatsächlich der von Angst gepeinigte Bruder von gestern sein? »Was hast du in dem Glas gesehen?«

Er zögerte nur einen Augenblick. »Freiheit. Nun komm schon, iß fertig! Ich helf dir packen und bring dich dann zum Bahnhof der Drahtseilbahn.«

Scherzend und lachend gingen wir später fort, in uns

eine Ruhe, wie wir sie seit Jahren nicht mehr verspürt hatten. Es war ein schöner Morgen, daran erinnere ich mich, kühl und golden. Ich ließ Garrett auf dem Bahnsteig zurück, ausgeglichen und voll innerer Zufriedenheit.

Einen Monat später rief Claudia mich wieder an, um mir zu sagen, daß Garrett sich mit einer Überdosis Schlaftabletten das Leben genommen habe.

Er vermachte mir sein Atelier: ›... in der Hoffnung, daß Du aufhörst, Dein Talent mit der Herstellung von sterilem Laboratoriumsglas zu vergeuden, und etwas schaffst, das Deiner würdiger ist.‹ Ich reichte meine Kündigung ein und übernahm das Atelier.

Und noch bevor die Koffer ausgepackt waren, steuerte ich in die Küche. Der Schuhkarton jedoch stand nicht mehr in dem Fach, wo Garrett ihn hingestellt hatte. Ich fluchte. Jetzt müßte ich das ganze Haus und das Atelier durchsuchen.

»Das ist nicht nötig«, sagte eine Stimme hinter mir. »Ich habe ihn an mich genommen, damit die Polizei ihn nicht findet.«

Ich hatte sie nicht hereinkommen hören, aber es überraschte mich nicht, Aletheia hier zu treffen. Ich drehte mich um und blickte wieder in ihre amethystfarbenen Augen. »Sie können nicht weit fort gewesen sein.«

»Ich bin niemals sehr weit fort.« Sie reichte mir den Schuhkarton.

Meine Hände bebten ein wenig, als ich ihn auf den Tisch stellte und öffnete. Der Gegenstand darin war mit Seidenpapier umwickelt. Ich riß es herunter ... und mir stockte der Atem.

Garrett hatte jene Nacht damit verbracht, einen Kelch herzustellen, in dem gleichen gemaserten, bernsteinfarbenen Opaleszentglas wie das Straßenrennen-Coupe, und er hatte ihm ein Gesicht gegeben, aber nicht seines. Die leeren Augenhöhlen und der lippenlose Mund eines Totenkopfes grinsten mir aus dem Glas entgegen.

Ich schaute von ihm hoch und Aletheia an. Sie lächelte an mir vorbei, Licht ausstrahlend, die Augen wie immer seitlich gerichtet ... aber sie wirkten nicht mehr wahnsinnig.

Langsam blickte ich wieder auf den Kelch hinab und drehte ihn bis zu einer bestimmten Stelle, wie jemand, der daraus trinken wollte, es der Form des Randes wegen tun müßte. Der Totenkopf geriet dadurch auf die gegenüberliegende Seite, von wo der Schädel einen Schatten durch das Glas warf. Als ich den Kelch jedoch neigte, wurden die Umrisse des Schädels weicher, wandelten sich zu einem Gesicht, geschlechtslos, aber ... schön, wohlwollend ... voller Erbarmen. *Was hast du in dem Glas gesehen?* hörte ich in der Erinnerung meine Stimme flüstern, und Garretts Stimme entgegnete: *Freiheit.* Vielleicht hätte er *Sieg* sagen sollen. Ich neigte den Kelch noch mehr, und das Gesicht verschwand, wurde ersetzt durch ein blendendes ...

Eine Hand nahm den Kelch fort. »Jene Wahrheit brauchst du noch nicht«, sagte Aletheia.

Ich atmete schwer. »Werde ich sie brauchen?«

Sie schaute zu mir auf, in mich hinein und lächelte leicht. »In Wirklichkeit willst du das gar nicht wissen.« Ihre Hand berührte meine, als sie den Kelch zurückgab. »Vielleicht später einmal.«

Ich wickelte den Kelch wieder ein und stellte den Karton in den Schrank zurück. Als ich mich umwandte, um ihr zu danken, war Aletheia verschwunden.

Aus dem Amerikanischen übersetzt von Irmtraud Kremp

Barry N. Malzberg

Quartermain

ALLES FLEISCH IST WIE GRAS: »Du weißt, was auf dich zukommt«, sagt das Modal. »Du wirst durch die Wüste wandern. Du wirst mit Satan ringen. Du wirst nach Galiläa zurückkehren. Du wirst auf einem Esel reiten. Ein bißchen Glanz, ein paar erhebende Erlebnisse, Volksgetümmel, Publicity, Verrat und Rache. Man wird dich auf einen Hügel bringen, man wird um deine Gewänder würfeln und so weiter.« Die Stimme senkt sich zu einem vertraulichen Flüstern. »Es wird äußerst schmerzhaft werden, Quartermain«, warnt sie. »Diesen Dingen haftet ein gewisses billiges Pathos an, aber sie münden unweigerlich in schwersten und, wie ich hinzufügen möchte, beschämenden Qualen. Bist du sicher, daß du dies alles erdulden möchtest?«

»Selbstverständlich bin ich mir sicher«, antworte ich. Zu Ihrer Information muß ich erklären, daß ich mich in einer abschließenden Einsatzbesprechung befinde. Die vorhergehenden Eignungsprüfungen habe ich bestanden, und nun versucht das Modal, eine furchteinflößende, wenn auch harmlose Einrichtung, mich in meinem Vorhaben zu beirren. »Sei unbesorgt«, sage ich. »Mit diesen Problemen werde ich fertig.«

Lichter huschen über das Modal; man könnte meinen, es zucke mit den Schultern, wenn ein zimmergroßer Kubus zu einer solchen Geste fähig wäre. »Na schön«, sagt es. »Du sollst deinen Willen bekommen. Aber ich warne dich, Quartermain, leicht wird es nicht werden. Wohlfeiler religiöser Fanatismus hat seine Grenzen. Warte, bis sie dich ans Kreuz nageln.«

»Warte, bis du meine letzten sieben Worte hörst«, kontere ich.

»Ich werde warten«, entgegnet das Modal. »Warten

und warten. Seufzend gehe ich von einem Konklave ins nächste, führe endlose Gespräche, und dennoch, Quartermain, werde ich warten. Ich sah dich kommen, und ich sah dich gehen.«

»Verlaß dich darauf«, erwidere ich. »Ich bin nicht wie die anderen.«

»Diesen Satz habe ich doch schon einmal gehört«, sagt das Modal. »Ganz bestimmt habe ich ihn schon einmal gehört.«

GESEGNET SEIEN DIE TOTEN: »Dein Name ist Nicholas Quartermain«, sagt Satan mit tödlichem Ernst. Für unser Treffen hat er sich die Gestalt einer jungen Frau zugelegt, aufreizend knapp bekleidet und in verführerischer Pose. Ich gebe zu, daß ich ihn nicht unattraktiv finde, obwohl er mich natürlich nicht in Versuchung bringen kann.

»Du hast dich dazu entschlossen, die Leidensgeschichte des Jesus von Nazareth nachzuvollziehen, in der Hoffnung, eine gelungene Kreuzigung und die darauffolgende Himmelfahrt mögen aus dir einen glaubwürdigen Kultführer machen. Ich aber sage dir, Nicholas, du bist ein Narr. Es sind schon Bessere als du auf dem Weg nach Bethlehem gestrauchelt, und die Besten haben am Kreuz ihren Vater verflucht. Noch nie ist einer aus diesen Simulationen wieder aufgetaucht, und du wirst keine Ausnahme sein.«

Satan faßt in ihr tiefes Dekolleté, holt eine große wohlgeformte Brust heraus und zeigt sie mir. »Warum gibst du es nicht auf? Du könntest dir eine Menge Ärger ersparen und dich statt dessen gut amüsieren. Es ist besser, du wirst hier schwach als später im Gerichtshof vor Pilatus. Außerdem bin ich diese Zusammenkünfte, die Gespräche, *so leid!* Komm schon! Sei vernünftig!«

Voller Abscheu starre ich den alten Versucher an. »Niemals«, antworte ich. »Mit diesen billigen Tricks kannst du mich nicht ablenken.«

Satan zwinkert mir zu und läßt ihre Brust los. »Wie wär's dann mit ein paar phantastischen Tricks?« Sie krümmt einen Finger; aus dem trüben Nebel, der uns umgibt, tauchen die hundert Priester auf, miteinander flüsternd, gekleidet in prunkvolle Gewänder; unter dem plötzlich entstandenen Himmelsgewölbe kreisen märchenhaft anmutende große Vögel mit wunderschönem bunten Gefieder. »Du verlangst nach Wundern?« fragt Satan. »Ich führe dir welche vor. An die reichen deine Brot-und-Wein-Tricks nicht heran. Sieh ein, daß du es in dieser Hinsicht mit einem Experten zu tun hast, Quartermain. Das Zaubern gehört zu meinen ältesten Künsten.«

Ich betrachte die Priester, die einen Chorgesang angestimmt haben, beobachte die dahingleitenden Vögel. »Sicher, das ist eine beeindruckende Vorstellung«, sage ich, »aber hier geht es nicht um Schaustellerei. Dein Unterhaltungsprogramm ist mir vertraut.«

Satan schüttelt den hübschen Kopf und zieht einen Schmollmund. »Läßt du dich nicht gern unterhalten?« fragt sie. »Na schön, dann beschränken wir uns auf die Rhetorik.« Auf ihren Wink hin lösen sich die Gestalten der Priester und Vögel langsam auf, und vor den Himmel zieht sich wieder der graue Vorhang.

»Mit meiner glänzenden Rhetorik vermag ich dich jederzeit zu schlagen, denn wie du weißt und wie ein gründliches Studium der Texte enthüllt, war ich vor dem Fall Gottes Lieblingsgeschöpf. Ich bin der Teil von IHM, den er abgespaltet hat, damit er auf Erden wandele, die zu prüfen, die nach absoluter Überzeugung verlangen. Im Grunde«, fährt Satan fort, wobei sie wieder eine entzückende Schnute zieht, »kannst du mich als SEINE Assistentin betrachten, Quartermain. Was hältst du nun von einem kleinen Ringkampf? Vierzig Tage und vierzig Nächte lang? Davon kannst du dann deinen Jungs, den Nazarenern, erzählen, du verbohrter süßer Schatz!«

Ich wende meinen Blick nicht von ihr, und nach geraumer Zeit scheint sie zu begreifen, daß ich ihr widerstehe. Ihre Wangen brennen vor Scham, und die verführerische Maske schmilzt; doch als die Vögel und die Geschöpfe des leeren Raumes wieder auftauchen, dämmert mir, daß ich es nicht leicht haben werde. Noch dreiunddreißig Nächte und achtunddreißig Tage lang muß ich durchhalten. Ich habe mir vorgenommen, alles genau zu notieren.

IHR WERDET IHM DIE DORNENKRONE AUFSETZEN: Im zweiundzwanzigsten Jahrhundert muß man etwas tun, trallala, wenn man sich nicht selbst vergiften oder verrückt werden will. Ich habe mich dazu entschlossen, Oberhaupt einer Kultgemeinde zu werden. Nur sehr wenige schaffen den Aufstieg, wie es in dieser verfremdeten und streng nach Kasten geordneten Zivilisation nicht anders zu erwarten ist. Die Simulationen sind so schwierig, daß nur einer von zwanzig, so lautet das Gerücht, überhaupt in die engere Auswahl kommt. Was danach geschieht, ist höchst ungewiß. Satans Aussage, noch kein einziger hätte es geschafft, ist – na ja, sie ist halt satanisch; aber mehr als ein Prozent sind es bestimmt nicht.

Die einzige zuverlässige Information könnten nur die Kultführer selbst geben, und die schweigen sich natürlich aus. Die, die durch die Prüfung gefallen sind, reden, und über die Liste habe ich mit vielen von ihnen Kontakt aufgenommen, aber trauen kann man dem Negativrat auch nicht.

»Du hast nicht die geringste Chance, Quartermain«, behauptete meine Beraterin. »Erstens werden die Prüfungen manipuliert, und zum anderen *glaubst* du an die Apokryphen. Dieser *Glaube* läßt dich scheitern.«

Dann lachte sie und lachte, wie eine Irrsinnige, bis ich über das Biest herfiel und sie zum Schweigen brachte. Doch während ich mich hochstemmte und niedersank, hochstemmte und niedersank und ihre Hände sich in meinen Rücken krallten, las ich in ihren Augen, daß sie sich geschlagen gab. Nach den Simulationen mußte ich sie verlassen, unabhängig von ihrem Ergebnis, und man würde mich für immer aus dem Komplex entfernen.

Klar, daß diese Aussicht sie deprimierte, denn immerhin unterhielten wir eine aktive Beziehung miteinander. »Ach, du Narr!« schrie meine Beraterin, während sich ihr Körper im Orgasmus verkrampfte (natürlich konnte ihr auch die Enttäuschung die Worte eingeben). »Du Narr, wir leben im *zweiundzwanzigsten* Jahrhundert. Kein Mensch glaubt mehr an diesen Mist!«

Doch sie irrte, sie irrte sehr: *Massen* glaubten immer noch an diesen Mist. Kultführer zu sein, war ein glänzender und lukrativer Posten. Ich hatte es satt, in den Maschinen zu leben.

ICH WERDE ALLES LEBEN AUF DER ERDE VERNICHTEN: Also ringe und ringe ich mit Satan. Im Lauf der endlosen Wochen nimmt er die unterschiedlichsten Gestalten und Argumente an. Er verwandelt sich in einen Falken, einen Weisen, einen Techniker und in ein wildes Tier. Er wird zu Stein, zu Bein, zu Wein.

All diese Kämpfe und Anfechtungen vermögen zwar meine Tugend, hingegen nicht meinen Glauben zu gefährden. Bis schließlich am vierzigsten Tag (ich glaube, es ist der vierzigste, aber mittlerweile sind meine Aufzeichnungen natürlich etwas in Unordnung geraten) der HERR selbst vor mir erscheint. Es handelt sich um ein besonderes Phänomen, wie es von sämtlichen Apokryphen garantiert wird. Er schaut mich an, wie ich im Staub der Wüste liege, in ziemlich elender Verfassung, und spricht: »Quartermain, was *tust* du da? Warum mutest du dir das alles zu?«

»Der Pracht und der Herrlichkeit wegen«, antworte ich. Seine Gestalt läßt sich nicht beschreiben, deshalb versuche ich es erst gar nicht. »Um des Opfers willen, und um dir treu zu dienen als dein eingeborener Sohn ...«

Er winkt ab. »Spar dir das für die Tempel auf.« Dann fährt er fort: »Die Floskeln sind überflüssig. Dies ist ein vertrauliches Gespräch.« Inmitten hellglänzender Wolken hockt er sich nieder, faltet die Hände und spuckt in den Sand. »Du kannst es mir glauben«, sagt er, »das Ende ist ungemein demütigend, und über die Frage der Wiederauferstehung wird noch diskutiert. Es gibt keine Gewißheit. Was dich erwartet sind Hitze, Staub, Leprakranke, Krüppel, die Legionen, das Kreuz und eine sehr blutige und schweißtreibende Prozedur. Warum steigst du nicht aus? Du kannst dieser albernen Simulation ein Ende setzen, und dich bereits in wenigen Minuten in der Rekreationsbaracke von den Strapazen erholen.«

»Du bist es nicht wirklich«, erwidere ich ergrimmt. »Du hast nur wieder deine Rolle gewechselt. Eine andere Gestalt angenommen, um mich in Versuchung zu führen. Weiche von mir, Satan!«

»Ach, geh!« versetzt er mit unnachahmlich anmutiger Geste. »Ehrlich, Quartermain, wenn du es schon bis zum neununddreißigsten Tag geschafft hast, dann müßtest du besser Bescheid wissen. Wir arbeiten *zusammen;* wir sind ein Team.«

Ich befeuchte meine spröden Lippen. »Soll mich das verunsichern?« frage ich. »Das wußte ich schon längst, und es ist lediglich ein Aspekt des Zweifels. Ein Kultführer muß imstande sein, das Mysteriöse zu akzeptieren. Deine Aussage ändert nichts an meinem Entschluß. Ich bin keineswegs schwankend geworden.«

»Na schön«, seufzt er, »na schön«, und richtet sich aus der Hockstellung auf. »Du bist aus hartem Holz geschnitzt, Quartermain, aus härterem jedenfalls, als die meisten vor dir. Aber wenn dich das nicht verunsichert hat, dann wird der Esel es tun. Kein Geschöpf des zweiundzwanzigsten Jahrhunderts ist dazu geeignet, auf einem Esel zu reiten. Ganz gewiß nicht über eine längere Strecke.«

»Mit diesem Problem befasse ich mich, wenn es soweit ist«, entgegne ich. »Zuerst muß ich noch einen Tag in dieser Scheißwüste überstehen.«

»Dann wünsche ich dir viel Vergnügen«, sagt er und verschwindet. Ich bleibe zurück, grübele und stöhne, meinen Leiden überlassen, die in Anbetracht des Durstes, der Hitze, des Hungers, der Schmerzen und der erlittenen Demütigungen nicht gering sind. Es fällt mir schwer, meine Würde zu bewahren, aber ich glaube, ich habe IHM meinen Standpunkt begreiflich gemacht.

ERQUICKE MICH MIT ÄPFELN: Lange Gespräche mit meiner Beraterin hallen in meiner Erinnerung nach, während ich phantasierend in der Wüste am Boden liege.

»Du bist ehrgeizig, Quartermain«, sagte sie zu mir. »In dir brennt eine Besessenheit, die sich mit unserem Zeitgeist nicht verträgt. Dies ist kein Jahrhundert für Ehrgeizige. Die Maschinen, das Räderwerk der Nacht, beherrschen uns. Es ist das beste, man überläßt ihnen seinen Willen. Es gibt kleine Refugien, Ausweichmöglichkeiten: die Lotterien, die Schlachthöfe, die Technikerlizenz und die Kultführerschaft. Doch wie wir wissen, handelt es sich weitestgehend um Illusionen, es sind Sicherheitsventile.

Du hättest es viel leichter, wenn du deine Situation akzeptieren würdest und aufgäbst; ich hätte es leichter, weil ich mich, wie vorherzusehen war, in dich verliebt habe. Doch dein Ehrgeiz verhindert es, daß wir uns mit einem bißchen Frieden umgeben, der uns von der Außenwelt abschirmt. Komm, Quartermain«, sagte sie und streckte die Hand nach mir aus, »komm mit mir und entspanne dich! Wenn man sich erst in das Unvermeidliche gefügt hat, ist alles halb so schlimm. Die Maschinen fordern nicht unsere Seelen, sie verlangen lediglich, daß man sie respektiert.«

Ich schaute sie an, meine sanfte und weise Beraterin, die mir vor vielen Jahren zugeteilt worden war, damit wir einander Trost und Rat spenden konnten. Wir gaben uns gegenseitig Halt in einer Beziehung, die abwechselnd sachlich und gefühlsbetont war.

Es wäre einfach, dachte ich, auf sie zu hören und sich dem Willen der Maschinen und der schattenhaften Administratoren zu beugen, die den Komplex kontrollierten. Einen flüchtigen Augenblick lang glaubte ich, ich könnte mich an sie lehnen und hineintauchen in eine dunkle Erfüllung, die mich mehr zufriedenstellte als alles, was ich bisher gekannt hatte. Doch der Eindruck verrann, wie so viele Male vorher, und ich wußte, daß mir dieser Ausweg verschlossen blieb.

»Es ist nicht möglich«, sagte ich. »Ich möchte Kultführer werden. Ich will Gefolgsleute und meine eigene Gemeinde haben. Denn ich habe etwas zu sagen, und ich möchte meine Botschaft unter das Volk streuen. Ich gebe nicht nach, solange dieser Wunsch in mir fortbesteht.«

»Eitelkeit«, sagte sie leise. »Alles ist Eitelkeit.«

»Wenn du meinst«, erwiderte ich. »Aufgeben ist Eitelkeit, Kämpfen ist Eitelkeit. Ich habe mich für den Kampf entschieden.«

»Du bist ein Narr«, sagte sie, »ein wichtigtuerischer Narr.« Ihre Augen waren feucht. »Komm her!« bat sie mich. »Sieh dir die Stadt an; alles ist grau und grün. Die Mauern dieser Stadt wurden errichtet, um uns vor den Verrückten, den wahren Ungeheuern, zu schützen. Außerhalb dieser Mauern kann alles passieren ...«

»Alles ist Eitelkeit«, sagte ich. Ich dachte an die Wüste vor jenen Mauern, in der ich, wenn ich stark genug wäre, vierzig Tage und Nächte ausharren würde. Nachdem ich den Schwur abgelegt hätte, kehrte ich dann zurück, um lässig, aber mit harter Hand, die Geldwechsler aus dem Tempel zu vertreiben. »Die Zeit wird kommen.«

Sie schloß mich fest in die Arme, und ihre Stimme klang drängend. »Du bist ein Narr, Quartermain, und für deine Torheit wird man dich einen hohen Preis zahlen lassen.«

»Kultführer dürfen sich ihre Frauen selbst wählen«, erklärte ich ihr.

DENN UNS IST EIN KIND GEBOREN: Der vierzigste Tag geht zu Ende, und grollend entläßt Satan mich aus seinem Griff, schließlich bleibt ihm, vereinbarungsgemäß, gar nichts anderes übrig. Ich kehre in die Stadt zurück, wo mich Speise und Trank erwarten und mir die Verehrung meiner Anhänger gewiß ist. Es handelt sich um eine kleine, aber getreue Schar, die sich während meiner Abwesenheit vergrößert zu haben scheint. Voller Ehrfurcht schauen sie mich an.

»Es war halb so schlimm«, sage ich abwertend. »Meine Unschuld umgab mich wie ein schützender Wall. Und man darf auch nicht die Vorteile vergessen.«

Trotzdem lassen sie sich in ihrer Ehrerbietung nicht erschüttern. Hager und bärtig bin ich zurückgekehrt, und vielleicht umgibt mich eine göttliche Aura, obwohl mich in Wahrheit nicht mein Glaube, sondern mein Zynismus die Prozedur hat überstehen lassen.

»Rabbi«, fragt einer der ihren, »was sollen wir tun?«

»Wir sammeln uns, bilden eine feste Gemeinschaft, werben Neulinge an, und dann ziehen wir hinaus aufs Land. Dort vollbringen wir Wunder, erwecken ein paar Tote zum Leben, rehabilitieren eine Hure, trösten die Kranken, erbarmen uns der Gottlosen, suchen einen Esel, halten Einzug in Jerusalem, erregen die Aufmerksamkeit der Legionen und so weiter und so fort. Später kommt dann der schwierigere Teil, und zwar schneller, als es uns lieb sein wird, aber damit brauchen wir uns jetzt noch nicht zu beschäftigen. Eigentlich«, sage ich, indem ich mich erhebe, »ist das überhaupt nicht unsere Sache. Faßt es als eine ganz normale Reise auf, als ein paar Aufgaben, die wir bewältigen müssen, um ein bestimmes Ziel zu erreichen.« Und der am Ziel ankommt, werde ich sein, setze ich in Gedanken hinzu.

»Hast du dort draußen *gerungen,* Rabbi?« fragt ein Junge mit großen, mich anhimmelnden Augen.

»Wie ein Verrückter«, versichere ich ihm.

AUF DIESEN FELSEN: Petrus, Paulus, Markus, Simon Petrus. Das einzige Problem ist Judas; schließlich finde ich einen mageren, mürrisch dreinblickenden jungen Mann. Er hinkt, und sein gegen alles gerichteter Groll müßte sich zu gegebener Zeit leicht auf Verrat hinlenken lassen. Ich übernehme die Verantwortung über die Gruppe, gebe ein paar simple Anweisungen und ziehe hinaus aufs Land.

Mit den Brotlaiben und Fischen klappt alles wie am Schnürchen, das Zwischenspiel mit Magdalena wird ein bißchen peinlich. (Anfangs mißversteht sie meine Motive. Seit meiner letzten Beratung ist so viel Zeit vergangen, daß ich um ein Haar reagiere, doch zum Glück kann ich mich beherrschen, und schließlich begreift Magdalena.)

Lazarus ist abstoßend und ekelerregend, viel feister und übelriechender, als aus dem Textmaterial hervorgeht. Doch mit Disziplin und indem ich mir die zahlreichen Belohnungen vor Augen halte, die mir als Kultführer winken, stehe ich die scheußliche Episode durch.

Am Abend nach diesem Abenteuer folgt Petrus mir hinaus aufs Feld und fragt: »Willst du das Ganze wirklich bis zum Ende mitmachen, Quartermain?«

»Selbstverständlich«, erwidere ich. Ich muß darauf hinweisen – falls es überhaupt noch nötig ist –, daß die Jünger, die Gemeinde, die Beobachter und die Herumlungerer samt und sonders Profis aus dem zweiundzwanzigsten Jahrhundert sind, die bei der Simulation eine Rolle spielen. Sie haben ihre eigenen Gründe fürs Mitmachen. »Das wurde in der Wüste vereinbart.«

»Aber die Sache vorhin schien dich doch anzuwidern. Und das Schwierigste kommt erst noch.«

»Na und?« Ich klopfe dem zitternden Jüngling auf die Schulter. »Nach allem, was ich schon erlebt habe, wird das ein Kinderspiel.«

»Wie du meinst«, entgegnet Petrus. »Ich wollte dir nur helfen. Wir sind nämlich *wirklich* deine Jünger, weißt du? Wir tragen Verantwortung für dich.«

»Das weiß ich doch«, bestätige ich mit schallendem Lachen; mir ist ganz albern zumute, als wäre ich beschwipst. Wen wunderte das, angesichts der Situation? »Natürlich weiß ich, daß ihr mir helfen wollt. Und ihr dient mir am besten, wenn ihr den Mund haltet und eure Aufgabe erfüllt.«

»Gewiß«, antwortet Petrus, »gewiß, Rabbi.« Doch in seiner Haltung entdecke ich eine Spur von Trotz. Ich erkenne, wie ich es gleich von Anfang an hätte sehen müssen, daß meine Ziele mit denen der Jünger nicht unbedingt übereinstimmen. Immerhin sind sie Geschöpfe des Simulators und somit des Staates. Diesen Umstand muß man berücksichtigen, und nach einer Weile gelingt es auch.

AM ANFANG WAR DAS WORT: Der Esel, eine armselige Kreatur, wird von der Weide geholt, und man bindet mich darauf fest. Ein bißchen schwerfällig reite ich gen Jerusalem, umgeben von meinem zerlumpten Gefolge. (Die Texte geben keinen Hinweis auf die ungeheure Schmach und Anonymität dieses Unterfangens; zu dieser Zeit reiten *viele* Männer auf Eseln in Richtung Jerusalem. Nur im Rückblick nahm ich Format an.) Ich finde eine primitive Unterkunft. Judas verschwindet, um seinen berühmten geheimnisvollen Geschäften nachzugehen. Magdalena kommt mich in meinem Zelt besuchen, und als sie ihre Kapuze zurückschlägt, erkenne ich zu meinem Erstaunen meine Beraterin.

»Was hast du erwartet?« fragt sie mich. »Die Abwicklung des Vorgangs hier dauert sehr lange. Ich mußte zu dir kommen, um dir beizustehen. Hör auf, bevor es zu spät ist!«

»Was soll das heißen?«

»Das heißt, daß noch Zeit ist, die Sache abzublasen. Das ganze ist albern, Quartermain. Bis zu diesem Punkt hast du dich gut gehalten, aber jetzt kommen die Nägel und die Folter. Du hast noch gar nicht angefangen zu leiden.«

»Arbeitest du für die Simulatoren?«

»Mach dich nicht lächerlich!« versetzt sie. Die Art, wie sie den Kopf hebt, erinnert mich an Satan, obwohl ich die beiden keinen Augenblick lang verwechsle. »Ich arbeite für niemanden. Ich sorge mich um dich. Dein Wohl liegt mir am Herzen. Hör mir zu, du hast eine Menge Mut bewiesen, und so weit wie du kam bis jetzt kaum ein anderer. Zusammen können wir ein schönes Leben führen. Es ist gar nicht so schwierig, wie du denkst, wenn du erst einmal aufgegeben hast und die Situation akzeptierst. Und dir selbst hast du gezeigt, wozu du imstande bist.«

»Geh jetzt«, sage ich. »Geh, bevor ich zornig werde.«

»Komm schon«, sagt sie und legt mir die Hände auf die Schultern. »Schlaf mit mir. Ich möchte dir zeigen, was du vermissen wirst. Kultführer müssen nämlich keusch leben.«

»*Ich* muß keusch bleiben«, entgegne ich. Plötzlich entblößt sie ihre Brüste. »Was tust du da?«

»Ich will dich zur Vernunft bringen, ehe es zu spät ist, Quartermain. Was du treibst, ist Wahnsinn.« Sie reibt eine Brust an meiner Nase. »Na komm schon«, lockt sie, »alles wird leichter, wenn du erst einmal die Wahrheit einsiehst.«

Ich ergreife sie bei den Armen und schiebe sie verzweifelt von mir fort. Sie taumelt zurück. »Geh weg!« brülle ich sie an. »Mach, daß du verschwindest!«

Ihre Augen glänzen. »Du nimmst es demnach also

wirklich ernst«, sagt sie. »Na so etwas. Du *glaubst* an diese ...«

»Du denn nicht?« frage ich. »Glauben wir nicht alle?«

»Du Narr«, sagt sie, während sie rückwärts zum Zeltausgang schreitet, »weißt du nicht, daß auf diese Weise noch *niemand* ein Kultführer wurde? Sie verrieten mir die Wahrheit, und ich riskiere alles, um dich zu warnen, denn anders kannst du es ja nicht in Erfahrung bringen. Sämtliche Kultführer sind Angestellte des Staates; die Geschichten von den Simulatoren sind nichts weiter als Lügen, um die Masse des Volkes in Schach zu halten, um sie glauben zu lassen, es gäbe einen Ausweg. Und nun laß uns dem ein Ende setzen, ehe es zu spät ist.«

»Auch du also«, sage ich, »auch du. Und das, nachdem ich dich aus deinem früheren Leben erlöst und dir die Unsterblichkeit geschenkt habe. Das ist wirklich sehr unfreundlich.«

»Du bist wahnsinnig, Quartermain«, sagt Magdalena. »Total verrückt.«

»Weiche von mir«, sage ich und stürze mich erbost auf sie. Doch die Zeltklappe fällt zu, und ich bin allein.

EHE DER HAHN KRÄHT: Die Volksmenge – erheblich größer als zuvor und ordentlicher gewandet – ruft nach Barabbas. Pilatus sagt in seinem breiten Akzent zu mir: »Du siehst, es ist völlig unmöglich. Aber ich gab dir eine faire Chance. Das mußt du zugeben.«

Ich erwidere nichts darauf. Es gibt ja nichts mehr zu sagen. Ich kann hören, wie Judas irgendwo im Hintergrund emsig seine Silberlinge zählt. Die Menge verlangt nach dem nächsten Schritt, und mit ausgebreiteten Armen trete ich vor. »Zum Hügel«, sage ich. »Jetzt geht es auf den Hügel.«

Pilatus errötet. Er neigt sich zu mir und flüstert: »Man hat mich ermächtigt, dir ein letztes Angebot vorzuschlagen. Wir können dich blitzschnell hier herausbringen. Das ganze ist doch nicht nötig, Quartermain. Wir sind alle auf deiner Seite, und wir finden, du hast dich großartig gehalten. Wozu willst du leiden ...«

»Auf den Hügel!« schreie ich. Die Soldaten packen mich bei den Armen und schleppen mich fort. Es gibt einen Moment des Zögerns, während wir uns den Weg durch die Menge bahnen, und einen entsetzlichen Augenblick lang fürchte ich, die Soldaten seien gleichfalls befugt, mir einen Kompromißvorschlag zu machen. Doch indem wir geschwinden Schrittes dahineilen, kehrt die Vernunft zurück, und ich bin wieder beruhigt.

Riesige Holzbalken werden mir über den Rücken gelegt. Die Soldaten können nicht auch mit Sonderbefugnissen ausgestattet sein. Doch nicht *jeden* können sie auf mich angesetzt haben. Es ließe sich unmöglich bewerkstelligen, Tausende von Menschen anzuheuern und zu manipulieren, nur um mir meinen Wunsch auszureden. Oder doch? Die Techniker verfügen über schier unerschöpfliche Mittel. Vielleicht habe ich die Situation falsch eingeschätzt.

WARUM HAST DU MICH VERLASSEN? Die Räuber, die ihre eigene Misere schwatzhaft gemacht hat, überhäufen mich mit Schmähungen, während ich in unbequemer Haltung am Kreuz hänge. Das Aufblitzen verschiedener Farben drunten läßt mich hoffen, daß man begonnen hat, das Los zu werfen.

»Ist das nicht ein Elend?« fragt einer der Räuber. »Ist das nicht ein heulendes Elend? Was man sich nicht alles gefallen lassen muß.« Dann stirbt er, jedenfalls sieht es so aus, als ob er stürbe. Seine Gesichtszüge erschlaffen, Speichel tritt ihm aus dem Mund, der Körper hängt durch.

»Ich hatte große Pläne«, vertraut der andere Räuber mir an. »In der Armee kam ich nicht weiter. Aber ich glaube, das einfache Volk schafft es nie bis nach oben, was, Chef?«

»Wahrlich ich sage dir: Ehe diese Nacht vorbei ist, wirst du mit mir im Paradiese sein«, erwidere ich.

»Ach ja«, seufzt der Räuber, »immer diese alte Platte, mehr habt ihr auch nicht drauf.«

VERGIB IHNEN! Im blutigen Nebel erscheint mir einer der hundert Priester in Gestalt eines Vogels. »Quartermain«, sagt er, »ich bin bereit, dir ein letztes Angebot zu machen. Aber dieses Mal ist es wirklich das letzte. Es gibt keine Auferstehung. Es gibt keine Kirche. Es gibt überhaupt nichts; du hast dich von den Texten irreführen lassen, wie so viele vor dir, deshalb hör mir jetzt gut zu. Wir können dich hier herausbringen und zum Dozenten für Metaphysik ernennen. Du wärst im gehobenen Dienst tätig und hättest Anspruch auf eine viel bessere Wohneinheit. Denk an den Luxus. Und denk an deine Beraterin. Sie ist dir emotional sehr verbunden.«

»Geh weg!« murmele ich.

»Quartermain, du handelst unvernünftig.«

»Geh weg.« Der große schwarze Vogel flattert mit den Schwingen und steigt empor. »Ich meine es ernst«, sage ich. »Jetzt mache ich keinen Rückzieher mehr. Ich bin zu weit gegangen.«

»Du bist verrückt. Danach kommt nichts. Absolut nichts.«

»Ich werde ein Anführer sein.«

»Du wirst tot sein.«

»In einem Simulator?«

»Das hier ist die Realität«, sagt der Vogel. »Du träumst nicht, du Dummkopf.«

»Geh weg!« wiederhole ich zum dritten Mal. Der Vogel schüttelt den massigen Kopf.

»Du bist ein ausgemachter Tor, Quartermain. Dabei hättest du es so gut haben können.«

»Wenn ich nachgebe, bekomme ich nichts. Auf diesen Felsen will ich meine Kirche bauen.«

»Du warst gewarnt«, sagt der hundertste Priester und

fliegt davon. Im Ansturm des Komas, ans Kreuz genagelt, verliere ich die Spur derer, die mich zum Verrat bewegen wollen.

ÖFFNET DIE TORE WEIT: Am dritten Tag wird der Stein beiseite gerollt, aber ich bin natürlich nicht da. Auch nicht am vierten, fünften oder zehnten Tag. Am vierzigsten Tag kommen sie auf die Idee, in der Wüste zu suchen, und dort finden sie meine Gebeine. Somit erübrigt sich jede Notwendigkeit, mich anzubeten.

Im zweiundzwanzigsten Jahrhundert darf man eben nichts ernst nehmen.

Originaltitel: ›Quartermain‹

Aus dem Amerikanischen übersetzt von Ingrid Herrmann

LISA GOLDSTEIN

Eine Vorstudie über die Jang

Simon stand vor der Tür, ein wenig außer Atem von den drei Treppen, und überlegte, ob er hier überhaupt richtig war. Er schaute noch einmal auf den Zettel in seiner Hand. 3460 C – genau die gleiche Nummer, die in rissigen Lettern über dem Spion stand. Die Klänge eines Instruments – ein Sitar? – drangen schwach durch die Tür, und im Korridor roch es nach Ingwer. Was bewog seinen Studienbetreuer, ausgerechnet hier zu wohnen? Er zuckte mit den Schultern und klopfte. Eine Klingel schien es nicht zu geben.

Die Tür öffnete sich – die Klänge des Instruments wurden lauter –, und ein Mann mit einem gewaltigen schwarzen Schnurrbart stand vor ihm. »Ja?« fragte der Mann. Ein abgewetzter Orientteppich lag im Flur hinter ihm.

»Äh – entschuldigen Sie ...« Simon trat einen Schritt zurück. Der Mann stand ihm zu nahe, er fühlte seinen Freiraum eingeengt. »Ich habe die falsche ... das heißt, ich suche nach ... ein Doktor Glass wohnt nicht zufällig hier?«

»Nein, kein Doktor hier«, erklärte der Mann. Er trug eine weite grüne Hose und eine gelbe Jacke. Simon gelang es nicht, seinen Akzent einzuordnen. »Sie sind krank?« Er musterte Simon aufmerksam unter kohlschwarzen Brauen. Augen und Brauen hatten die gleiche Farbe.

»Nein, er ist kein – Arzt«, meinte Simon. »Aber macht nichts. Jedenfalls vielen Dank!«

»Nur meine Familie da«, fuhr der Mann fort. »Wir feiern. Meine Frau, meine zweite Frau, ihr Mann, meine Vettern und Kusinen mit Kindern, der – äh – Vetter meiner Frau. Gibt in eurer Sprache kein Wort dafür ...«

Simon hatte im Geist begonnen, die Verwandtschaft zu ordnen. Der starke Gewürzduft machte ihn ein wenig schwindlig. Er glaubte Füßestampfen und Glöckchenklingeln jenseits der Dielentür zu hören. Der *Mann* seiner zweiten Frau?

»Wo – woher kommen Sie?« Simon schaffte es nicht, diese Frage zu unterdrücken. Wahrscheinlich verstieß er gegen die Höflichkeit, verletzte irgendein Tabu, verärgerte zumindest seinen Informanten. Seinen Informanten? Nun mal keine dummen Witze! Aber nirgends in seinen Lehrbüchern stand, wie er sich in einer derartigen Lage zu verhalten hatte.

»Wir sind die Jang«, sagte der Mann. Er verneigte sich höflich und schloß langsam die Tür. »Guten Tag.« Simon wandte sich ab. Der Fremde hatte das Gespräch beendet. Ihm schwirrte der Kopf, als er unten auf der Straße stand.

»Dr. Glass!« Simon stürmte in das Büro seines Studienbetreuers.

»Hallo, Simon.« Dr. Glass schaute von seinem Schreibtisch auf. »Sie haben am Samstag eine tolle Party versäumt.«

»Ich – hören Sie, ich habe versucht, Sie zu finden, aber dann landete ich an dieser fremden Wohnung ...«

»Wie?« fragte Dr. Glass. »Nun setzen Sie sich erst mal! So aufgeregt habe ich Sie noch nie gesehen. Was war los?«

»Ich machte mich auf die Suche nach Ihrem Haus.« Simon fischte einen Papierfetzen aus der Tasche. »Hier – 3460, stimmt's? Nur, der Typ, der mir aufmachte ...«

»Vierundzwanzig sechzig«, unterbrach ihn Dr. Glass.

»Was?«

»Die Wohnungsnummer ist falsch«, erklärte Dr. Glass. »Sie haben eine Superparty versäumt.«

»Ach so«, sagte Simon. »Aber hören Sie zu! Der Typ, der mir aufmachte – er war Ausländer, verstehen Sie? –

sagte mir, daß er – daß sein Volk – die Jang seien. Darauf ging ich in die Anthropologen-Bibliothek und stellte ein paar Nachforschungen an, aber ich konnte den Namen nicht finden. Nirgends. Und da kam mir der Gedanke – also, da dachte ich, daß ich meine Doktorarbeit über die Jang schreiben werde.« Er war außer Atem, als er seinen Bericht beendet hatte.

Dr. Glass zog eine Augenbraue hoch und sah ihn belustigt an. Das ganze letzte Jahr über hatte Simon Diskussionsrunden geleitet, Arbeiten benotet, Bürostunden abgesessen und sich wissenschaftlich betätigt, wenn man es von ihm verlangte – aber sonst nichts. Er hatte jetzt vier Jahre Grundstudium hinter sich, und es wurde höchste Zeit, daß er ein Dissertationsthema fand und bearbeitete. Nur schien ihn nichts zu interessieren – die Themen waren ihm entweder zu langweilig oder bereits zu Tode erforscht. An manchen Tagen hatte er einfach aufgegeben und war an den Strand gegangen.

»Sind Sie sicher, daß dies das richtige Thema ist?« erkundigte sich Dr. Glass. »Was wissen Sie überhaupt von diesen Leuten?«

Simon seufzte und fuhr sich mit der Hand durch das widerspenstige Haar. »Also, ihr Verwandtschaftssystem – ihr Verwandtschaftssystem ist unheimlich komplex«, meinte er. Die Tür zum Büro ging auf, und er schwieg, dankbar für die Unterbrechung.

»Hallo, Dr. Glass!« sagte Linda und kam herein. Linda war ebenfalls Studentin bei Dr. Glass. »Hallo, Simon. Du hast am Samstag eine tolle Party versäumt.«

»Ich weiß«, sagte Simon.

»Also gut«, meinte Dr. Glass. »Schreiben Sie eine kleine Vorstudie. Ich sehe mir Ihre Notizen an und werde Ihnen dann sagen, was ich davon halte.«

Simon stand wieder vor der Nummer 3460. Diesmal hatte er eine Aktenmappe in der Hand und ein Tonbandgerät über der Schulter hängen. Sein Herz schlug heftig, als er klopfte. Der gleiche Mann – er war nach Simons Schätzung um die fünfzig und für sein Alter sehr athletisch – öffnete die Tür. Diesmal roch es im Gang stark nach Knoblauch.

»Ja?« fragte der Mann. »Sie finden Ihren Doktor?«

Simon war überrascht, daß der Fremde sich an ihn erinnerte. »Hören Sie, ich möchte Sie um einen Gefallen bitten. Ich würde gern – ein paar Fragen stellen. An Sie und Ihre Familie.«

Der Mann blieb ungerührt. »Sie sind Bulle, ja?« fragte er.

»Nein«, entgegnete Simon. »Nein, ich bin – ich bin Student. Von der UCLA – von der Universität.« Er kramte seine Brieftasche hervor und zeigte dem Mann seinen Studentenausweis.

»Sehr schön«, erklärte der Mann trocken. »Und wenn Sie doch Bulle sind, Sie haben auch solche Karten, was?«

»Nein, passen Sie auf«, sagte Simon. »Ich bin Student. Ich studiere fremde Kulturen, Völker. Ich würde gern mehr über Sie erfahren. Über die Jang.«

Der Mann zögerte und schien dann einen Entschluß zu fassen. »Gut«, sagte er. »Kommen Sie herein. Aber wir sprechen nicht über unsere kriminelle Vergangenheit, nein?« Im trüben Licht des Korridors sah es so aus, als blinzelte er.

Das Zimmer, in das der Mann ihn führte, war unmöbliert bis auf vier oder fünf im Halbkreis ausgelegte Kissen. Teppiche bedeckten den alten Holzfußboden und hingen von den Wänden, vorwiegend in den Farbtönen Dunkelrot, Schwarz und Gelb gehalten. Über dem Kamin sah er Porträts und vergilbte Photos von dunklen Menschen, und davor brannten Kerzen in Glasbechern. Aus einem anderen Teil der Wohnung wehten Küchendünste herüber.

Der Mann nahm auf einem der Kissen Platz und zog eine Pfeife aus der Hosentasche. Simon ließ sich ungeschickt neben ihm nieder. Er wollte das Tonbandgerät einschalten, aber der Mann hob abwehrend die Hand. »Nein«, sagte er. »Das nicht. Wir glauben, es stiehlt unsere Seelen.«

»In Ordnung.« Simon holte Füller und Notizbuch aus seiner Aktenmappe und schrieb: *Tonbandgerät stiehlt Seelen.* »Erst einmal – wie heißen Sie?«

»Wie heißen Sie?« entgegnete der Mann.

Simon blinzelte. »Wie?«

»Ein Brauch unter den Jang«, erklärte der Mann. »Der Fremde nennt zuerst seinen Namen.«

»Ach so«, meinte Simon. »Ich heiße Simon Montclair.«

»Mich nennt man Mustafa«, sagte der Mann. Er verbeugte sich leicht von der Taille aus.

»Und Ihr Familienname?« wollte Simon wissen.

Mustafa zuckte mit den Schultern. »Was bedeutet schon ein Familienname in eurem Land?« fragte er. »Smith. Ich werde Mustafa Smith genannt.«

Simon sah ihn scharf an, aber Mustafa hatte nicht gelächelt. »Und der Rest Ihrer Familie – wird auch Smith genannt, ja?«

»Wenn Sie wollen.«

»Aber ihr – wie nennt ihr euch selbst?«

»Ach wissen Sie – so oder so«, meinte Mustafa. »Das kommt ganz auf das Land an.«

»Also, das ...« begann Simon.

»Ich stelle Sie der übrigen Familie vor«, unterbrach ihn Mustafa. »Möchten Sie das?«

»Natürlich«, sagte Simon. Mustafa klatschte in die Hände. Im nächsten Moment schien das Zimmer von Menschen überzuquellen. »Meine zweite Frau Francesca. Und ihr Mann Tibor. Das hier sind meine Vettern und das da ihre Brüder.« Simon gab es rasch auf, die Namen zu ordnen. »Und meine Tochter Clara.«

Simon sah eine junge Frau mit langem schwarzen Haar, tiefschwarzen Augen und einer Haut, die wie Seide schimmerte. Sie trug eine bestickte Bluse und eine fließenden roten Rock, und von ihren Ohren baumelte schwerer Münzschmuck. »Hallo«, sagte Simon schwach.

»Hallo«, entgegnete sie.

Es entstand ein peinliches Schweigen. Dann erinnerte sich Simon an den Grund seines Besuchs und nahm erneut Schreibstift und Notizbuch in die Hand. »Euren Namen«, begann er. »Sie stammen aus allen Teilen der Welt, nicht wahr. Ich meine, wie ...«

»Wir nehmen die Namen des Landes an, in dem wir geboren werden«, sagte Mustafa. Er entließ seine Familie mit einer Handbewegung. Simon starrte Clara nach, als sie aus dem Zimmer ging.

»Aber woher kommt ihr?« fragte Simon. »Ich meine ursprünglich ...?«

Mustafa zuckte mit den Schultern. »Wer weiß?« sagte er. »Wir sind von überallher. Die Jang stammen aus jedem Land der Erde. Es gibt Jang aus China und Jang aus Neu-Guinea. Wir sind die Wanderer.«

Das Gespräch war lang und äußerst ergiebig für Simon. Er legte drei Tabellen an, ehe er die Verwandtschaftsbeziehungen richtig geordnet hatte und Mustafa zustimmend nickte. Diese Leute schienen zu heiraten, wann immer und wo immer es ihnen einfiel. Einmal verblüffte ihn Mustafa, als er seine Frau in Spanien erwähnte. Simon erfuhr, daß Mustafa als Pferdehändler, Zimmermann und Gitarrist sein Brot verdient hatte. Er erfuhr, daß die Feier, die er eine Woche zuvor gestört hatte, zu Ehren eines Heiligen stattfand und drei Tage dauerte. Er erfuhr, daß Mustafa glaubte, der König von Ungarn könne jede Krankheit heilen und daß Weiß die Farbe der Trauer, Rot dagegen die Farbe der Hochzeit war.

Am Ende der Sitzung vereinbarten sie, sich jede Woche zu treffen, und Mustafa sagte: »Du gehst heim und erzählst der Polizei jetzt, ja?« Diesmal sah Simon deutlich, daß er blinzelte.

»Ich gehe heim und schreibe alles nieder«, erklärte Simon.

»Ah«, meinte Mustafa. »Und dann was machst du damit?«

»Ich verfasse eine – eine Dissertation«, erklärte Simon. »Wenn ich damit fertig bin, kann ich mein Schlußexamen ablegen. Die Universität verlassen. Für ganz.«

»Und dann?« fragte Mustafa. »Was wirst du machen?«

»Mir Arbeit suchen.« Simon zuckte mit den Schultern. »Vielleicht irgendwo unterrichten.«

»Diese Dissertation«, meinte Mustafa. »Sie ist also sehr wichtig für dich?«

»O ja.« Simon nickte heftig. »Sie und Ihre Familie haben mir sozusagen das Leben gerettet.«

Mustafa sog an seiner Pfeife und lehnte sich in die Kissen. Er wirkte sehr zufrieden.

»Tag, Linda«, sagte Simon, als er das Büro von Dr. Glass betrat. »Wo ist Glass?«

Linda zuckte mit den Schultern. »Keine Ahnung. Ich warte seit einer Stunde.«

Simon musterte den Papierkram auf dem Schreibtisch von Dr. Glass, ging ans Fenster und schaute hinaus.

»Wie ich höre, hast du ein Thema für deine Arbeit gefunden«, sagte Linda.

»O ja.« Simon lachte. »Endlich.« Er drehte sich zu ihr um.

»Klingt aufregend«, fuhr Linda fort. »Wenn man sich vorstellt, hier mitten in Los Angeles auf einen fremden Volksstamm zu stoßen ...« Linda wollte im Sommer ins australische Hinterland gehen. »Was sind sie – Zigeuner?«

»Nein«, entgegnete Simon. Seine Angst, wertvolle Informationen preiszugeben, kämpfte gegen den Drang, jemandem von seiner Entdeckung zu erzählen, und verlor. »Sie nennen sich die Jang. Heißt natürlich ›das

Volk‹. Sie kennen die Zigeuner, sind auch schon gemeinsam mit ihnen durch die Welt gezogen, aber sie betrachten die Zigeuner nicht als Teil ihres Volkes.«

»Das ist Spitze«, sagte Linda. »Ich frage mich, warum bisher kein Mensch von ihnen gehört hat. In der Bibliothek konntest du nichts über sie finden?«

Simon schüttelte den Kopf.

»Was sagt Dr. Glass dazu?« erkundigte sich Linda. »He, zu schade, daß du samstags nicht auf seiner Party warst. Es ging hoch her.«

»Ich weiß«, seufzte Simon. »Und es sieht auch nicht besonders gut aus, wenn man die Party seines Doktorvaters versäumt. Ich hatte die falsche Adresse.«

»Reg dich nicht auf«, meinte Linda. »Er gibt sicher noch eine.«

»Ich weiß bis heute nicht, wo der Mann wohnt«, gestand Simon.

»Paß auf, nächstes Mal zeige ich es dir«, sagte Linda. »Wir können ja zusammen hingehen.«

»In Ordnung.« Linda strahlte ihn an, und Simon erkannte, daß sich der Vorschlag, zusammen auf eine Party zu gehen, in Lindas Kopf zu einem Rendezvous auszuweiten drohte. Worauf habe ich mich da wieder eingelassen? dachte er. Dabei sah sie nicht schlecht aus – schulterlanges braunes Haar, schmales Gesicht, das Kinn vielleicht eine Idee zu spitz. Ungewollt drängten sich Claras Züge vor sein geistiges Auge.

»Also, ich habe die Warterei jetzt satt«, stellte Linda fest. »Trinken wir eine Tasse Kaffee bei Westwood?«

»Wenn du meinst«, sagte Simon.

In der Kaffeebar erschien es dann selbstverständlich, daß er Linda anbot, ihren Kaffee mitzubezahlen, und ebenso selbstverständlich, daß sie annahm. Paarungsrituale der nordamerikanischen Völker, dachte Simon. Aber als er seine Brieftasche herauszog, merkte er, daß er kein Geld hatte. Er wußte genau, daß er am Morgen zwanzig Dollar aus dem Automaten geholt hatte, und ihm fiel Mustafas Gesicht ein, die glänzenden Augen und die weißblitzenden Zähne, als er zufrieden lächelte.

»Sie haben mich bestohlen«, sagte Simon.

»So?« Mustafa zündete seine Pfeife an und reichte sie Simon.

Simon lehnte ab, viel zu wütend, um über die Bedeutung dieses Rituals nachzudenken. »Hören Sie, jemand von Ihren Leuten hat mich bestohlen. Als ich letzte Woche herkam, hatte ich zwanzig Dollar. Und als ich ging, waren sie verschwunden. Das paßt mir nicht. Es muß Vertrauen zwischen uns herrschen, Mustafa.«

Zu seiner Überraschung lachte Mustafa, daß seine Zähne blitzten. »Natürlich«, sagte er. »Und ich will dir sagen, was war. Wir mußten rauskriegen, ob du von den Bullen bist, ja? So hat Luis, der Sohn des Vetters meiner ersten Frau, in deine Brieftasche geschaut. Es ist schwer, einem Mann die Brieftasche zu stehlen und wieder so zurückzugeben, daß er nichts merkt. Und da hat Luis vielleicht gedacht, er hat eine Belohnung verdient für seine Mühe. So ist es doch in eurem Land, nicht? Harte Arbeit wird belohnt?«

»Ja, aber Geldstehlen wird mit Gefängnis bestraft«, erklärte Simon, immer noch wütend.

Mustafa lachte wieder. »Aber jetzt«, sagte er, »jetzt wissen wir, daß du nicht von den Bullen kommst. Jetzt wissen wir, daß wir dir vertrauen können. Sicher das war zwanzig Dollar wert, oder?«

Unwillkürlich fing auch Simon zu lachen an. Was waren schon zwanzig Dollar? Hunderte von Ethnologen bezahlten ihre Informanten. Und nun wußten diese Leute, wie Mustafa sagte, daß sie ihm vertrauen konnten. Er nahm sich allerdings vor, von nun an besser auf seine Brieftasche zu achten.

»Ich will dir etwas sagen«, begann Mustafa. »Ich lese dir für deine zwanzig Dollar aus der Hand. In Ordnung? In Ordnung!«

Verwirrt und mitgerissen von Mustafas Begeisterung, streckte ihm Simon die Handfläche entgegen. »Ich sehe – ich sehe eine Frau. Haare bis zu den Schultern, blond oder braun. Eine schöne Frau.« Linda? überlegte Simon. Er hätte Linda niemals als schön bezeichnet. »Du kennst sie, ja? Sie wird wichtig für dich sein, sehr wichtig. Ich sehe dich mit ihr die Uni verlassen. Du bist mit deinem Studium fertig – und bereit, ein neues Leben anzufangen.« Mustafa schaute auf. »Das ist alles, was ich heute sehen kann«, sagte er. »Hilft dir das?«

Simon zuckte mit den Schultern. »Ich weiß nicht recht«, meinte er.

»Vielleicht wird es später helfen«, fuhr Mustafa fort. »Und vielleicht kann ich auch heute helfen. Heute ist für uns ein Festtag. Ich lade dich ein, weil du kein Bulle bist und jetzt unser Vertrauen hast. Wir feiern.«

»Ein Festtag?« fragte Simon aufgeregt. Er konnte sein Glück noch nicht so recht fassen. »Aus welchem Anlaß?«

»Unsere Heilige hat heute Geburtstag«, erklärte Mustafa. »Ana, die Mutter aller Jang.« Er bot Simon seine Pfeife an, und diesmal nahm Simon sie an. »Du bleibst natürlich zum Essen hier.«

Simon hustete. »Ich fühle mich geehrt«, sagte er unter Tränen. Er folgte Mustafa ins Eßzimmer.

Simon versuchte während des Festmahls Notizen zu machen, aber sein Stift und das Notizbuch waren äußerst hinderlich, und so gab er auf. Es schmeckte köstlich. »Was ist das?« fragte er, nachdem er festgestellt hatte, daß alle Jang mit vollem Munde redeten.

»Stachelschwein«, sagte jemand, einer der Brüder oder Vettern oder Ehemänner.

Simon blieb der Bissen fast im Halse stecken. Und doch war es gut. Alles war gut. Er nahm eine zweite Portion und spülte mit Wein nach.

Alle redeten laut durcheinander. Wieder glaubte Simon Schellenklänge und stampfende Schritte zu hören, als er sich aber umschaute, sah er nur die Leute am Tisch. Im Raum wurde es dämmrig, und die Kerzen schickten ihre Rauchspiralen zur Decke hin. Das Notizbuch rutschte von seinen Knien zu Boden, und er merkte, daß er kurz eingenickt war. Claras Gesicht leuchtete jenseits des Tisches, und er lächelte sie an.

Dann schien es, als seien sie nach draußen gegangen, in bunt bemalte Wagen, die nach Heu rochen. Die Pferde (Pferde? dachte Simon. In Los Angeles? Aber er war zu müde, um aus dem Fenster zu schauen ...) brachten sie auf eine Grasebene, umstanden von hohen Bäumen, die an Wächter erinnerten. Ein Bach plätscherte irgendwo in der Ferne. Die Männer holten ihre Gitarren heraus und begannen zu spielen. Frauen und Männer tanzten in stampfenden Rhythmen. Schellen erklangen.

Der Vollmond ging auf. Im leeren Raum über der Wiese sah der Himmel aus wie ein sternenbesticktes Banner. Simon ließ seine Blicke vom Mond zu Claras Gesicht und wieder zurück zum Mond wandern. Ich müßte das aufschreiben, dachte er und versuchte sich mühsam hochzurappeln. »Schsch«, machte Clara. »Ruh dich aus! Alles ist gut.« Er vertraute ihrer Stimme. Die Musik wand sich durch seine Träume.

Er wachte am Tag darauf in seinem Zimmer auf und wußte nicht, wie er heimgekommen war. Stöhnend rollte er herum. Das Notizbuch lag aufgeschlagen neben seinem Bett. ›Vorstudie über die Jang‹ stand da in seiner Handschrift.

Er richtete sich vorsichtig auf. Sein Kopf erschien so schwer, als würde er jeden Moment vom Hals kippen. Da waren seitenweise Notizen, die meisten unleserlich, und Zitate von praktisch allen Anthropologen, die er je gelesen oder studiert hatte. ›Gaunergott – siehe Mythen der am. Indianer‹, lautete eine der Notizen. Dann ein Gekritzel, dann ›Mercea Eliade‹, dann anderthalb Seiten Gekritzel und dann etwas, das aussah wie ›vgl. Muppets von Jim Henson‹. Er kniff die Augen zusammen, in der Hoffnung, die Schrift könnte etwas anderes bedeuten, aber die Worte blieben die gleichen.

Die vergangene Nacht kehrte bruchstückhaft in sein Gedächtnis zurück. Er erinnerte sich, daß er geträumt hatte, daß sie alle geträumt hatten, daß sie alle das gleiche geträumt hatten. Es war der Traum vom Ursprung der Jang, die Geschichte, wie Ana, die Stammesmutter, ihrer eigenen Mutter, dem Mond, den Gehorsam verweigert hatte und deshalb auf die Erde verbannt wurde, um fortan durch die Welt zu ziehen.

Seine Kopfschmerzen waren verschwunden. Er zitterte jetzt vor Erregung. *Sie hatten alle das gleiche geträumt!* Was hatte er da aufgestöbert? Die Sache war viel bedeutsamer, als er vermutet hatte. Er würde der nächste Carlos Casteneda sein, der legendäre Held der Anthropologen-Fakultät an der UCLA. Bestseller, Vortragsreisen, seine Arbeit über ›Das kollektive Unbewußte der Jang‹ ein epochales Werk auf diesem Sektor ... Er zog sich langsam an und ordnete im Geist seine Notizen.

In dieser Woche träumte er fast jede Nacht von dem Fest auf der Wiese. Clara war da. Sie beugte sich im Mondlicht über ihn und küßte ihn. Manchmal wurde Clara von Linda verdrängt, und dann wachte er unzufrieden auf, mit dem Gefühl, daß man ihm etwas weggenommen hatte. Er begann Linda zu meiden und ging nur dann in das Büro von Dr. Glass, wenn er wußte, daß sie auf keinen Fall da war. Er besuchte Dr. Glass jetzt täglich, aufgeregt, dem nächsten Gespräch mit Mustafa entgegenfiebernd, aber er sagte kein Wort über das nächtliche Fest. Das wollte er sich für später aufheben.

Nicht Mustafa, sondern Clara öffnete die Tür, als er das nächste Mal klopfte. »Wo – wo ist Ihr Vater?« fragte Simon.

»Ich weiß nicht«, erklärte Clara.

»Ich hatte für heute eine Verabredung mit ihm«, meinte Simon ein wenig ungeduldig. »Um ...« Er warf einen Blick auf seine Armbanduhr. »Um drei.«

Clara lachte. »Und Sie haben fest damit gerechnet, daß er da ist?« fragte sie. »Dann wissen Sie noch nicht viel über unseren Umgang mit der Zeit.«

»Hm.« Simon überlegte. »Kann ich hier auf ihn warten? Oder könnten Sie – würden Sie mir ein paar Fragen beantworten?« Er hatte nichts dagegen, Clara näher kennenzulernen. Außerdem vermittelten ihre Antworten ihm vielleicht einen Einblick in die Stellung der Frau bei den Jang.

Clara zuckte mit den Schultern. »Warum nicht?«

»Wunderbar«, strahlte Simon. Clara führte ihn in das Zimmer mit den Kissen und setzte sich.

Simon nahm ebenfalls Platz und zog sein Notizbuch heraus. »Also dann ...«, begann er.

»Weshalb benutzen Sie eigentlich kein Tonbandgerät?« wollte Clara wissen.

»Ich ...« Simon stockte verwirrt. »Ihr Vater erklärte mir, daß die Jang glauben, es würde ihre Seelen stehlen.«

»Tatsächlich?«

»Hier.« Simon zeigte ihr die Seite in seinem Notizbuch, als müßte er sich rechtfertigen. Lachte sie ihn etwa aus? »Mein erster Eintrag: ›Tonbandgerät stiehlt Seelen.‹ Wollen Sie damit sagen, daß er mich angeschwindelt hat?«

Clara lehnte sich in den Kissen zurück. »Alles was wir erzählen, sind Lügen«, erklärte sie. Simon setzte sich kerzengerade auf und wollte etwas sagen, aber sie war noch nicht fertig. »Unsere Muttersprache unterscheidet sich stark von der euren. Jedes unserer Worte muß übersetzt, zu Lauten geformt werden, die uns fremd sind. Was in meiner Sprache die reine Wahrheit wäre, läßt sich in der euren nur verschwommen und unklar ausdrücken. Sehen Sie, wir haben gar keine andere

Wahl als zu lügen. Wir sind im Exil, und alle Leute im Exil lügen.«

Was versuchte sie ihm mitzuteilen? Wie viele seiner Eintragungen waren falsch? Er stellte aufs Geratewohl eine Frage. »Weshalb erklärte mir Ihr Vater, das Tonbandgerät stehle seine Seele?«

»Ich weiß es nicht«, erwiderte Clara. »Da müßten Sie ihn selbst fragen.«

Simon blätterte nervös seine Notizen durch. »Gaunergott – siehe Mythen der am. Indianer«, las er vor. Er überlegte, worauf er sich da eingelassen hatte. »Wo haben Sie eigentlich Englisch gelernt?« erkundigte er sich, um Zeit zu gewinnen. »Sie sprechen es sehr gut.«

»Ich war auf der Universität.« Clara winkelte die Beine unter dem langen Rock an. »Genau wie Sie.«

»Auf – der Universität?« wiederholte Simon. Clara schaute ihn unbewegt an. »Ich – also, ich bin etwas überrascht. Ich hatte nicht geglaubt, daß die Jang ihre Kinder auf die Universität schicken. Schon gar nicht ihre Töchter.«

»Warum nicht?« fragte Clara. Simon zuckte ein wenig unter ihrem ruhigen Blick zusammen. »Immerhin sind es die Töchter und Frauen, die den Lebensunterhalt verdienen.«

»Echt?«

»Aber sicher«, bekräftigte Clara. »Der gesellschaftliche Status der Männer hängt davon ab, wie gut ihre Frauen gestellt sind. Je mehr sie verdienen, desto mehr Prestige besitzen ihre Männer. Niemand erwartet, daß ein Mann arbeitet.«

»Nein?« Simon merkte, daß seine Fragerei einfältig und alles andere als wissenschaftlich klang. »Aber Mustafa sagte mir ...« Er warf einen Blick auf seine Notizen. »Mustafa war Pferdehändler, Zimmermann und Gitarrist.«

Clara lachte. »Er spielt Gitarre, das stimmt«, erklärte sie und fügte dann, als sie seinen verwirrten Blick bemerkte, hinzu: »Ich weiß nicht, warum er Ihnen das erzählt hat. Da fragen Sie ihn am besten selbst.«

Danach verlief das Gespräch etwas leichter. Clara erzählte ihm von den Begräbnisritualen, dem Aberglauben und der gesellschaftlichen Struktur des Stammes. Gegen Ende legte Simon sein Notizbuch beiseite, und sie plauderten ein wenig über die UCLA. Clara hatte sogar ein Anfängerseminar bei Dr. Glass besucht, und sie imitierte glänzend, wie er eine Augenbraue hochzog und über seine Studenten hinwegschaute. Simon befand sich so in ihrem Bann, daß er vergaß, sie nach den Träumen und den nächtlichen Ereignissen im Anschluß an das Fest zu befragen. Er überlegte, wie er das Thema auf Liebeswerben-Zeremonien bringen konnte, ohne sie zu kränken.

Schließlich warf er einen Blick auf seine Uhr. »Es wird spät«, meinte er. »Ich muß gehen. Aber wenn ich nächste Woche wiederkomme – könnten wir dann da weitermachen, wo wir heute aufgehört haben? Ich habe immer noch eine ganze Menge Fragen an Sie.«

»Sicher«, meinte Clara. »Warum nicht?« Sie brachte ihn zur Tür. »Gute Nacht«, sagte sie und fügte einen Satz in ihrer Sprache an, der bedeutete, wie sie ihm erklärte: ›Das Glück begleite dich!‹

Simon hielt auf dem Heimweg bei einem Fastfood-Laden an und kaufte sich einen Hamburger. Dann zog er sich in seine Bude zurück, um die Notizen durchzulesen. Er hatte das Gefühl, als würde er glühen, als müßten die Leute auf der Straße sehen, daß ein heller Schein von ihm ausstrahlte. Seine Arbeit ging besser voran, als er gehofft hatte, und er war einer dunklen exotischen Frau begegnet, die ihn zu mögen schien. Vielleicht war es das, was mich an der Anthropologie gefesselt hat, dachte er und erinnerte sich, wie er Nachmittage lang in den alten *National-Geographic*-Heften seiner Eltern herumgeschmökert hatte. Ich wollte dunkle exotische Frauen kennenlernen.

Eine halbe Stunde später mußte er eine Pause einlegen. Etwas stimmte ganz einfach nicht. Mustafa hatte ihm erzählt, daß die Jang an ein Leben nach dem Tode glaubten, Clara dagegen hatte von Reinkarnation gesprochen. Mustafa hatte erklärt, daß die Jang kein Rindfleisch aßen, Clara aber hatte ihm ein Rezept verraten, zu dem man Rindfleisch brauchte. Mustafa hatte ihm von einer langen schönen Hochzeitszeremonie berichtet, nach Claras Worten aber galten zwei Menschen als verheiratet, sobald sie Herd und Bett teilten.

Konnte es verschiedene Bräuche und Sitten für Männer und Frauen geben? Nein, bestimmt nicht mit so starken Abweichungen! Seine Erregung wuchs, je mehr er Claras und Mustafas Antworten verglich. Er wußte, daß er nicht bis zur nächsten Woche warten konnte. Wütend und ein wenig verunsichert stieg er in seinen Wagen und fuhr zu Mustafas Wohnung.

Schon im Treppenhaus konnte er hören, daß jenseits der Tür ein heftiger Streit tobte. Ein Mann und eine Frau schrien sich in der dunklen rollenden Sprache der Jang an, tauschten Beleidigungen, die an dumpfe Donnerschläge erinnerten. Simon zögerte ein wenig, aber sein Ärger überwog alles andere, und so klopfte er laut.

Der Streit verstummte mitten im Satz. Mustafa öffnete die Tür, das Gesicht gerötet, die Augenbrauen finster zusammengezogen. Clara stand hinter ihm im Korridor.

Simon hatte Mustafa noch nie so wütend gesehen. Der Anblick erschreckte ihn so, daß er am liebsten umgekehrt und geflüchtet wäre. Dann dachte er an seine Doktorarbeit und an seine Zukunft, nahm allen Mut zusammen und blieb. »Ihr habt mich belogen«, sagte er zu Mustafa.

»Oh, tatsächlich?« Mustafas Stimme klang gefährlich leise.

»Sie gaben mir völlig andere Informationen als Clara«, fuhr Simon fort. »Das ist, als hätte man zwei verschiedene Kulturen vor sich. Einer von euch beiden hat mich belogen.«

Unvermittelt änderte sich Mustafas Gesichtsausdruck. »Komm rein!« sagte er. »Wir lassen unsere Gäste nicht auf dem Gang draußen stehen. Vielleicht können wir das alles besprechen, ja?«

Simon folgte ihnen in das Zimmer mit den Kissen. Ein Feuer brannte im Kamin, und auf dem Sims flackerten Kerzen vor den dunklen Porträts. Clara setzte sich und betrachtete beinahe gelangweilt ihre Fingernägel. Sie wich beharrlich seinen Blicken aus.

»Wir wollten dich nicht verwirren«, erklärte Mustafa. »Die Sache, die du schreibst – sie ist sehr wichtig für dich, ja?«

Simon nickte, immer noch zu wütend zum Sprechen.

»Nun, dann gibt es vielleicht eine Einigung«, meinte Mustafa jovial. »Ist sie dir – sagen wir – tausend Dollar wert? Tausend Dollar für die richtigen Informationen, für die Wahrheit über die Jang?«

»Was?« fragte Simon schwach. Es war, als hätte ihm jemand einen Schlag versetzt. Er warf Clara einen hilfesuchenden Blick zu, aber sie schaute nicht auf. Wenigstens besitzt sie soviel Anstand, sich zu schämen, dachte er.

»Komm, tausend Dollar!« hakte Mustafa nach. »Das ist nicht sehr viel. Und dann ist deine Zukunft sicher, du kannst unterrichten, du bist ein gemachter Mann.«

»Das ist doch ein Witz!« entgegnete Simon. »Ich habe keine tausend Dollar. Außerdem muß ich meine Doktorarbeit nicht über die Jang schreiben. Es gibt Millionen Themen, Millionen Kulturen ...«

»Ja, aber willst du nochmals vier Jahre warten, bis du eine entdeckst, die dich interessiert?« fragte Mustafa. Woher weiß er das? überlegte Simon. »Sei vernünftig! Sagen wir achthundert Dollar. In ein paar Monaten gehen die Jang wieder auf Wanderschaft, vielleicht sogar über das Wasser. Denk an deine Notizen, an deine Arbeit – alles umsonst! Wenn wir unsere Gespräche vor der Reise abschließen, dann kannst du unterrichten, du kannst dir eine Wohnung nehmen, du kannst Linda heiraten …«

»Linda heiraten?« wiederholte Simon entsetzt. »Weshalb denn das?«

Zum ersten Mal sah Simon seinen Gesprächspartner verwirrt. »Weshalb? Du liebst sie.« Mustafas Stimme klang unsicher.

Simon lachte. Er hatte das Gefühl, daß er im Moment im Vorteil war, aber er wußte nicht, worin sein Vorteil bestand. »Wie kommen Sie darauf?«

»Wegen der Träume«, warf Clara plötzlich ein. Mustafa redete in der Sprache der Jang auf sie ein, aber sie beachtete ihn nicht. »Wegen der Träume, die wir dir gaben.«

»Ihr habt mir Träume gegeben?« fragte Simon. »Diese Träume über Linda? Und über Clara?«

Clara schaute Simon zum ersten Mal an. Es gelang ihm nicht, in ihren Zügen zu lesen. War es Staunen, was sich darin abzeichnete? Dankbarkeit?

»Du – du hast von Clara geträumt?« Mustafas Ausdruck ließ sich leicht enträtseln, aber um so schwerer erklären. Es war Niedergeschlagenheit.

»Ja«, bestätigte Simon. »Aber nun möchte ich endlich erfahren, was hier los ist.«

Mustafa schwieg. »Wir sind die Jang«, begann Clara schließlich. »Wir beten zu Ahitot, dem Sohn des Mondes, dem Bruder von Ana, unserem Bruder. Ihr nennt ihn den Gaunergott. Er lehrt uns, keiner Obrigkeit zu gehorchen und den Liebenden zu helfen. Er lehrt uns, gemeinsam zu träumen, und wir träumen von der Vergangenheit unseres Stammes. Wie die Geschichte von Ana, die du mit uns geträumt hast. Und da er uns befiehlt, den Liebenden beizustehen, versuchten wir dir und Linda zu helfen.«

»Mir und – und Linda?« fragte Simon. »Aber was

hat euch auf den Gedanken gebracht, daß wir uns lieben?«

»Ahitot verriet es uns«, sagte Clara. »Aber dann trafen wir beide zusammen. Mein Vater führte die Begegnung mit dir absichtlich herbei. Er rief dich, und du kamst, um mehr über uns zu erfahren. Meinem Vater ging es ums Geld.« Sie warf Mustafa einen vorwurfsvollen Blick zu, als wollte sie sagen: Das hast du nun von deinen Intrigen!

»Dein Vater – rief mich?« wiederholte Simon.

»Ja«, entgegnete Clara. »Auch das lehrte uns Ahitot. Wir können die Wirklichkeit durch unsere Träume verändern.«

Das war zuviel. Das war schlimmer als alle die widersprüchlichen Informationen, die er zuvor erhalten hatte. Sie nahmen ihn auf den Arm, machten sich über ihn lustig. »Ihr könnt jetzt Schluß machen«, sagte er. »Ich gebe auf, klar? Ich fahre heim. Ich höre mir kein Wort mehr an. Das ist doch Wahnsinn!«

»Du glaubst mir nicht?« fragte Clara. Wieder schaute sie ihn unbewegt an, in einer Weise, die keinen Widerspruch duldete. Ihre Augen glänzten im Licht des Feuers. »Wer hat deiner Meinung nach die Adresse auf deinem Zettel verändert, damit du hierherkamst und nicht zu dieser Party deines Studienbetreuers gingst? Das waren wir – mit unseren Träumen.«

Simon vermochte sich nicht zu rühren. Er hatte das Gefühl, daß zuviel gleichzeitig auf ihn einstürzte, daß er zu viele unmögliche Dinge auf einmal glauben sollte. Mustafa unterbrach die Stille. »Meine Tochter würde gern den Herd mit dir teilen«, sagte er.

Clara schaute ihren Vater entsetzt an. Er hatte sie in Verlegenheit bringen wollen, soviel begriff Simon, aber das war auch das einzige, was er von den Geschehnissen verstand. »Den Herd und das Bett«, ergänzte Mustafa.

Hatte Clara ihm die Wahrheit über die Bedeutung

dieses Satzes gesagt? »Du willst – du willst mich heiraten?« stammelte er, und als er die Frage stellte, kam sie ihm gar nicht mehr so absurd vor.

Clara schaute in die Flammen. »Darüber stritt ich gerade mit meinem Vater, als du kamst«, erklärte sie. »Es ist selten – sehr selten –, daß ein Jang jemanden von außerhalb des Stammes heiratet.«

Simon dachte an die wilde Musik, an die Tänze im Mondlicht. Er dachte an seine Zeit als Student, vier Jahre der Sterilität und noch kein Ende in Sicht. Clara fragte ihn, ob er bei den Jang leben wollte, ihre Träume teilen, mit ihnen in ferne Länder ziehen und in das Geflecht ihres Stammes aufgenommen werden wollte, auf eine Weise, wie es ein Anthropologe kaum zu fassen vermochte. Er trat an den Kamin. »Ich weiß, daß es Ihnen nicht recht ist«, sagte er zu Mustafa, während die Flammen sein Notizbuch verzehrten. »Aber ich würde den Antrag Ihrer Tochter gern annehmen.«

Originaltitel: ›Preliminary Notes on the Jang‹

Aus dem Amerikanischen übersetzt von Birgit Reß-Bohusch

Ben Bova

Vorwahlen

Sie bringen uns in das ovale Zimmer, und er setzt sich hinter den großen Schreibtisch. Nicht einmal Harry Trumans altes Schild, ›Ich bin nicht käuflich‹, fehlt.

Er lächelt darüber. Natürlich sieht er gut aus. Jugendlich, beinahe jungenhaft, mit der üppigen Haartolle in der Stirn, auf die offenbar kein Mann verzichten kann, der Präsident der Vereinigten Staaten werden möchte. Wenn er lächelt, strahlt er. Frauen finden ihn umwerfend. Doch die Augen blicken hart wie Diamanten. Er ist kein Dummkopf. Sein Amt verdankt er nicht seinem Lächeln allein.

Ich wünsche ihm Erfolg. Wir brauchen weiß Gott einen Präsidenten mit Durchsetzungsvermögen, der dem Land wieder Einigkeit und uns ein neues Selbstwertgefühl verschaffen kann. Doch noch mehr wünsche ich mir, daß mein Programm erfolgreich ist. Von mir aus kann er der Star der Pressekonferenz sein. Sollen die Frauen ihm doch hinterherjagen. Im Grunde geht es hier nämlich um mein Programm, um die komplizierten, unsichtbaren elektronischen Wirbel und Blasen, die ich in meinem Koffer trage. Das Programm ist das Wichtigste.

Vor uns liegt ein hektischer Tag.

Außer uns befinden sich noch vier weitere Personen im Zimmer, seine engsten Mitarbeiter und Berater: drei Männer und eine Frau, die für ihn geschuftet, für ihn geblutet, für ihn geschwitzt haben seit der Zeit, als er noch ein grüner, unerfahrener junger Senator aus Vermont war. Die Männer sind sein Verteidigungsminister, sein Minister für Handel und der Finanzminister. Die Frau ist natürlich die Vizepräsidentin. Seit den achtziger Jahren hat kein Mann mehr das Amt eines Vizepräsidenten bekleidet, ein Grund zur Klage für einige Feministinnen, die sich dadurch als die ewige Nummer Zwei abgestempelt sahen.

Nun zu mir. Mit einem Koffer voller Computerprogramme befinde ich mich gleichfalls im ovalen Zimmer. Aber man nimmt kaum von mir Notiz. Ich bin bloß einer der Lakaien, ein Teil des Hintergrundes, wie die Porträts ehemaliger Präsidenten an den Wänden oder das Modell der Forschungsstation auf dem Mars, das auf seinen ausdrücklichen Wunsch hin auf dem Tisch hinter dem Schreibtisch steht, zwischen den Fenstern mit den blaugoldenen Vorhängen.

Meine Aufgabe ist es, meine Programmdisketten in den Hauptcomputer des Weißen Hauses einzugeben, der sich irgendwo in den Tiefen des Westflügels verbirgt. Er glaubt, das Programm, die Pläne und die Methoden, wie das Land zu regieren sei, stammten von *ihm.* Doch hinter dem ganzen stecke *ich;* meine kluge Verbindung von Hardware und Software wird der Motor, das Herzstück des ovalen Zimmers sein.

Ich sitze ein paar Meter von den anderen entfernt, so verschanzt hinter Bildschirmen und Tastaturen, daß man kaum noch die Spitze meiner Stirnglatze erkennen kann. Mir ist es recht. Ich verbarrikadiere mich gern hinter Maschinen, wo ich dann einen Platz für mich allein habe, wie ein Kirchenorganist in seiner geheimen Nische. Auf meinen Bildschirmen kann ich alle sehen. Wenn ich wollte, könnte ich Röntgenaufnahmen von ihnen anfertigen, ja sogar ihren IQ testen. Ich kann vom Hauptcomputer die Pläne für unser neuestes Raketenleitsystem abfragen oder mir die Listen des morgendlichen Anwesenheitsappells irgendeiner unserer Militärbasen auf der ganzen Welt geben lassen. Obwohl das sinnlos wäre. Im Augenblick jedenfalls. Heute gibt es anderes zu tun.

Ich lasse ihm ein paar Minuten Zeit, um sich an den wuchtigen Ledersessel hinter dem Schreibtisch zu gewöhnen, und warte, bis die anderen ihre Plätze eingenommen haben. Der Finanzminister setzt sich in den alten Kennedy-Schaukelstuhl; damit hatte ich gerechnet.

Dann strecke ich den Arm aus, wie Gott auf dem Deckengemälde in der Sixtinischen Kapelle, und drücke eine Taste nieder.

Auf meinem mittleren Monitor erscheint der Lagebericht des heutigen Tages. Der Bildschirm darüber zeigt den Schreibtisch UNSERES MANNES. Halb so schlimm heute, sehe ich. Er hat immer Glück.

In Polen dauern die Kämpfe um Nahrungsmittel schon den dritten Tag an.

Auf den Philippinen erneuter Ausbruch des Bürgerkriegs; Manila steht in Flammen, mindestens drei verschiedene politische Gruppierungen versuchen sich die Herrschaft über die Stadt zu erkämpfen.

In der vergangenen Nacht wurde der mexikanische Präsident von Terroristen ermordet.

Die Börsenkurse haben den niedrigsten Stand seit vierzehn Jahren erreicht.

Die Arbeitslosenquote nähert sich der Zwanzig-Prozent-Marke; aber diese Entwicklung ist nicht der Wirtschaftspolitik UNSERES MANNES anzulasten (sprich: meinem Programm), da wir noch keine Zeit fanden, die Pläne zu konkretisieren.

In Europa sinkt der Dollarkurs weiter. In Tokio ist der Handel zum Erliegen gekommen.

Der Nachrichtendienst meldet, daß die neue sowjetische Mondbasis rein militärischen Zwecken dient, was einen Bruch der Verträge bedeutet, die sowohl die Sowjetunion als auch die Vereinigten Staaten damals in den sechziger Jahren unterzeichneten.

Im großen und ganzen ist es ein Morgen, wie jeder amerikanische Präsident ihn während der vergangenen Amtsperioden hätte erleben können.

»Der Mord in Mexiko ist ein harter Schlag«, meint der

Minister für Handel. Er ist rundlich, pausbäckig, ein ehemaliger Computerfachmann. Als Zwanzigjähriger war er Multi-Multi-Millionär, mit dreißig wurde er Philanthrop, und jetzt ist er ein selbstloser Diener des Staates. Wenn man ihm glauben kann. Ursprünglich heuerte er mich an und gab mir den Posten des Programmierers.

Er bildet sich immer noch ein, er wäre computertechnisch auf dem laufenden. Dabei hinkt er zwanzig Jahre hinter der Entwicklung her, es faßt sich nur niemand ein Herz, es ihm zu sagen. Sein Bart wirkt dicht und schwarz, aber wenn ich mir sein Gesicht auf dem Monitor heranhole, entdecke ich ein paar graue Haare. Ein paar Jahre weiter, und er wird aussehen wie ein neurotischer Weihnachtsmann.

Unser Mann nickt und zieht einen leichten Schmollmund, als sei die Ermordung eines Präsidenten generell ein Schlag unter die Gürtellinie und ein persönlicher Affront gegen ihn.

»Die Situation auf den Philippinen ist gefährlicher«, wirft der Verteidigungsminister ein. »Wenn die Roten siegen, können sie Japan von der Flanke her angreifen, und sogar Australien ist bedroht.«

Ich mag den Verteidigungsminister. Er ist ein umsichtiger alter Graukopf, der Pfeife raucht, sich konservativ kleidet und absolut allem vertraut, was der Computer ihm ausdruckt. Er genießt den Ruf, einer der hellsten Köpfe in Washington zu sein. Dabei sind es seine Programmierer, die für ihn denken. Er liest nur ab, was auf den Computerauszügen steht, vom Paffen an seiner Pfeife unterbrochen.

»Vielleicht sollte sich der Berater für Fragen der nationalen Sicherheit damit befassen«, schlägt der Minister für Handel vor, während er sich den Bart krault.

»Auf alle Fälle«, erwidert UNSER MANN.

Natürlich können wir den Sicherheitsberater nicht zu uns ins Zimmer holen, aber ich rufe ihn auf den Kommunikationsschirm, und – Abrakadabra – er ist da, mit seinen Tränensäcken und traurigen Augen an einen Jagdhund erinnernd.

»Wie schätzen Sie die Situation auf den Philippinen ein, Doc?« UNSER MANN mit seiner Herzlichkeit, seinem Verstand und seiner Macht ist der einzige Mensch auf der Welt, der es sich erlauben kann, diesen berühmten, sauertöpfischen, aufgeblasenen und eitlen Gelehrten *Doc* zu nennen.

»Mister Präsident«, seine Stimme knarrt wie ein altes Burgtor, »es ist genauso, wie ich es Ihnen in der Vergangenheit mehrmalig auseinandergesetzt habe. Wir dürfen die Situationen auf den Philippinen nicht länger ignorieren. Der strategische Wert dieses Landes, das mit unserer Nation seit langem verbündet ist, garantiert die Wahrung unserer Interessen in ganz Asien und im Pazifik.«

Während er seine sattsam bekannten Ansichten formuliert, gehe ich auf einen Nebenmonitor und lasse mir die aktuellen Informationen über die Philippinen kommen. Auf dem Schirm erscheinen Daten, die Auskunft über unsere Militär- und Marinestützpunkte in diesem Gebiet geben, Routen der Handelsschiffahrt, die Anzahl der amerikanischen Firmen, die auf den Philippinen Fabriken betreiben, und wie der Verlust dieser Werke das Bruttosozialprodukt, die Arbeitslosenquote, den Dollarkurs und andere Dinge beeinflussen könnte.

All diese Informationen speichere ich auf den Sekundärschirmen, die sich längs der Wand neben dem Präsidentenschreibtisch aufreihen. Die Blicke UNSERES MANNES wandern zwischen den Monitoren und dem Bild des Sicherheitsberaters hin und her.

»Danke, Doc«, sagt er schließlich. »Ich weiß Ihre Offenheit zu schätzen. Halten Sie sich bitte bereit für den Fall, daß ich weitere Details von Ihnen benötige.«

Er wendet sich wieder der kleinen Gruppe vor seinem Schreibtisch zu. Ich friere Docs Bild ein und schalte es um auf meinen hintersten Monitor zur Rechten, wo er in Wartestellung geht.

»So leid es mir tut«, nuschelt der Verteidigungsminister, ohne die Pfeife aus dem Mund zu nehmen, »aber auf den Philippinen werden wir unsere Präsenz demonstrieren müssen.«

»Sie meinen, militärisch?« vergewissert sich die Vizepräsidentin, wobei sie angewidert die Nase rümpft. Im Lauf ihrer Karriere erwies sie sich als eine erstklassige Stimmenfängerin. Sie ist mexikanisch-amerikanischer Abstammung und kommt aus San Antonio. Und sexy genug sieht sie aus, daß man bereits über sie und UNSEREN MANN tuschelt.

»Natürlich, was denn sonst?« entgegnet der Verteidigungsminister gereizt. »Sehen Sie sich doch die Daten auf den Bildschirmen an. Wir können es uns nicht leisten, die Philippinen zu verlieren.«

»Warum müssen es immer Soldaten und Gewehre sein?« ärgert sich die Vizepräsidentin.

»Ich dachte eher an Schiffe und an Flugzeuge.«

»Ein gemischter Kampfverband«, sagt der Mann hinter dem großen Schreibtisch. »Eine Flotte von Flugzeugträgern. Das kann ganz schön beeindruckend wirken.«

Während sie diskutieren, was besser wäre, Flugzeugträgerverbände oder eines der alten, wieder in Betrieb genommen Schlachtschiffe und ob man – für alle Fälle – ein Bataillon Marineinfanteristen bereitstellen solle, greife ich ein wenig vor und tippe ein paar Zahlen ein. Auf dem Schirm erscheinen die voraussichtlichen Kosten für eine solche Mission und wie sehr sie das Budget des Verteidigungsministeriums belasten.

Und schon kommt der Einwand des Finanzministers, genauso sicher wie das Amen in der Kirche.

»Moment mal! Das Projekt würde doch Unsummen verschlingen.«

Gegenüber Geld hat er eine sehr pragmatische Einstellung: Sein Geld, mein Geld, dein Geld, er beanspruchts alles für sich. Im Kabinett UNSERES MANNES ist er der einzige Farbige. Ein kühler Rechner, der die kümmerlichen paar Millionen, die sein Vater ihm hinterließ (er betrieb eine Restaurantkette), durch Börsenspekulationen zu einem Milliardenvermögen aufstockte.

Jahrelang gehörte er der ANDEREN PARTEI an, doch als der letzte Präsident ihn nicht in sein Kabinett holte, wechselte er die Seiten und widmete sein Leben, sein Vermögen und was von seiner Ehre noch übriggeblieben war, UNSEREM MANN.

Jetzt verlangt er nach einer Kostenaufstellung, und dank der Zauberei durch die binäre Elektronik zeige ich ihnen auf den Wandmonitoren farbige Graphiken. Aus ihnen läßt sich ersehen, was die Entsendung einer Flugzeugträgerflotte kosten würde. Außerdem führe ich ihnen die von meinem Programm einkalkulierten wahrscheinlichen Reaktionen der philippinischen Rebellen vor Augen. Diese umfassen – unter anderem – eine Welle von Attentaten auf sämtlichen siebentausendeinhundert Inseln und Inselchen des Archipels, einen Staatsstreich durch die Armee, Kamikazeangriffe auf unsere Flugzeugträger und eine bewaffnete Intervention der Volksrepublik China.

UNSER MANN findet diese Möglichkeiten faszinierend. Je schrecklicher die Folgen, um so größer sein Interesse.

»Wir wollen diese Varianten mal bis zum Ende durchspielen und sehen, wohin sie führen«, schlägt er vor. Er merkt gar nicht, daß er mit mir spricht. Er äußert lediglich einen Wunsch, wie der Prinz im Märchen, und ich, sein digitaler Pate, muß dafür sorgen, daß sein Wunsch in Erfüllung geht.

Zwei Stunden lang treiben wie Planspiele mit wechselnden Drehbüchern. Meine Programme und die Datenspeicher des Hauptcomputers im Weißen Haus zeigen uns, wohin jeder einzelne Schritt führt und welchen Zug der Gegenseite er zur Folge hätte. Es ist, als beobachte man auf seinem Heimcomputer ein Schachturnier zweier Großmeister.

Einige Varianten steuern unweigerlich auf einen atomaren Zwischenfall zu. Einmal bricht zwischen den Vereinigten Staaten und der Sowjetunion ein mit Kernwaffen geführter Krieg aus – auf den Weltuntergang folgt der nukleare Winter.

Selbstverständlich wählt unser Mann das Szenarium aus, das für unser Land am günstigsten ist.

»Na schön«, äußert er dann vergnügt. Für Computerspiele hatte er schon immer ein Faible. »Vorläufig verzichten wir auf eine Entsendung von Marinestreitkräften und verstärken lediglich unsere Garnisonen in Subic Bay und Mindanao. Offenbar begegnen wir der Bedrohung am besten, indem wir der philippinischen Regierung unsere wirtschaftliche Unterstützung entziehen, bis sie mit ihren Gegnern in ernsthafte Verhandlungen eintritt.«

»Wenn man dem Computer glauben darf«, knurrt der Minister für Handel. Er traut keinem Programm, das er nicht versteht, und er lebt so weit hinterm Mond, daß er meine Programme gar nicht verstehen kann. Mithin mißtraut er auch mir.

Dafür finde ich die Billigung der Vizepräsidentin. »Wir könnten eine Waffenstillstandskommission bilden, die sich aus Vertretern benachbarter Nationen zusammensetzt.«

»Das haut doch nie hin«, brummt der Handelsminister in seinen Bart.

»Der Computer behauptet, der Plan müsse funktionieren«, hält der Verteidigungsminister ihm entgegen. Aber er blickt nicht besonders glücklich drein.

»Mich interessiert«, wirft der Finanzminister ein, »wie diese Vorgehensweise unser Arbeitslosenproblem beeinflußt.«

In diesem Stil geht es den ganzen Tag lang weiter. Jedes einzelne Problem steht mit der Gesamtheit der Probleme in irgendeiner Verbindung. Jeder Marineinfanterist, der nach Übersee geschickt wird, wirkt sich auf die Zahl der Arbeitslosen aus. Jeder arbeitslose Jugendliche in Amerika hat einen Einfluß auf die Kriminalitätsrate. Jede unverheiratete Mutter bestimmt den Preis der Milch mit.

Kein einzelner Mensch, kein Kabinett können sämtliche Querverbindungen ohne die Hilfe eines ausgefeilten, hochgezüchteten Computerprogramms berücksichtigen. Sollen sie doch hier sitzen und miteinander debattieren, soll UNSER MANN seine Reden an das amerikanische Volk halten. Die eigentliche Arbeit erledigt die Maschine, mein Programm, meine Software, die sämtliche verfügbaren Daten auf der Welt integrieren und in sinnvolle, komplexe Zusammenhänge bringen kann.

Sie bilden sich ein, sie träfen die Entscheidungen, bestimmten den Kurs der Nation, regierten die Menschen. In Wirklichkeit beugen sie sich dem Urteil des Computers, übernehmen nur die Entscheidungen, die er aufgrund seines überragenden Informationspotentials für sie trifft. Mein Programm setzt den politischen Kurs fest; die Personen, die rings um den Schreibtisch des Präsidenten sitzen, sind nichts weiter als Marionetten.

Aber glauben Sie nicht, ich fühlte mich als Puppenspieler, der an den Fäden zieht. Das ist absolut nicht der Fall. Ich bin bloß der Mann, der das Programm entwikkelt hat. Und vom richtigen Programm hängt alles ab.

Das Programm ist ebenso lebendig wie ein Wesen aus Fleisch und Blut, es gleicht einer elektronischen Person, die sich von Daten ernährt und deren digitale Seele Allwissenheit anstrebt. Auch im Lauf dieses Tages ist sie gewachsen und gereift; mit Tränen der Rührung in den Augen habe ich den Vorgang beobachtet. Wie ein stolzer Vater wache ich über mein Programm, das eifrig vom Hauptcomputer des Weißen Hauses lernt, an

Selbstvertrauen gewinnt, seine wißbegierigen Tentakel in die Welt hinausstreckt. Es lernt und lernt und lernt.

»Vier Uhr«, verkündet der Regisseur. »Schluß für heute.«

Jählings erlischt die Deckenbeleuchtung. UNSER MANN zuckt zusammen und blickt empor. Seine Miene spiegelt Enttäuschung, Gereiztheit, sogar Zorn wider.

Die anderen atmen hörbar aus, wischen sich die Stirn, erheben sich von ihren Plätzen und strecken die lahmen Glieder. Es war ein langer Tag.

Die TV-Kameraleute schlurfen aus dem Studio, als der Regisseur, die Kopfhörer noch angelegt, mit ausgestreckter Hand auf UNSEREN MANN zugeht.

»Sie haben Ihre Sache ausgezeichnet gemacht, Sir. Im November bekommen Sie meine Stimme.«

UNSER MANN schenkt ihm das übliche strahlende Lächeln. »Danke. Jede Stimme ist wichtig. Und vergessen Sie die Vorwahlen nicht!«

»Am siebten April«, lächelt der Regisseur zurück. »Keine Sorge. Ich stimme für Sie.«

Das muß er allen Kandidaten sagen.

Ich bleibe an meinem Platz, versteckt hinter den Computerkonsolen, und befrage den Staatlichen Leistungsbeurteilungscomputer, wie gut UNSER MANN *wirklich* war. Die Note liegt bei 0,54. Nicht schlecht. Bis jetzt das beste Ergebnis, das ein Kandidat im Test erreicht hat. In den Medien wird es sich gut ausmachen. Das müßte UNSEREM MANN eine Menge Stimmen einbringen.

Natürlich muß er noch die Vorwahlen gewinnen, doch die finden hauptsächlich auf elektronischem Wege statt. Keine monatelangen anstrengenden Wahlreisen mehr durch jeden Bundesstaat. Über Fernsehschirme und Heimcomputer wenden sich die Kandidaten individuell an die Wähler. Persönlich sprechen sie bestimmte Zielgruppen an, wobei die Botschaften, die sie ihnen geben, maßgerecht auf die dringlichsten Wünsche dieser Interessengemeinschaften zugeschnitten sind. Die ausgefeilten Techniken der psychologisch fundierten Meinungsumfragen und Videoaufzeichnungen haben dies ermöglicht.

Aber dieser Probedurchlauf in dem nachgebildeten ovalen Zimmer ist von höchster Wichtigkeit. Jeder Kandidat muß beweisen, daß er den Anforderungen gewachsen ist, die ein durchschnittlicher Tag im Weißen Haus an ihn stellt, daß er kluge, durchgreifende und politisch akzeptable Entscheidungen treffen kann.

Auszüge aus dem heutigen Simulationstest werden in den Abendnachrichten gesendet; morgen bringen die Zeitungen diese Geschichte auf der ersten Seite. Und selbstverständlich kann sich jeder Wähler, der sich einen Eindruck über den Verlauf des gesamten Tages verschaffen will, den vollständigen Test über PBS oder auf Video ansehen.

Doch was in dieser Simulation *tatsächlich* geprüft wurde, war mein Programm. Ein bißchen fühle ich mich wie Cyrano de Bergerac, der für einen anderen Mann Liebesbriefe an die Frau schreibt, die er selbst von Herzen verehrt.

Nachdem ich mich vergewissert habe, daß niemand zuschaut, tippe ich den Code für den geheimsten Speicher des Hauptcomputers im Weißen Haus ein. Nur wenige Programmierer wissen von dieser Vorrichtung. Und keinem der Kandidaten ist dieses versteckte Programm bekannt.

In der esoterischen Sprache, die nur wir eingeweihten Programmierer beherrschen, frage ich den Hauptcomputer, wie erfolgreich mein Programm war. Auf dem Zentralmonitor erscheint in hellglänzenden Ziffern die Antwort: 0,96. Sechsundneunzig! Der höchste Punktestand, den je ein Programm erreicht hat.

Ich umarme mich selbst und beuge mich vornüber, um nicht laut loszulachen. Wenn meine Beine gesund wären, spränge ich und würde durchs Studio tanzen. Sechsundneunzig! Absolute Spitze!

Egal, welcher Kandidat gewählt wird, egal, wer wem seine Stimme gibt, der Hauptcomputer des Weißen Hauses wird sich für *mein* Programm entscheiden. Mein Programm wird es sein, auf das sich der künftige Präsident die nächsten vier Jahre lang stützen wird. *Mein Programm!*

Während mir das Herz wild in der Brust hämmert, schließe ich die Konsolen. Sämtliche Bildschirme werden dunkel. Ich drehe meinen Stuhl und rolle mich durch das leere finstere Studio, in Richtung auf die Lichtschiene, die durch die halboffene Tür fällt. Schon stürmen Ideen auf mich ein, wie ich das Programm noch verbessern könnte.

Schließlich finden in vier Jahren die nächsten Vorwahlen statt.

Originaltitel: ›Primary‹

Aus dem Amerikanischen übersetzt von Ingrid Herrmann

TANITH LEE

Der scharlachrote Mantel

Februar, der Monat des Wolfes, hat auch die Farbe der Wölfe. Und durch die fahlen Grau-, Braun- und Weißtöne, die diese Farbe beherrschen, kann man ein solch durchdringendes Rot schon von sehr weitem erkennen.

So sah er sie denn, als sie den Hang herunterkam, aus den feuchten blattlosen Wäldern. Sie kam an dem alten efeuüberwucherten Altar vorbei, über den die Fellstreifen von den Bäumen hingen. Sie überquerte den Bach bei den alten Steinen, vorsichtig von Stein zu Stein trippelnd, damit ihre kleinen Schuhe nicht naß wurden. Aber der Regen, der vorher die Wälder durchtränkt hatte, perlte in dicken Tropfen von ihrem langen dunklen Haar und glitzerte auf der feinen Palla, die sie einhüllte. Die Palla war von einem so tiefen satten Rot, daß der Blick darin zu versinken schien, daß man trunken wurde vom schieren Hinsehen, ein Rot, das einen schwindeln machte, wie es eigentlich nur Farben vermögen, die in der Natur vorkommen. Es war ein Rot, das keinen Platz im Wald hatte, ein Rot, das alles andere trübe und unwirklich erscheinen ließ.

Als sie den Bach überquert hatte, konnte sie nicht umhin, nun ihrerseits auch ihn zu sehen, als er zwischen den Bäumen auftauchte, stehenblieb und sie anschaute. Sein plötzliches Erscheinen schien sie indes nicht zu erschrecken, obwohl er gewiß eine interessante Erscheinung war, trotz des winterlichen Wetters lediglich in ein paar lose zottige Felle gehüllt, die von einem Gürtel aus lose um die Körpermitte gewundenen Dornenzweigen zusammengehalten wurden. Sein Haar war lang und zottig, aber er war sauber rasiert, und sein Gesicht war, wie auch sein Körper, wunderschön gemeißelt. Auch er hatte die Farbe des Februar: silberbraun war seine Haut, silberbraun sein Haar, und seine Augen waren wie braunes Wasser mit einem silbernen Rand.

»Wohin gehst du?« fragte er sie. »Und warum hast du deinen Mantel mit Blut gefärbt?«

»Das ist kein Blut«, erwiderte sie hochmütig. »Es ist Scharlach, das die Schiffe aus dem Osten bringen.«

»Ich diene dem Gott in den Wäldern«, sagte er.

»Ich weiß, daß du das tust«, sagte sie.

»Du mußt dich unterwerfen.«

»Nein«, entgegnete sie.

»Dann erzürnst du den Gott.«

»Ich mache mir nichts aus deinem Gott. Ich habe meinen eigenen Gott. Ich bin Christin«, erwiderte das Mädchen in der roten Palla.

»Ja, ich habe von ihm gehört«, sagte der junge Mann, der dem Lycaean Pan diente. Er sprach teilnahmslos. Die Priester hatten ihn auserwählt; er hatte eine Wolfsseele, die sich während des Ritus offenbart hatte, grinsend wie ein Wolf mit scharfen weißen Zähnen. Er streifte durch die Wälder, dem Faunus Lupercal geweiht, er schlief in toten Bäumen, badete sich im Tau, rasierte sich mit Schiefer, nährte sich von Käfern und Hasen, in deren Fleisch noch die Lebenswärme war, trank aus Felsenquellen, tanzte mit wildem, heiserem Geheul unter dem Vollmond. So war es immer gewesen, seine Art an diesem Orte. Und wenn das Mädchen das nicht wußte, dann war es eine Närrin. Wenn sie es aber wußte, warum war sie dann hier, es sei denn, um ihr Schicksal herauszufordern?

»Komm«, forderte er sie erneut auf, »unterwirf dich! Oder ich reiße dich zu Boden. So oder so habe ich dich.«

Sie versuchte weder fortzulaufen, noch zitterte sie. Sie ging auch nicht näher zu ihm.

So ging er denn zu ihr.

»Was macht die Nähnadel mit der Stecknadel?« fragte er. »Die Stecknadel hat einen runden Kopf und eine scharfe Spitze. Die Nähnadel hat eine Öse. Die eine geht durch die andere. Laß meine Spitze durch deine Öse fahren.«

»So sei es denn«, sagte das Mädchen, »aber ich sage dir, es wird dir leid tun.«

Sie öffnete ihren scharlachroten Mantel. Sie war nackt darunter. Sie legte sich auf die Erde auf ihr Haar und den roten Stoff, und er legte sich darauf. Kaum hatte er ihr beigewohnt – unter Mühen, denn sie war noch Jungfrau, und das Eindringen hatte ihm weh getan –, als etwas Schreckliches geschah. Die Falten der Palla begannen sich zu bewegen und zu öffnen und nach ihm zu greifen, und bevor er wußte, was geschah, hatten sie sich um ihn geschlagen und ihn zugedeckt und ihn umhüllt wie die Blütenblätter einer riesigen Mohnblume.

Das Gefühl war zuerst nicht einmal unangenehm, doch dann wurde es beängstigend und grauenerregend. Die große Palla schloß sich um ihn, und seine ganze Kraft wurde von ihr aufgesogen und floß in sie und in den Leib des Mädchens. Sie waren zusammen eine blutrote Pflanze, die ihn verschlang ...

Später, viel später, als die Sonne schon unterging in den Wäldern, war an der betreffenden Stelle nur noch ein feuchter rostroter Fleck auf dem Erdboden, und bei Mondaufgang war auch dieser verschwunden.

»Die Lupine ist die Wolfsblume. Warum?«

»Weil sie behaart ist. Und es gab einmal blaue Wölfe. Sie wurden in Nestern hoch in den Bäumen geboren.«

»Die Menschen und die Wölfe«, fuhr meine Großmutter fort, »waren anfangs eine Rasse. Doch dann mußte es Veränderungen geben. Und es entstand ein Stamm, bei dem nur die Köpfe die von Wölfen waren, die Körper aber die von Menschen, wenn auch über und über behaart und zottig. Aber alle Wölfe haben menschliche Augen. Darin liegt die Schwierigkeit. Die Menschen sehen sie und sagen, es seien als Tiere verkleidete

Menschen. Die Menschen haben sich immer vor ihrer eigenen Art gefürchtet, aber sie wagen nicht, es zuzugeben. Und dann sehen sie die Augen von Wölfen, und sie haben eine Entschuldigung. Das ist der Grund, weshalb die Menschen Wölfe hassen.«

»Ich finde Wölfe schön«, sagte mein junger Vetter George. »Ich hätte nichts dagegen, ein Wolf zu sein. Ob ich wohl einer sein könnte?«

»Sehr wahrscheinlich«, antwortete meine Großmutter, wobei sie die Doppeldeutigkeit ihrer Worte nur mich gewahr werden ließ.

»Aber du hast die Geschichte noch nicht zu Ende erzählt«, sagte ich. »Was geschah mit dem Wolfsjungen? Und mit dem Mädchen mit dem roten Mantel?«

Meine Großmutter zuckte die Achseln. »Wo bleibt deine Phantasie? Das war zu den Zeiten, als die Tiergötter noch verehrt und respektiert wurden, auch wenn die Christen immer mehr die alten Götter vertrieben. Das Mädchen war kein Mädchen, sondern ein Dämon, heraufbeschworen von irgendeinem Priester. Der Junge glaubte, er genieße den Schutz seines eigenen Gottes, dem Wölfischen Pan. Aber Pan war schon tot. Die Christen hatten ihn getötet. Aber das ist wieder eine andere Geschichte. Und nun nach Haus mit euch, bevor es dunkel wird!«

Meine Kusine Bettany, die kleinste von uns dreien, fing an zu weinen. Sie schluchzte, im Wald seien Wölfe, und die würden sie verschlingen.

George, ein grausamer, hübscher Junge, schaute listig unter seinen langen Wimpern hervor und erklärte, es sei das Dämonenmädchen, vor dem wir uns in acht nehmen müßten.

Großmutter jedoch beruhigte uns, es gäbe keine Dämonen mehr, und Wölfe hätte man in unserer Gegend schon seit fünfzig Jahren nicht mehr gesehen. Außerdem liefen Wölfe weg, wenn man sie anschrie. Sie hätte das als Kind auch so gemacht.

Ich nahm Bettany bei der Hand, obwohl sie vom Heulen noch ganz naß war. George hüpfte vor uns her und schlug mit einem Stock wild auf die Büsche und Sträucher am Wegesrand. Die Schatten wurden allmählich länger, aber die Sonne schlug noch immer breite Lichtschneisen durch den Wald. Es war April, nicht Februar, die Vögel sangen, und aufgescheuchte Eichhörnchen sprangen über die knospenden Zweige. Wir überquerten den Bach über die Brücke, und ich hielt Ausschau nach einem Altar auf der anderen Seite, aber natürlich war nichts mehr davon übriggeblieben. Trotzdem fiel es nicht schwer, mit ein bißchen Phantasie hier oder dort eine schlanke braune Gestalt zwischen den Baumstämmen oder hinter einem Gebüsch lauern zu sehen.

Hinter dem Wald führte der Weg quer durch die Brachfelder, dann vorbei an dem verwilderten Park und den verfallenen Häusern reicher Leute, die längst tot und vergessen waren, und schließlich bergauf zum Stadtrand.

In der Nacht träumte ich, ein Wolf habe mich geboren, hoch oben in einem großen Baum mit riesigen Ästen. Im Mondschein war der Wolf von einem weichen milchigen Blau, und er hatte wunderbar traurige Augen.

Es war ein melancholischer, fast schon ein mystischer Traum.

Gegen Morgen geschah etwas ganz Schreckliches. Ich wurde von einem gräßlichen langgezogenen Schrei aus dem Schlaf gerissen. Immer wieder kam dieser grauenhafte Schrei, sich ständig wiederholend, so monoton, daß ich glaubte, es sei irgend etwas Mechanisches. Das ganze Haus schien in wildem Aufruhr. Dann sah ich durch das Fenster einen Mann nach draußen stürzen und kurz darauf mit dem Doktor zurückkommen. George sei sehr krank, sagte mir meine Tante und legte die weinende Bettany zu mir ins Zimmer. Es folgte ein endloses Kommen und Gehen im Hause, und schließlich kehrte wieder Ruhe ein.

Eine Woche später stand ich, ganz in Schwarz gekleidet, zusammen mit den anderen vor einem Grab auf dem Friedhof am Hügel. Der kleine George war an einer Krankheit mit einem unaussprechlichen Namen gestorben. Erst viele Jahre später konnte ich mir unter dem Wort ›Meningitis‹ etwas vorstellen.

In den darauffolgenden Monaten zerbrach die Familie wie eine zertretene Eierschale. Ich wurde schon bald darauf fortgeschickt auf die Schule. Andere Ereignisse, wie mein Schulabschluß und der Beginn meines Studiums, führten mich immer weiter von meiner Heimatstadt weg, in andere Städte und in den Süden.

Ich sah meine Stadt lange Jahre nicht wieder. In der Zwischenzeit lebte niemand aus meiner Verwandtschaft mehr dort, und meine Großmutter, die uns so gern Geschichten erzählt hatte, war schon lange tot. Der alte Wald war abgeholzt worden und in die Sägemühlen gewandert, und wo er gestanden hatte, brauste jetzt der Verkehr und wuchsen neue Häuser empor.

»Du bist in einer schlimmen Zeit zurückgekehrt«, sagte der alte Mann, der glaubte, sich an mich zu erinnern, sich in Wahrheit aber nur an das kleine Mädchen erinnerte, das ich früher gewesen war. »Hier gehen zur Zeit Dinge vor, keine schönen Dinge, wahrhaftig.«

»Und was sind das für Dinge?«

Aber er wollte es einem kleinen Mädchen nicht erzählen. Später, als ich bei einer Tasse heißer Schokolade im Hotel saß, wurde ich Zeuge einer gedämpften Thekenunterhaltung zwischen ein paar Leuten vom Personal, einigen Stammgästen und Durchreisenden, zu denen jetzt auch ich gerechnet wurde.

»Ist schon wieder einer passiert.«

»Hab ich auch gehört.«

»Ach, wo denn?«

»In derselben Gegend wie letztes Mal. Aber diesmal viel schlimmer.«

»Stimmt es, daß sie ...?«

»O ja, das stimmt.« Und dann, als der Sprecher sah, daß ich mich hinüberlehnte: »Die Kehlen waren zerfetzt und die Körper übel zugerichtet. Zuerst dachte man, Hunde oder irgendein Raubtier, das vielleicht aus einem Zoo ausgebrochen ist. Aber da ist noch das andere ... das kann kein Tier gewesen sein. Oder wenn doch, dann eins, das mehr ist als bloß ein Tier.«

Obwohl dort, wo früher der Wald war, jetzt Straßen sind und harter Beton und der Bach jetzt in einem begradigten Bett fließt, mit Bänken an den Ufern und leeren Plastikflaschen und Zigarettenschachteln und Bierdosen, die die Uferböschung verunzieren, und die Bäume zu Sträuchern auf säuberlich gehegten Zierrasenstücken geschrumpft sind, bewahrt die Stadt noch immer ihre Träume und ihre alptraumhaften Legenden. Die hier leben, wissen, was mit ›mehr als ein Tier‹ gemeint ist. Nur der fremde Besucher würde es wagen, darüber zu spotten.

»Genau auf den Tag vor einem Monat haben sie den Friedhof verlegt. Als sie die Steine entfernten ... Alles wurde ordnungsgemäß und mit der nötigen Pietät durchgeführt, darauf haben die Priester schon geachtet. Aber dann ... Die alte Familie Vaudron, die seit Menschengedenken hier ansässig war. Die alte Dame, habt ihr die noch gekannt? Sie wußte immer schaurige Geschichten zu erzählen. Die Kinder zitterten immer wochenlang vor Angst ...«

»Und er war erst sieben Jahre, als er damals im Morgengrauen starb, unter schrecklichen Schmerzensschreien. Fürchterliche Schreie waren das, wie von jemand, der verloren war, fast wie Pfeiftöne ...«

Die Familie Vaudron war die Familie meines Onkels; sie sprachen von meinem kleinen Vetter George.

»Nun«, sagte die Nachtpförtnerin, als sie die Türen

geschlossen hatte und sich mit einer Tasse heißer Schokolade zu mir setzte, »die Polizei geht dort jetzt jede Nacht auf Streife, und das ist verdammt gut so. Letzten Monat haben sie jemanden gesehen, der sich spät in der Nacht am Bach herumtrieb. Sie sind nicht sicher, ob er es war, vielleicht ist er ja unschuldig, aber sie haben eine tote Frau gefunden – und irgendwas an dem Mann kommt ihnen merkwürdig vor. Also folgen sie ihm. Er geht unter einer Straßenlaterne entlang. Oben in einem Haus guckt ein Mädchen aus dem Fenster, wartet vielleicht auf jemanden, was weiß ich? Der Mann kommt also vorbei, auf der anderen Straßenseite, und in dem Moment, als er unter der Laterne ist, fängt das Mädchen fürchterlich an zu schreien. Der Kerl verschwindet in einer Gasse. Die Polizisten rennen sofort los, hinter ihm her, können ihn aber nicht finden. Ein paar von ihnen laufen die Treppe hoch, wo das Mädchen wohnt, und bollern gegen die Tür. Wollte sie den Mann vielleicht warnen? Sieht nicht so aus. Das einzige, was das Mädchen stammeln kann: ›Ein Mann, aber er hatte das *Gesicht von einem Wolf*.‹ Und sie ist so verstört, daß sie sie in die Nervenheilanstalt bringen müssen, und da ist sie immer noch. Sie liegt da und schreit pausenlos, daß sie einen Mann gesehen hat mit einem Wolfskopf und einem Wolfsgesicht.«

»Glauben Sie, daß sie das wirklich gesehen hat, Madam?« fragte ich.

Die Nachtpförtnerin zuckte die Achseln. »Warum nicht? Ist es denn so abwegig? Zu den Zeiten meiner Großmutter wäre kein Mensch darüber überrascht gewesen. Heute haben wir Fernsehen, und das hätte sie zweifellos mehr aus der Fassung gebracht und verwirrt.«

Ich dachte an meine eigene Großmutter, die gerade noch jung genug gewesen war, um sich ein solches Teufelswerk wie Fernsehen ins Haus zu holen. Sie war, wie es schien, immer noch berühmt für ihre Geschichten.

Ich dachte an meinen kleinen Vetter George, wie er an Meningitis gestorben war. Sollte etwas von unserem innersten Wesen tatsächlich nach unserem Tod fortleben, dann konnte ich nicht akzeptieren, daß es zu etwas so Banalem wie einem blutrünstigen Gespenst oder einem Werwolf degenerieren konnte. Andererseits – warum sollte nicht irgendeine Spur von der physikalischen Energie jenes Knaben, der doch Wölfe so sehr liebte, zurückgeblieben sein? Irgendein Eindruck, den seine physische Präsenz hinterlassen hatte? Etwas, vergleichbar mit dem Abdruck einer Tatze auf feuchtem Zement?

Ein paar Abende später gingen mir beim Lesen die Zigaretten aus, und ich spazierte hinunter zum Neon-Café und zog mir eine Schachtel und nahm bei der Gelegenheit noch einen kleinen Drink. Und da ich keine Lust hatte, wieder ins Hotel zu gehen und zu lesen oder mich schlafen zu legen, beschloß ich, noch ein wenig am Bach entlangzuschlendern. Mitternacht war gerade erst vorbei, aber der Mond stand schon hoch am Himmel, groß und rund und hell, so hell, daß die Straßenlaternen fast überflüssig waren. Ein scharfrandiger bläulicher Glanz lag über allem, und die Schatten waren von einem transparenten Schwarz. Am Himmel glitzerten Sterne. Es war niemand in der Nähe, nicht hier, abseits von den Cafés der Hauptstraße. Mir war plötzlich bewußt geworden, daß ich genau dieselbe Route eingeschlagen hatte, die ich als Kind so oft entlanggegangen war, wenn ich zum Haus meiner Großmutter im Wald gegangen war. Ich blieb stehen und lauschte dem Rauschen des Baches. Die alte Brücke war abgerissen und an ihrer Stelle eine neue errichtet worden. Meine Gedanken wanderten zurück in die Kindheit, und in meiner Erinnerung sah ich die Bäume um mich herum und das Gestrüpp aus wild wuchernden Reben, und ich stellte mir vor, wie sie aussehen würden in dem bläulichen hellen Licht des Mondes. Doch das war alles lange schon verschwunden, abgeholzt, untergepflügt und zubetoniert. Auch die verfallenen Villen der reichen Leute hatten längst neuen Häusern Platz gemacht.

Ich steckte mir eine Zigarette an, und als ich sie aufgeraucht hatte, warf ich die Kippe in das im Mondschein glitzernde Wasser. Als ich mich umwandte, sah ich einen Mann unter einer der Laternen stehen. Er lehnte an dem Pfahl und beobachtete mich.

Ich ging auf ihn zu. Vielleicht suchte er Gesellschaft, aber die Prostituierten, die früher hier gelegentlich nach Kundschaft Ausschau gehalten haben mochten, hatten sich andere Reviere gesucht. Dann, ohne einen Schreck zu bekommen, erkannte ich ihn wieder.

Als Kind hatte ich niemals geglaubt, daß mein Vetter und meine Kusine jemals größer werden würden, genausowenig, wie ich mir damals hätte vorstellen können, daß ich selbst je erwachsen werden würde. Dies mag der Grund dafür sein, warum Kinder der Tod von Gleichaltrigen zumeist nicht so hart betrifft wie Erwachsene. Ich war fünf jahre älter als er, als er starb, und ich kam damals ziemlich schnell über seinen Tod hinweg. Und doch erkannte ich eine gewisse Familienähnlichkeit. Er sah so aus wie der Wolfsjunge in der Legende, schön und seltsam zugleich, in Farben wie Asche und Bernstein, verschleiert vom Licht des Mondes, mit hellen wunderschönen Wolfsaugen. Es war ein menschlicher Kopf, wenngleich weniger menschlich als jeder Kopf, den ich je in meinem Leben gesehen hatte, weniger menschlich als das Gesicht eines Tieres. Auch war er nicht in Felle gekleidet, sondern so, wie man es von einem armen jungen Mann, einem Studenten vielleicht, erwartet hätte. War er neunzehn Jahre alt? Wahrscheinlich. Ich selbst war vierundzwanzig; neunzehn mußte also hinkommen.

Ich ging zu ihm hin und sagte: »Guten Abend, George.«

Er lächelte. Es war ein blendendes, hinreißendes Lächeln. Die Augen waren nicht daran beteiligt, aber der ganze Rest des Gesichtes, selbst die Körpermuskeln, schienen zu lächeln.

»Du kennst mich?«

»Wir sind verwandt – sozusagen.«

»Ist das der Grund, warum du Rot trägst?« fragte er.

Es war wirklich reiner Zufall (genauso, wie es reiner Zufall war, daß mir ausgerechnet an diesem Abend die Zigaretten ausgegangen waren), daß der Mantel, den ich auf meine Reise mitgenommen hatte und den ich jetzt trug, aus roter, scharlachroter Wolle war, rot wie Blut.

»Was in aller Welt meinst du damit?« fragte ich.

»Sag mir deinen Namen, wenn du dich schon an meinen erinnerst.«

Ich nannte ihm meinen Namen und fügte hinzu, daß wir bis zu meinem zwölften Lebensjahr zusammen im selben Haus gelebt hatten, bei meinem Onkel – seinem Vater. Er schien eher uninteressiert als entsetzt. »Ah ja. Aber das ist Vergangenheit«, sagte er. »Sag, hättest du vielleicht Lust, auf einen Drink mitzukommen?«

Ich willigte ein.

Er faßte mich behutsam unter, und natürlich führte er mich nicht den Weg zurück zur Hauptstraße mit ihren hell erleuchteten lauten Cafés, sondern ein Stück weiter den Bach entlang, weg von der Stadt, und schließlich eine Seitenstraße hinunter. Wir kamen an ein paar geschlossenen Geschäften vorbei und erreichten ein verwildertes Grundstück mit einem verfallenen, mit Brettern vernagelten Haus und vielen Bäumen. Zu diesem Haus führte er mich nun. Wir mußten durch dichtes Gestrüpp. Überall lagen heruntergefallene Steine herum. Ich hatte keine Ahnung, wem das Haus gehörte; es war nach meiner Zeit gebaut und wieder aufgegeben worden. Seither hatten häufig Landstreicher dort übernachtet. Wir krochen durch ein paar lose Bretter in einen kalten Salon, den das durch die Ritzen fallende Mondlicht spärlich erhellte. Im Kamin lag ein aus Zweigen, Tannenzapfen und Zeitungspapier kunstvoll aufgeschichteter Stapel bereit. Diesen zündete er sofort mit ein paar Streichhölzern an. Unter lockeren Ziegeln in der Wand zog er zwei Flaschen Wein, ein Stück in Wachstuch eingewickelten Käse und eine Tüte Äpfel hervor. Wir schmausten feierlich, so wie wir es als Kinder immer getan hatten.

»Ist die Polizei nicht hierher gekommen?«

»Das versteht sich von selbst«, antwortete er.

»Aber du warst rechtzeitig verschwunden und hast keine Spuren zurückgelassen.«

Er grinste mich an.

»Und der Rauch? Verrät dich der nicht?«

»Der ist immer da.« Er schien zu glauben, daß jemand ihn schütze, und vorstellbar war das.

»Erzähl mir!« bat ich nach kurzem Schweigen.

»Warum sollte ich?«

»Ich dachte mir, es drängt dich vielleicht danach.«

»Eine Beichte?«

»Oder Prahlerei – ganz wie man's nimmt. Wer sonst würde dir zuhören?«

»Eine Menge Leute würden mir zuhören.«

»Erinnerst du dich an irgendeine Kindheit?« fragte ich ihn.

Er schaute mich lange an, als wolle er die Grenzen meines Begriffsvermögens ausloten. Dann schüttelte er den Kopf. Sein Haar war ein zottiges Flammenwesen im flackernden Schein des Feuers. Seine braun-silbernen Augen leuchteten, wenn sie dem Feuer abgewandt waren, in einem harten matten Grün. Menschenaugen tun das nicht. Wolfsaugen tun es, wie menschlich auch immer sie sein mögen.

»Dann erzähl mir, wann es anfing! Als sie das Grab öffneten?«

»Ja.« Er rutschte ein Stück näher an mich heran – wir

saßen beide auf dem Fußboden. Er berührte mein Gesicht sanft mit seiner langfingrigen Hand. Seine Nägel waren lang und scharf. »Immerhin«, sagte er, »erinnerst du dich an deine Kindheit, aber du hast nicht das Gefühl, daß das wirklich du warst, nicht wahr? *Das* war jemand anderes.«

»Ja, das stimmt.«

»Gut. Also, ich weiß, daß er ein Kind war. Eine andere Person. Ich sehe schlicht ein, daß das überhaupt nicht ich selbst war. Ich bin George hier und jetzt. Ich bin hier, ich bin jetzt.«

»Und das Grab ...«

»Das war, wie wenn man den Deckel von einem Kessel nimmt. Der Deckel gibt einem unten die Illusion von Unterdrückung. Aber ich war dort, dort unten.«

Er erzählte mir, daß dort Dunkelheit herrsche und daß er aus der Dunkelheit gekommen sei, so wie wenn man aus dem Schlaf erwacht. Ob er dort Träume gehabt habe, wisse er nicht. Er fragte mich: »Ist es dir schon einmal passiert, daß du aufgewacht bist und eine ganze Weile nicht gewußt hast, wo du bist, welcher Tag oder welches Datum es ist, aber das hat dich nicht beunruhigt, weil du sicher bist, daß es dir schon wieder einfallen wird, wenn auch nicht unbedingt sofort?« Das war mir schon passiert, mehr als einmal, und ich bejahte mit einem Nicken. Nun, fuhr er fort, genauso ein Gefühl habe er dabei gehabt. Dann, so erzählte er weiter, hätte er sich plötzlich durch die Stadt gehen sehen. Sie sei ihm anfangs unbekannt vorgekommen, doch dann wäre ihm – wie bei dem Beispiel mit dem Tag und dem Datum – klargeworden, daß sie *sich in Erinnerung bringen würde,* er müsse eben nur ein wenig warten. Und dann habe er das Mädchen gesehen, in der Nähe des Baches. Wahrscheinlich habe es dort auf Kundschaft gewartet. Er sei zu dem Mädchen gegangen und habe es um eine Zigarette gebeten. (George hatte seinen Vater und seinen Bruder rauchen sehen; er hielt es also für ganz normal, als Erwachsener zu rauchen.) Das Mädchen habe ihm daraufhin eine Zigarette gegeben. (Er fragte mich, ob ich wisse, daß man im alten Rom die Prostituierten ›Wölfinnen‹ genannt habe – nicht als Beleidigung gemeint, sondern als Ausdruck der Anerkennung der Ehrbarkeit und Nützlichkeit ihres Gewerbes, in Anlehnung an das Symbol der Wölfin, der Urmutter Roms, und an das Fest der Luperkalien, welches ursprünglich zu Ehren des Hirtengottes Faun begangen wurde und später den Charakter einer Reinigungs- und Fruchtbarkeitsfeier annahm.) Alsdann habe sie ihn gefragt, ob er nicht Lust habe, mit ihr in ein Café zu gehen. Er habe eingewilligt, sie aber dann statt in ein Café in eine stille Seitengasse geführt, die er zuvor auf seinem Spaziergang ausfindig gemacht hatte, und dort umgebracht. Sein Handeln sei ihm völlig natürlich erschienen, er sei zwar ein wenig aufgeregt dabei gewesen, aber zugleich routiniert und kompetent, da er instinktiv gewußt habe – wie beim Sex –, was zu tun sei. Und es sei in der Tat wie Sex für ihn gewesen, und später habe er bedauert, daß er sie nicht genommen hatte, bevor er sie getötet hatte. An der Leiche habe er sich indes nicht vergangen, die bürgerliche Ethik der Vaudron-Familie habe dem entgegengestanden. Zur Befriedigung seiner Fleischeslust habe er sich dann ein anderes Mädchen gesucht und sich mit diesem für den nächsten Abend zu einem Stelldichein verabredet. Als er sich mit dem Mädchen am darauffolgenden Abend getroffen habe, habe er erst mit ihr geschlafen und sie dann in Stücke gerissen. Er habe es in dem Moment getötet, als sie beide den sexuellen Höhepunkt erreicht hätten. Das, so erklärte er, sei für ihn die höchste Erfüllung gewesen, und er sei von da an jedesmal so vorgegangen. Manchmal habe er auch davon gegessen. Er äße aber auch andere Nahrung. Die Cafés und Hotels würfen oft Reste fort oder würden sie ihm schenken, oder er würde sich Nahrung stehlen.

Mir kam der Gedanke, daß die Stadt für ihn ein Wald geblieben war, und ich fragte mich, ob er die Häuser und die Straßen überhaupt als solche wahrnahm oder ob sie für ihn nicht vielleicht Höhlen und Bäume und Waldpfade seien. Das hätte vielleicht auch den schon unheimlich anmutenden Schutz erklärt, unter dem er zu stehen schien; wie war es sonst zu erklären, daß er für die Stadt und ihre Polizeikräfte unsichtbar war? Klein, wie die Stadt war, mußten sie ihn schon oft gesehen haben, und doch hatten sie *ihn* niemals gesehen.

Das Feuer war heruntergebrannt. Es wurde kalt in dem baufälligen Haus – Februarwetter.

»Manchmal gehe ich in eine Kirche«, fuhr er fort. »Einmal habe ich tatsächlich die Beichte abgelegt. Aber die Tötungen habe ich nicht gebeichtet. Weißt du, für mich ist Töten keine Sünde.«

»Nein – das verstehe ich.«

Als er aufstand, um neue Tannenzapfen und Zweige auf die nachlassende Glut zu legen, erzählte ich ihm von dem Traum, den ich gehabt hatte in der Nacht, als er – nein, George – gestorben war. Von der blauen Wölfin, die mich in dem großen Baum gebar, und von ihren traurigen Augen. Ich erzählte ihm von dem Gedanken, den ich gehabt hatte, daß die Geburt durch die Mutter die zweite Geburt ist, der die Geburt durch den Vater, die Ejakulation des Samens, vorausgeht. Ich wollte von ihm wissen, was es mit der Metamorphose auf sich habe, die er selbst durchgemacht hatte, ob sie vielleicht während dieser Ejakulation stattfände oder direkt davor. Denn daß eine solche Metamorphose stattfand, war anzunehmen. Aber wie brachte er sie zuwege? Er schien physisch vollkommen real, und wenn er das war, dann mußte eine solche Verschiebung von Atomen unmöglich sein.

»Nun, vielleicht wurdest du ja tatsächlich von Wölfen gezeugt«, sagte er. »Du kamst jedenfalls als Waisenkind ins Haus.«

»Ich erinnere mich nicht an meine Eltern«, sagte ich.

»Aber ich erinnere mich an meine«, sagte er. »An *seine*.«

»Kannst du dich an unsere Großmutter erinnern?«

»Sie hatte einen großen Mund, erzählte uns immer Sachen, die sie uns nicht hätte erzählen sollen. Aber du warst ein seltsames Kind. So sehe ich dich jetzt. Ich frage mich, was wohl aus dem anderen Mädchen geworden ist ...«

»Bettany?« Ich zögerte. Bettany hatte einen Bankier geheiratet und war eine ganz normale Hausfrau geworden, die Pralinen aß und ein Kind nach dem anderen kriegte. Ich hatte sie seit Jahren nicht mehr gesehen. Eigentlich wollten weder er noch ich über Bettany sprechen; ich glaube, es war lediglich irgendeine assoziative Erinnerung, die sich in George regte, wie ein Nerv. Ich schob daher die Gedanken an sie kurzerhand beiseite und sagte: »Und du erinnerst dich auch noch an die Geschichte, die unsere Großmutter uns erzählte?«

»Das Mädchen mit dem Mantel aus Blut«, sagte er. »Wie du.«

»Betest du die alten Götter an? Bringst du Pan Opfer dar?«

Er lachte. Sein Lachen war wundervoll. Er hockte sich auf die Fersen und lachte, und überall um ihn herum war warmes Februarfeuer. Er fraß Leben. Hatte sich daran sattgefressen. Er war anders als alles, Mensch oder Tier.

»Nein. Pan? Pan ist tot. Oder ist das ein Wortspiel – *Pan – du pain* – Brot – *peine* – Pein – der Leib Christi?«

»Ich wollte damit fragen: Wie bewirkst du die Transformation?«

Er senkte die Augen mit einem dolchgrünen Aufblitzen, wie ein schüchternes Mädchen, das gerade von einem Mann gefragt worden ist, ganz höflich gefragt worden ist, ob er ihm an die Brust fassen dürfe.

»Was ist das?« fragte er.

»Die Verwandlung – von Mensch in Wolf. Ist das möglich?«

»Natürlich.«

»Wie?«

»Soll ich es dir zeigen?« fragte er, jetzt wieder mit seinem alten, listig-verschlagen unter den langen Wimpern hervorspähendem Blick.

»Nein«, antwortete ich, obwohl ich gewollt hätte, daß er es mir vorführte. »Könntest du mir es nicht einfach beschreiben?«

»Wenn ich das tue«, sagte er, »bekommst du es vielleicht mit der Angst zu tun. Du könntest dabei auch verrückt werden. Oder vielleicht würde ich dich auch töten.«

»Du würdest aufhören, du selbst zu sein.«

»Ich würde ich selbst werden.«

»Es gibt kein Selbst, das du werden könntest«, hielt ich entgegen. »Was auch immer du bist. Ich nehme daher an, daß du irgend etwas werden könntest oder, anders gesagt, alles mögliche. Ist das die Antwort?«

»Ich muß an das Mädchen in der Geschichte denken«, sagte er. »Es wollte sich nicht unterwerfen.«

»Und dann tat es es doch.«

»Ja. Dann tat es es doch. Glaubst du tatsächlich«, fuhr er fort, »daß auch nur einer von uns wirklich und wahrhaftig das ist, was wir so gern mit dem Begriff ›real‹ bezeichnen? Alle Materie – Fleisch, Haut, Bäume, Stein, Ziegel, Blut – ist trügerisch, flüchtig, nicht vorhanden, geformt aus dem Nichts – und deshalb jeder beliebigen Veränderung fähig, sogar der totalen, vollkommenen Verwandlung. Stimmst du dem nicht zu? Was sonst tun denn die Wälder, wenn sie sich in Beton verwandeln? Wie sonst? Und das Brot, das sich in den Leib Christi verwandelt, und die Kinder, die entweder erwachsen werden oder sich in eine Handvoll Kalzium in der Erde verwandeln?«

»Und was ist mit der Nähnadel und der Stecknadel?«

»Zwischen ihnen besteht kein Unterschied. Sie sind ein und dasselbe. Beide stechen und beide passen ineinander.«

»Hat es also das bedeutet?«

»In der Geschichte, die sie uns erzählte.«

»Dann zeig es mir«, sagte ich.

»Schau mich an«, sagte er.

Also schaute ich ihn an. Ich schaute ihn scharf an, zu scharf. Und dann lockerte ich mich, lockerte meinen Blick, gestattete meinen Augen, ihn etwas weniger scharf zu fixieren, gerade ein klein wenig, und ganz langsam, ganz allmählich, begann ich im flackernden Schein der Feuerzungen, die durch den Schatten leckten, den Wolf zu sehen. Die Verwandlung ging ganz sanft vonstatten, fließend gleichsam, ohne jede Heftigkeit: kein Zerren oder Reißen oder Zucken, kein Auseinanderplatzen von Haut, kein plötzliches Hervorbrechen von Fell. Offen gesagt, es war alles schon da. Ich sah, indem ich mir gestattete zu sehen. Der Schrecken, den es in mir hervorrief – denn es war erschreckend und furchteinflößend –, lag allein darin, daß es *überhaupt kein Wolf* war, sondern eine aus dem Innern kommende Projektion eines Horrorwesens, eine Projektion, die etwas zu tun hatte mit der Phobie des Menschen vor Wölfen, jener dunklen, unergründlichen Urangst. Es war der Kopf einer Kreatur, die der Gipfel der Angst war, mit dem Körper eines Menschen und den langen gierigen Wolfshänden eines Menschen.

Ich wandte meinen Blick ab, öffnete meine Handtasche und nahm eine Zigarette heraus. Als ich das Streichholz entflammt und sie angezündet hatte, bot ich ihm eine Zigarette an, und als ich aufblickte, da war er wieder ein junger Mann geworden, ein Wolf-Junge, viel stärker einem Wolf ähnelnd in seiner menschlichen Gestalt. Der Werwolf war nur die Verkörperung, das Abbild des Alptraums.

Wir rauchten schweigend unsere Zigaretten, und

dann legte er sich hin, den Kopf in meinen Schoß schmiegend. Das Feuer spielte auf seinem Gesicht. Ich betrachtete ihn, versuchte, mir seine Schönheit ins Gedächtnis einzuprägen, so wie man es mit einem Kunstwerk tut, das man vielleicht nie wieder sieht. Nach einer Weile sagte er, er schliefe oft hier, aber heute fröre ihn, ob ich die Kälte auch so spürte wie er? Aber er glaube, nicht. Sein Blut sei wärmer als meines. Ich zog meinen roten Mantel aus und legte ihn über ihn. Ich zog ihn ihm bis zum Kinn hoch.

Kurz danach schlief er ein, und wie ich so dasaß, mit dem Rücken gegen die vermoderten Bretter gelehnt, seinen Kopf in meinem Schoß, nickte ich ebenfalls ein. Ich träumte, ich sei wieder in dem großen Baum, im Akt der Geburt aus dem Bauch oder dem Penis des lupinenblauen Wolfs. Ich dachte: Das also ist das Rätsel. Nicht das Bestialische in der Menschheit zu finden, sondern dieser beständige, unaufhörliche Drang, frei von ihm zu sein, das Herauskommen aus der Bestie, dem Urahnen in seiner Hülle aus Haar und Hunger. Dann wachte ich auf; er schlief noch. Behutsam erhob ich mich, um ihn nicht zu wecken: ich wollte nicht, daß er aus dem Schlaf hochschrak. Doch als ich zum Feuer ging, glaubte ich, das Blitzen in seinen Augen zu sehen, die mich unter ihren langen Wimpern anschauten. Doch wer in den Wald geht, obwohl er den Wald kennt, geht dorthin, um sein Schicksal herauszufordern. Ich zog einen der letzten Zweige aus dem Feuer und trug die Knospen von Februarfeuer zu ihm zurück. Ich wartete sogar noch einen Augenblick, ließ den Glanz und die Hitze des brennenden Zweiges über seinem Gesicht flackern, wie Psyche es tat, als sie hinunterstarrte auf ihren Monster-Gott in der Sage. Aber jetzt schlug er die Augen nicht auf, wenn er es überhaupt je getan hatte.

Ich hielt die Flamme an den Saum meines Mantels, strich langsam mit ihr an ihm entlang. Die glühenden Reste des Zweiges warf ich auf seine Haare.

Zuerst war nichts, nur ein leises Knistern, Funken, Rauch. Doch dann, mit einem Schlag, ging alles in einer prasselnden Lohe auf, der Mantel, die Wolfsmähne, er selbst. Gierig umleckten ihn die Flammen, scharlachrot züngelten sie um seinen Leib, gleich einem blutroten Mantel hüllten sie ihn ein, vertilgten ihn. Er gab keinen Laut von sich, veränderte kaum seine Lage; nur einmal wälzte er sich ein wenig hin und her – es war fast wie ein wohliges Räkeln, so als wollte er eins sein mit der Wärme und dem Labsal der Flammen.

Als ich das Haus verließ, empfand ich die Kälte, die mir draußen entgegenschlug, um so schneidender nach dem Feuer. Als ich den Bach erreichte, stand das Haus bereits in hellen Flammen. Ich konnte das rote Licht am Himmel sehen und den Rauch, der vor dem sinkenden Mond herzog.

Auf dem Grab meiner Großmutter auf dem neu angelegten Friedhof wachsen Blumen und Efeu, aber keine Lupinen. Ich machte Fotos von ihm, wie auch von den anderen Gräbern der Familie Vaudron. Das war das einzige, was mir die Modernisierung übriggelassen hatte. Die Häuser und Wahrzeichen meiner Kindheit waren verschwunden. Es gab an jenem Tag einige Aufregung in der Stadt, wegen eines leerstehenden Hauses, das in der Nacht abgebrannt war. Es war hin und wieder von Landstreichern benutzt worden, und deshalb war niemand erstaunt, als man in den rauchenden Trümmern die verkohlten Überreste eines Menschen fand. Doch dann war man sich plötzlich nicht mehr ganz sicher, ob es sich tatsächlich um einen Menschen handelte; man zweifelte sogar daran, daß es überhaupt ein Lebewesen gewesen war. Bei einer bestimmten Temperatur schmelzen selbst Knochen. Auf die Beständigkeit von Nichts kann man sich verlassen.

Als ich in ein Bekleidungsgeschäft ging, um mir einen neuen Mantel zu kaufen, war ich bestürzt über die

Frauen dort. Sie waren so sehr beschäftigt mit den ganzen anderen Aspekten ihres Lebens, daß ich für sie kaum existierte. Ich war eine Art Geist geworden. Ich verließ die Stadt am selben Abend mit dem Nachtzug nach Süden. In der Stadt würde man mich erkennen und mit mir sprechen, und ich würde wieder vollkommen lebendig und real sein.

BERNHARD LUIPOLD

PH

Es riecht nach verbranntem Fett. In der Küche steht benutztes Geschirr. Auf dem Sims des geöffneten Küchenfensters sitzt eine Katze. Sie putzt sich, indem sie die wie bei einer Bürste angeordneten Haare der rechten Vorderpfote rasch an der Schnauze vorbeiführt und sie dabei mit der Zunge näßt, um sie dann über Ohren, Stirn, Augen und Nase zu reiben. Die rhythmische Bewegung der Arbeit wirft Wellen über den Körper des Tieres. Das schwarze Fell spielt mit der Abendsonne ins Rötliche.

Ein Pfeifton läßt die Katze den Kopf herumwerfen und ohne weitere Bewegung sichernd verharren – aber nur wenige Sekunden, und schon springt sie aus dem Fenster der im Hochparterre gelegenen Küche hinab in den Garten, hinter dessen Büschen sie verschwindet.

Der Pfeifton indes ist schwächer geworden und ist Stimmen und Musik gewichen, die nun den Raum neben der Küche belebt erscheinen lassen. Irgendwann einmal bekamen derartige Räume den Namen Wohnzimmer. Doch auch wenn die Bedeutung längst niemanden mehr interessiert, Namen bleiben bestehen und werden weiter getragen.

Auf dem Sofa sitzen ein Mann und eine Frau. Der Mann hat einen Arm um die Schultern der Frau gelegt. Beide blicken zur gegenüberliegenden Wand, wo, genau in Augenhöhe, Bilder über eine Mattscheibe flimmern.

»Fritz«, sagt die Frau.

Der Mann starrt träge auf die Scheibe.

»Fritz.« Die Stimme wirbt einige Sprossen tiefer. Die Frau legt eine Hand auf seinen rechten Oberschenkel. Fritz wackelt mit dem Bein unter ihrer Hand, seufzt behaglich, sagt: »Ach nee, ich bin so voll.«

Sie blicken schweigend parallel. Nach einer Weile nimmt sie ihre Hand zurück.

Die Sendung, die sie verfolgen, dauert eine bestimmte Zeit lang. Danach kommt eine andere Sendung. Als diese ungefähr zur Hälfte abgelaufen ist, fragt sie: »Hast du keinen Durst?«

Er grunzt, was sie als Ablehnung versteht, denn sie sagt: »Aber ich habe Durst.«

Nach kurzem Abwarten dreht sie sich unter seinem Arm hervor, erhebt sich und geht in die Küche.

»Ach, Gerdalein«, tönt es hinter ihr her, »sei so lieb und bring mir ein Bierchen mit, ja?«

Der heftige Knall, mit dem sie den Kühlschrank zuwirft, erschreckt allein ihr Ohr. Für den er gedacht war, kann ihn für einen Schuß oder Teil des Hufgeklappers halten, wenn er überhaupt bis zu ihm durchdrang. Und auch die heftig vor ihm abgestellte Flasche, das fehlende Glas müssen seine Aufmerksamkeit nicht erregen. Zum einen mag er ja das Bier schaumig, zum anderen ist es immer nur ihr Bedürfnis gewesen, ihn nicht aus der Flasche trinken zu sehen. Und so ist es auch nicht als Unverschämtheit zu betrachten, wenn er ihr mit der Flasche zuprostet, ehe er sie an die Lippen setzt. Daß er dabei den Blick nicht vom Bildschirm wendet, nimmt sie schon deshalb nicht mehr übel, weil ihre Augen sich wieder in der richtigen Höhe befinden.

Der Nachspann gibt Gelegenheit, herzhaft zu gähnen, die Arme zu recken und die Augen mehrmals aufzureißen und wieder zuzukneifen. Sie sind bereit für den nächsten Beitrag.

»Hast du keine Lust auf Salzstangen?« fragt Gerda.

Fritz grunzt. Gerda holt gerade Luft, um Teil zwei

des Rituals anzustimmen, als sie die Graphik realisiert, die ins Zimmer strahlt. Fast gleichzeitig fährt Fritz neben ihr zusammen, stößt sie dabei mit dem Ellbogen in die Rippen.

»PH!« sagt er mit Nachdruck und belegter Stimme.

Die beiden Buchstaben nehmen den gesamten Bildschirm ein, leuchten rot auf weißem Grund. Dazu ertönt klassisch anmutende Synthesizermusik. Die beiden Buchstaben zerfallen in rote Splitter, beginnen immer rascher um die Bildmitte zu wirbeln, aus der ein Auge wächst. Es wächst und wächst dem Zuschauer entgegen, der – während sich der Wirbel aus dem Bild schraubt – vermeint, ins Auge zu stürzen und gleichzeitig eingesogen zu werden von einer Melodie, die jeden Widerstand bricht.

Der Bildschirm wird grau, der Lautsprecher verstummt. Doch sogleich kontrastieren die Zeilen und Bildpunkte wieder voneinander. Eine Straße, Häuser sind zu sehen. Der Ton setzt wieder ein. Ein Rauschen zunächst, das von der Stille vor Ort kündet. Eine Häuserfront zieht über den Schirm. Dann ruht das Bild. Ein einzelnes Haus ist es, das der Ausschnitt zeigt. Das Haus ist zweigeschossig. Die Fenster senden warmes Licht. Die Konturen des Hauses aber bleiben trotz der elektronischen Verstärkung der Fernsehkamera unklar.

»Guten Abend, meine Damen und Herren.«

Die Stimme des Sprechers ist gedämpft.

»Es ist wieder soweit, wieder ein großer Tag in der Geschichte der Liga zur Verteidigung der freiheitlich demokratischen Grundordnung!«

Nach einer kleinen Pause redet der Sprecher, ohne dabei lauter zu werden, in beschwörendem Ton weiter:

»Ich bin stolz darauf, Ihnen wieder einmal die wichtigste, die nervenaufreibendste, die patriotischste Sendung der ganzen Republik ankündigen zu dürfen Die staatsbürgerliche Pflicht ruft! Heute abend! Auf Kanal 5! Sie haben keine Wahl, heute abend, denn Kanal 5 ist der

Kanal, der mit der Verteidigung Ihrer, unserer Freiheit ernst macht! Kanal 5, der Kanal der Freiheit, Demokratie und Grundordnung! Werte, die es wert sind, Kanal 5 zu wählen, heute abend, ab zwoundzwanzig Uhr! Zögern Sie nicht, versäumen Sie nicht, wonach Sie morgen gefragt werden! Oder sind Sie gar ein Terrorist? Und selbst der kennt heute abend nur einen Kanal, Kanal 5! Der Kanal für den aufrechten Deutschen! Kanal 5, für Millionen die Nummer 1, Millionen, die den Tag mit Paxoral beginnen! Paxoral, das Mundwasser, das Millionen Ärger und Sorgen hinwegspült! Paxoral erspart Ihnen die Heiratsannonce, erspart Ihnen den Eheberater! Paxoral schenkt Ihnen Glück und eine unbeschwerte Zukunft! Gurgeln auch Sie gleich morgen früh mit Paxoral! Mit Paxoral auf Kanal 5!«

Nun war er doch noch etwas lauter geworden, mitgerissen von der Begeisterung, die die Botschaft selbst in ihm noch auslöste.

Der Abspann entspricht dem Vorspann, nur mit dem Unterschied, daß er in umgekehrter Folge abläuft. Als die Buchstaben PH verblassen, blitzt mehrmals der Hinweis ›ab 22 h‹ auf, abwechselnd mit dem geschützten Warenzeichen Paxoral.

»Jetzt paß auf!« sagt Fritz und beugt sich gespannt vor. Sein Mund ist halb geöffnet. Auf dem Schirm leuchtet eine Buchstaben-Zahlen-Kombination auf. Fritz springt vom Sofa.

»Das sind wir, unser Bezirk ist das, na los, worauf wartest du noch?«

»Ja, ja, telefoniere doch erst einmal. Vielleicht brauchen sie uns gar nicht.«

»Quatsch! Mich nicht brauchen! Du redest vielleicht daher. Ich telefoniere nur wegen der Adresse. Wegen sonst gar nichts.« Fritz eilt aus dem Zimmer. Gerda legt die Füße auf den Couchtisch. Ihre Stirn kräuseln Falten des Unmuts. Dann scheint sie es sich überlegt zu haben. Sie nimmt die Beine vom Tisch und geht ebenfalls.

Fritz sitzt im Wagen, die Hände um die Lenksäule gelegt, und wartet. Von Zeit zu Zeit betätigt er die Fanfare. Endlich kommt Gerda. Sie kommt nicht eben schnell.

»Wo bleibst du denn?«

Fritz brüllt nicht, aber man kann spüren, daß er sich nur zu gern zu einer Tätlichkeit gegen Gerda hinreißen ließe. »Sollen wir wieder die letzten sein?«

Fritz bedauert, daß er den Motor nicht aufheulen lassen kann. So drückt er einen Knopf, und sie surren los.

»Immer dein idiotisches Drängeln.«

Gerda ist nicht minder wütend.

»Und ich bin auch noch so blöde und lass' mich hetzen.«

»Schau auf die Uhr!« versetzt Fritz. »Wenn ich nicht hinterher wäre, stündest du jetzt noch vor dem Spiegel.«

»Uhr, Uhr«, höhnt Gerda. »Bei dir ist es doch egal, wann du kommst. Du und dein sauberer Kumpan bestimmen doch, was spät ist.«

»Ich verbitte mir eine derartige Beleidigung meines Freundes. Doch das ist wieder typisch. Wenn ihr Frauen euch nicht dazwischendrängeln könnt, seid ihr mit Diffamierungen schnell bei der Hand.«

»Ach, tu doch nicht so! Von wegen Diffamierung. Du weißt genau, was ich meine! Daß ich auf deiner Seite stehe, ich dumme Kuh, nach allem, wie du mich behandelt hast! Daß dein Caspar mit dir umspringt, wie es ihm gerade paßt, wie es ihm nützt.«

»Du verdrehst wie immer die Tatsachen ...«

»Ach? Springst du vielleicht mit ihm um, wie es dir paßt?«

Unterbrich mich nicht und red keinen Unsinn! Wenn ich dir mal erzähle, daß es unterschiedliche Auffassungen in Sachfragen gibt, machst du gleich einen Streit daraus, behauptest wohl noch, er schubse mich herum. Wir sind unabhängige Personen mit unabhängigen Standpunkten. Laß dir das mal gesagt sein!«

»Unabhängige Personen, daß ich nicht lache!«

»Unabhängig, im Rahmen unserer Gesellschaftsordnung, selbstverständlich.«

»Also abhängig.«

»Ich wußte schon vorher, daß es keinen Sinn hat, mit dir zu diskutieren, daß du alles andere als realistisch bist, daß du nur nach schwachen Punkten suchst, um dann, wenn du sie gefunden hast, auf ihnen herumzuhacken, daß du nicht die Spur positiv eingestellt bist, ja, daß du alles Positive zerstören mußt.«

»Danke.«

Und nach einer Pause.

»Ich vermute, daß du während der monatlichen Analyse noch weniger Zurückhaltung übst ...«

Stutzt.

»... meine Zurückstufung! Sag, daß ich durchdrehe, sag, daß das Hirngespinste sind!«

Sie packt ihn am Oberarm. Er schweigt. Sie läßt ihn los.

»Warum haßt du mich?«

Er blickt starr durch die Scheibe.

»Jetzt hast du nicht einmal mehr den Mut zu lügen.«

»Auf Unsinn antwortet man nicht.«

Er ist kalt.

»Außerdem muß ich mich sammeln. Wir fahren ja nicht zu einem Kinderfest. Andere Frauen unterstützen ihre Männer vor ihren schweren Einsätzen, indem sie ausgleichend auf sie einwirken. Du dagegen bist nur bestrebt, mich aufzuregen.«

»Ich bin eben keine normale Frau. Mit mir stimmt etwas nicht.«

»Halt den Mund! Du gehst mir auf die Nerven.«

Sie läßt nicht locker.

»Warum teilt ihr denn eure schwere Aufgabe nicht mit uns Frauen, wenn sie euch allein so sehr belastet? Ich zum Beispiel wäre gleich bereit, vorn mit reinzugehen.«

»Das ist nichts für eine Frau, das weißt du so gut wie ich.«

»Weil du so gut weißt, was für eine Frau ist und was nicht.«

»Das weiß doch jeder. Und die Frauen der anderen wissen das auch. Die finden es richtig, wie es ist. Bloß du nicht.«

»Ich, die Ausnahme. Und ausgerechnet du bist mit mir geschlagen. Einen Ausnahmebusen darf man haben und auch einen Ausnahmehintern, bloß keine Ausnahmegedanken. Mir macht es aber nun mal keinen Spaß, hinten rumzustehen und die Tragbahren abzustauben oder einem Reporteraffen die schicke Statistik für sein schwachsinniges Gelalle abzugeben. Und es gibt genügend Frauen, die genauso denken. Das kannst du schriftlich haben.«

»Ich habe keine Lust, dieses leidige Thema immer wieder durchzukauen. Ich halte es, mit Verlaub, für einen Furz, der nur in deinem Ausnahmehirn kreist und keinen Ausweg findet. Kein Wunder, wenn du mich fragst, in umgekehrter Richtung geht ja auch nichts. Außerdem ...«

Sie lacht laut.

»... außerdem«, fährt er mit erhobener Stimme fort, »bin ich die falsche Adresse. Ich kann sowieso nichts ändern.« Er bewegt die Lippen, als wolle er noch etwas hinzufügen, schweigt dann aber. Sie sagt auch nichts mehr.

Bald darauf sind sie da. Die schmale Straße ist hell erleuchtet. Eine Magnetsperre läßt das Surren des Elektromotors verstummen. FDGO-Kämpfer mit den Spangen der Sicherungsgruppe auf der rechten Schulter prüfen die von Fritz aus dem Fenster gehaltene Plastikscheibe mit dem Aktivitätsmesser. Sie können passieren, nachdem man ihnen die Örtlichkeiten erklärt und Parkanweisungen erteilt hat. Fritz hält vor dem Restaurationswagenpark. Gerda steigt wortlos aus. Sie schlägt die Tür ohne übermäßigen Kraftaufwand zu. Während Fritz den Wagen zum Parkplatz für Privatfahrzeuge steuert, betritt sie den Café-Wagen. Es hat sich eingebürgert, daß sich hier die Frauen treffen, die ›kleine Lage‹ abhalten, wie sie scherzhaft ihre Unbedeutung zu bewältigen suchen. Hier kann man Zeuge seltsamer Blüten werden, ausgetrieben als Folge erzwungener Passivität.

Rasch tasten die Augen der bereits Anwesenden die Hinzukommende ab. Denn die erste und bis auf weiteres einzige Frage von allgemeinem Interesse lautet: Wer schießt heute den Vogel ab? Wer hatte die beste Idee? Wer wird von sich behaupten können, das ungewöhnlichste Accessoire präsentiert zu haben? Irgendeine hat einmal damit angefangen, indem sie den unförmigen Kampfhelm zu Hause und statt dessen eine Miniaturausgabe davon an einer Kette zwischen ihren Brüsten baumeln ließ. Inzwischen erfordern echte Überraschungen ein hohes Maß an Phantasie, und die Drohung einer aus der Runde, sie werde demnächst ein verkleinertes, selbstredend uniformiertes Ebenbild um den Hals hängen haben, selbst aber nackt erscheinen, war trotz des lauten Gelächters der anderen durchaus ernst zu nehmen.

Gerda wird mit großem Hallo begrüßt, nachdem sich die Frauen davon überzeugt haben, daß sie nichts aufregend Neues vorzuweisen hat (der Elektroknüppel in Form eines gängigen Sexartikels bedeutet nur ein Nachziehen). Sie setzt sich neben Ute und tippt ihren Getränkewunsch in den Wähler.

»Na?« fragt Ute.

Gerda wirft nur den Kopf in den Nacken und schnaubt durch die Nase, greift sich den Becher, den der Automat eben freigegeben hat, und nimmt einen anständigen Schluck.

»Bei mir auch«, seufzt Ute und schluckt auch nicht

schlecht. »Gehen wir noch in den Tanzwagen rüber?« fragt sie.

Gerda hebt die Schultern.

»Ich habe heute überhaupt keine Lust, den Schwänzen zum Aufgeilen zu dienen.«

»Vielleicht ein Spiel?« Ute zwinkert ihr schelmisch zu und streicht mit einer Hand sanft über Gerdas Knüppel. Gerdas eben noch mürrischer Gesichtsausdruck verändert sich sofort, wird heiter. Sie erwidert Utes Lächeln, dreht sich schamhaft in den Schultern, spitzt dann die Lippen, senkt die Augenlider und stöhnt mit dunkler Stimme: »Der Abend hat doch gerade erst angefangen, meine Liebe.«

Dann prusten sie los und liegen sich lachend in den Armen.

Mißmutig schiebt der Schriftführer ein Magazin zur Seite, nimmt Fritz' Plastikscheibe entgegen und sagt: »Du bist der letzte.«

Dann dreht er die Scheibe, begutachtet sie umständlich, als habe er aufgrund ihrer Beschaffenheit eine Entscheidung zu fällen. Er kaut eine Weile auf seinem Ärger herum, bis er ihn schließlich ausspuckt.

»Ich will ja auch mal rüber zu den anderen, mich vorbereiten.«

Er steckt die Scheibe in den Schlitz der Konsole. Während sie auf die Freigabe warten, unterhält der Schriftführer Fritz mit ein paar Latrinenparolen.

»Ziemlich sinnlos, daß du dich noch eintragen läßt. Ich sagte es ja schon, du bist zu spät dran. Wenn die heute überhaupt eine zweite Welle aufstellen, dann nur als Sicherheitsreserve.«

Er schweigt und bereitet sich darauf vor, Fritz' aufgeregtem *Warumwarum* eine geheimnisvolle Miene entgegenzusetzen. Doch Fritz bleibt kühl und gelassen.

»Jetzt möchtest du wohl gern wissen, wie ich darauf komme? Ja, das kann ich verstehen«, sagt der Schriftführer giftig. In Fritz' Gesicht bewegt sich kein Muskel. »Weil du's bist, will ich mal nicht so sein!«

Der Schriftführer hat sein Sprechorgan nicht mehr unter Kontrolle.

»Weil's nur so wenige sind!« schreit er.

– Kann den denn nichts beeindrucken? –

»Wie schon so oft in letzter Zeit!«

– Bist du taub? –

»Es soll gar keine Großfamilien mehr geben!«

– Gib zu, daß dich das genauso wundert! –

»Bloß die Affen an den Glotzen sollen's weiter glauben!«

– Ist dir noch kein Licht aufgegangen? –

»Weil's schade um die Sendung wäre!«

– Der ignoriert mich glatt! –

Von einem Summton begleitet, springt die Scheibe aus dem Schlitz.

»Da, du aufgeblasener ...«

Fritz hat sich die Scheibe schon geschnappt und geht mit langen Schritten zur Tür.

»... du redest nicht mit jedem, was?« schreit der Schriftführer hinter ihm her und versucht sich hinter seiner Konsole hervorzuzwängen, bleibt aber mit der Hosentasche an einem Schalter hängen.

»Ich weiß schon, du und der Dingsda!«

Er wagt nicht, den Namen laut zu rufen. Fritz ist schon fast draußen.

»Protektionist!« kann ihm der Schriftführer gerade noch verpassen. »Verdammt noch eins!« flucht er wild und reißt an seiner Hose.

Fritz geht zu den Wagen der Produktionsgesellschaft. Da der Wagenpark bei jedem Einsatz nach Möglichkeit eine bestimmte Ordnung der Aufstellung beibehält, fällt es Fritz nicht schwer, den Wagen der Energieversorgung zu finden, den Caspar, sein Freund, nach der Lagebesprechung für gewöhnlich aufsucht. Fritz muß gar nicht erst anklopfen, denn Caspar steigt gerade heraus.

»Da bist du ja.«

Caspar streckt Fritz die Rechte entgegen.

»Ich dachte schon, du kommst gar nicht mehr. Was war denn los?«

»Der Wagen, du weißt schon. Immer wenn man ihn dringend braucht, macht er nicht mit.«

»Ach so. Gib ihn endlich in die Werkstatt! Aber ich hab's dir ja gleich gesagt. Die Marke, nee.«

Fritz nickt, als habe er den Ärger mit dem Wagen nun auch endgültig satt.

»Also.« Caspar wird dienstlich. »Wir haben es hier mit einer Spezialeinheit der Untergrundarmee zu tun, die nach unseren Erkenntnissen über eine erstklassige Ausrüstung verfügt. Die Tarnung ist blendend, fast perfekt.«

In Caspars Stimme schwingt der Respekt des durch das Metier Verbundenen.

»Sie machen auf Biotiker, marschieren bei angemeldeten Demonstrationen mit, tragen ordentliches langes Haar und modische Vollbärte, jedenfalls was die Männer betrifft, hähä! Man könnte beinahe sagen, sie sind so wie der Typ, der der Oma von nebenan den Mülleimer nicht runterträgt, vollkommen unauffällig. Tagelang strecken sie den Kopf nicht vor die Tür. Und wenn sie mal fortgehen, dann nur in lockeren Haufen. Ich sage dir, die vom Erkennungsdienst haben Blut und Wasser geschwitzt – aber sie haben's schließlich geschafft. Jetzt steht's fest: Das sind Politische, früher mal so Grundgesetzpocher von der penetranten Sorte gewesen, und auf was für einen Weg das automatisch führt, das wissen wir ja nur zu genau. Tja, und jetzt sind wir hier, und das da drüben hat bald ein Ende.«

Caspar weist mit dem Kinn die Richtung. Er faßt Fritz am Oberarm, grinst ihn an und fügt hinzu: »Ich habe dir einen guten Platz in der ersten Welle reserviert, die zweite bleibt in Bereitschaft.«

Fritz revanchiert sich mit einem leichten Boxhieb in Caspars Rippen.

»Du weißt, wie wichtig mir das ist«, sagt Fritz, wieder ernst, und blickt düster dorthin, wo er ihr Ziel weiß. »Das ist die Krankheit unserer Zeit, der Krebs für Recht und Ordnung. Wir schneiden ein Geschwür weg, aber es hat schon Metastasen gebildet, wir wissen nur noch nicht, wo, und müssen warten, bis sie sich zeigen, und können dann wieder nicht verhindern, daß es weitergeht. Manchmal, wenn ich nachts wach liege, denke ich, wir bekommen keine Ruhe, ehe wir nicht alles ausgerottet haben, um dann mit den Freunden von der Liga eine neue Gesellschaft aufzubauen. Aber bei uns sind auch welche, denen ich nicht traue.«

Fritz schweigt, und scharfe Falten graben sich über seinen Augenbrauen. Caspar klopft ihm auf die Schulter. »Fritz, du siehst zu schwarz. Unsere Männer sind in Ordnung. Für die lege ich meine Hand ins Feuer.«

»Wann geht's eigentlich los?« fragt Fritz. »Haben wir noch Zeit, in den Tanzwagen zu schauen?«

»Klar«, antwortet Caspar. »Im PH haben sie zwar ab zwoundzwanzig Uhr gesagt, aber wohlweislich ›ab‹.«

»Warum?« Fritz blinzelt. »Wird da wieder was gedreht?«

»Freilich«, sagt Caspar. »Vor uns läuft ein von General United gesponsortes Fußballspiel, und da wir laut Programmzeitschriften um zwoundzwanzig Uhr starten sollen, ist das der Zeitpunkt, da die Einschaltquote, wie man weiß, interessant wird. Und was passiert, wenn der Gemischtwarenladen ein paar Scheinchen rüberschiebt, na?«

»Ach du meine Güte!« stöhnt Fritz. »Verlängerung.«

»Ja«, bestätigt Caspar. »Ausgleich kurz vor dem Ende der regulären Spielzeit.«

»Das bedeutet für uns«, rechnet Fritz, »nicht vor dreiundzwanzig Uhr. Eine halbe Stunde brauchen die Unseren mindestens zum Anheizen. Na, morgen ist ja ein flexibler Einschub, da können die Leute ausschlafen. Entgehen lassen wird sich uns keiner. Wer führt denn Regie?«

»Stell dir vor! Die haben den Fuzy aus der Versenkung geholt. Wahrscheinlich waren ihnen die letzten Einsätze zu lahm transponiert. Jetzt soll der Feuer in die Bude zaubern.«

»Oh, Mann, ausgerechnet der! Kann ich ja gleich zum Ballett gehen, so wie der einen in der Gegend herumhopsen läßt, dieser Schaumschläger! War das nicht der, den sie damals auf Eis gelegt haben, weil er ein paar Terris zweimal totschlagen ließ, um die restliche Sendezeit zu füllen?«

»Stimmt. Zu der Zeit war man noch arg pingelig. Seitdem durfte Fuzy nur noch Betriebsratssitzungen und so'n Zeug inszenieren.«

Sie lachen beide herzlich.

Fritz will gerade die Tür zum Tanzwagen aufstoßen, als ihn Caspar am Arm zurückhält.

»Warte mal, Fritz! Hast du was dagegen, wenn wir erst mal nach hinten in die Bar gehen?«

Fritz schaut ihn erstaunt an, nickt aber bereitwillig und geht gleich voran, denn die Verlegenheit, die Caspars Stimme verrät, ist ihm peinlich.

Die Restaurationswagen sind, einer Wagenburg ähnlich, im Viereck aufgestellt und untereinander verbunden. Der Barwagen schließt sich gleich an den Tanzwagen an.

Sie sind die einzigen vom Einsatzkommando. Weiter unten am Tresen sitzen ein paar Techniker von der Übertragung. Der Mixer, der hier Atmosphäre vermitteln soll, poliert gelangweilt den Bierhahn. Wilde Rhythmen und Gejohle dringen, zwar gedämpft, durch die nicht dicht schließende Verbindungstür. Viele schätzen an diesen Einsätzen die damit verbundenen herkömmlichen Vergnügungen zumindest so sehr wie die, die sie als pflichtbewußte Staatsbürger zusammenführen.

Caspar läßt sein Glas auf dem blanken Tresen tanzen.

»Äh, Fritz«, sagt er.

»Ja?« antwortet Fritz.
»Du, sag mal«, beginnt Caspar zögernd.
»Was?« fragt Fritz.
»Ähem«, räuspert sich Caspar, »du und deine Frau, ich meine, habt ihr, du und Gerda ...«
»Ja?«
»Ach, nichts.«
»Sag schon, was haben wir?«
Fritz ist ganz gespannte Aufmerksamkeit.
»Ich meinte nur«, erklärt Caspar, »weil nämlich Ute so komische Fragen gestellt hat. Und da wollte ich wissens, ob Gerda etwa auch ... also, ob noch mehr Frauen in dieser Richtung ...«
»Nein«, sagt Fritz bestimmt, »Gerda nicht.«
Und nach einer Pause.
»Was für Fragen?«
»Och«, beschwichtigt Caspar, »nichts Besonderes.«
»Was für Fragen?« bohrt Fritz.
»Nur so Fragen, an sich Unsinn.« Und da Fritz ihn auffordernd ansieht: »Ob man den Tätigkeitsbereich der Frauen nicht etwas ausdehnen könnte; sie wollen mehr Verantwortung.«
Als er sieht, daß Fritz die Stirn in Falten legt, setzt er schnell hinzu: »Sie hat es eigentlich gut gemeint, wollte uns unterstützen, wenn auch an der falschen Stelle. Das habe ich ihr auch erklärt, und sie hat es sofort eingesehen. Ich wollte nur wissen, ob das von ihr kam oder ob sie von anderen beeinflußt wurde.«
»Gerda beeinflußt niemanden, wenn du das gemeint haben solltest!«
Fritz hat einen steifen Hals und einen roten Kopf bekommen.
»Aber Fritz!« Caspar packt Fritz an der Seite. »Das habe ich damit nicht sagen wollen, das weißt du doch. Ich habe mich nur gefragt, ob Gerda vielleicht auch beeinflußt ist, das war alles.«
»Ich habe mit Gerda keine Schwierigkeiten.« Fritz

gibt sich verstockt und kratzt sich mit dem rechten Fuß an der linken Wade.

»Klar«, sagt Caspar, »das weiß ich doch.« Er klemmt den rechten Daumen hinter seine Bezirksleiterschärpe. »Und Ute habe ich im übrigen ganz energisch den Kopf gewaschen«, fährt er selbstgefällig fort, »habe sie auf die Kompetenz der demokratisch gewählten Kontrollkommission verwiesen.«

»Frauen haben vorn nichts zu suchen«, fängt Fritz wieder an.

»Ganz meine Meinung«, pflichtet ihm Caspar bei und führt sein Glas zum Mund.

»Warum bringt man denn zuerst Frauen und Kinder in Sicherheit, wenn Gefahr droht?« Fritz bleibt hartnäkkig beim Thema. »Warum wird im offenen Krieg der Gegner verachtet und kann auf keine Gnade hoffen, der Frauen und Kinder nicht schont? Es ist einfach nicht normal, wenn Frauen da mit reingezogen werden.«

»Fritz.« Caspar legt einen Arm um Fritz' Schultern. »Wir senden auf einer Wellenlänge, das wußte ich schon immer, aber es freut einen jedesmal, wenn man es erneut feststellen kann. Prost!«

Sie trinken sich zu.

»Diese scharfe Tontechnikerin ist übrigens wieder dabei«, stößt Caspar zwischen schaumbedeckten Lippen hervor.

»Ach!« Fritz beugt sich interessiert vor.

»Und in der Energieversorgung haben sie eine Neue«, erzählt Caspar weiter, »die hat noch diesen Unschuldsblick, den ich so gern brechen sehe. Aber da hat schon einer von den Ingenieuren den Daumen drauf.«

»Hoho!« lacht Fritz kampfeslustig. »Das wollen wir doch mal sehen. Daumen drauf heißt noch lange nicht Daumen drin!«

Und sie lachen laut und anhaltend.

Er saß am Schreibtisch und brütete über einem Problem, das sich in der letzten Zeit oft seiner Gedanken bemächtigte. Draußen klapperten sie mit dem Geschirr. Es war kurz vor zweiundzwanzig Uhr, und sie bereiteten sich vor, die Hauptmahlzeit einzunehmen. Der Gewohnheit folgend, nannten sie das Tag, was ihnen die meiste Zeit über künstliches Licht erhellte.

Und wie hatte es begonnen, als sie erkannten, daß ihr ganzes Demonstrieren und Beschweren nur dem Amüsement der Polizistenknüppel, Amtsgerichtsratshämmer und nicht zuletzt der Bildröhren dienten! Fortan bestimmte die Sonne ihren Rhythmus, sollte sie unabhängig machen von den verachteten Errungenschaften jener, die das Chaos, das sie angerichtet hatten, Zivilisation nannten. Und ihr Acker gebar goldene Früchte, gereinigt vom Feuer ihrer anderen Lebensweise, während die Zivilisierten Gift fraßen, dessen Dosis Angebot und Nachfrage regelten. Doch was er und seine Freunde im Überschwang als den Beginn eines neuen Zeitalters, als das Fundament einer überlebensfähigen Kultur bejubelt hatten – nur in ihrem Kreis, versteht sich, von den Kranken hatten sie sich längst abgewandt –, erwies sich bald als eine Falle, in die sie, sich gegenseitig die Augen zuhaltend, gegangen waren. Politik, dieses verlogene Schauspiel einander hinter den Kulissen die Hände reibender Einseifer, hatte sie ja nicht länger gekümmert. Ob da einer von der einen oder von der anderen Clique hinters Pult geklettert war, hatte für sie keinen Unterschied mehr gemacht. Und hatten sie Grün wirklich wegen der Hoffnung angekreuzt, sie könnten damit etwas ändern? Hatten sie es nicht vielmehr *denen* einmal zeigen wollen? Aber auch da hatten sie die von den schlauen Alten ersonnenen, nur für deresgleichen funktionierenden Machtmechanismen unterschätzt. Neubewerber und Veränderungswillige waren noch immer an der Klausel oder an der Karlsruher Notruderanlage gescheitert. Und die

Falle war zugeschnappt, als sie sich ins Spiel gemischt und die prozentuale Aufteilung unter den Großen so verschoben hatten, daß sie den Reaktionäreren von beiden zur Macht verhalfen. Die bedankten sich denn auch prompt. War es so schon schwierig gewesen, die Erlaubnis zur Landbebauung zu erhalten, wurde sie nun vollends unmöglich gemacht. Sie wurden in ihre kleinen lokalen Ghettos getrieben, wo sie sich dem Sehnen nach einer Wiederkehr der guten alten mäßig schlechten Zeit hingaben. Die Sonne blieb nicht länger ihr Antreiber, Beschützer und Lehrmeister. Es hatte wohl damit angefangen, daß sie abends immer länger aufgeblieben waren, sich in langen Gesprächen gegenseitig hinhaltend, unmerklich zunächst, dann auch ganz selbstverständlich lange nach Mitternacht dies und das tuend. Um so länger schliefen sie morgens, notgedrungen. Leichten Herzens aber auch, da für sie keine Stechuhr gnadenlos tickte, kein Bürovorsteher glatten Gesichts die Zeitung senkte, keine Schulklasse in der pünktlich verstummten Konditionierungsanstalt verräterisch tobte. Sie durften nicht mitbuckeln. Was man für sie – immerhin, nicht wahr? – zur Deckung der Kosten bereithielt, die ihre Bedürfnisse verursachten, konnte bewerkstelligt werden, wenn die Nichtnotorischen bereits wieder ihren Freizeitverpflichtungen zustrebten. Dann geisterten sie, bei reduzierter Licht- und Wärmezufuhr, durch Schächte und Schluchten, Kanäle und Röhren, räumten und ordneten, wuschen und wischten, fegten und leerten, glänzten und wichsten. Für die eine Ordnung einzustehen, boten sie keine Gewähr. Vertraute man ihnen deshalb die andere an?

So schlug das Herz ihres Hauses bald in einem anderen Rhythmus, verschieden von dem, der die jenseits trieb. So wie man sie als anders erkannt und markiert hatte, so wie man in ihnen ein fremdes Pulsieren wahrgenommen haben wollte, so hatten sie letztlich nachgegeben, zugestimmt, waren endgültig anders geworden, hatten das Unbekannte, das Unterscheidende in sich geschmeckt, waren nicht mehr mit den anderen zu verwechseln.

Doch es war nicht nur das Umspringen der Ladung von Pol zu Pol, das ihre betriebsame Phase in die Zeit der Entspannung der anderen zwang. Da war eine Unruhe in ihnen, die ein jeder vor den Freunden zu verbergen suchte. Vergeblich. Keiner ließ seine Entdekkung durch ein harmloses Lächeln, den Hinweis auf plötzlich pochenden Kopfschmerz oder die unerklärliche Verdauungsstörung des Kindes zerstreuen. Denn jeder spürte sie. Die mit dem anbrechenden Tag schwächer wurde, schließlich vergessen werden konnte, so daß sich Lider über Augäpfel schieben, Ängste in Träume drängen ließen. Die wieder zuckte, wenn das warme Licht sich von den Felsen löste, in die Hügel hinaufzog, rasch sich von den Feldern löste, in die Hügel hinaufzog, rasch die Bergspitzen erklomm und entkam, wenn die anderen das kalte Licht in ihren Betonburgen anknipsten, dann rückten sie näher zusammen. Sie hatten keine Angst. Warum auch? Aber sie wußten, daß es ein gesundes Empfinden gab, das die anderen gegen sie verband. Nein, Angst hatten sie nicht direkt. Aber nachts waren sie unruhig.

Er ging hinaus, setzte sich an den großen Tisch, um den sich schon alle Freunde versammelt hatten, und nahm sich aus dem Topf. Das Fernsehgerät war eingeschaltet. Ja, tatsächlich, sie besaßen einen Apparat. Ewigkeiten her die Abende, da sie müde, aber glücklich auf der Bank vor dem Haus gesessen und der verglühenden Spenderin ihrer Kraft nachgeblickt hatten, um kurz darauf hinaufzusteigen zu ihren Kammern, dem neuen Tag entgegen. Nun aber, da es nicht mehr sie waren, sie ihr Anderssein betonten, sondern ihnen die anderen ihnen diese Fessel nicht mehr abnehmen mochten, nun schien es ihnen ratsam, darüber informiert zu sein, was die anderen denken sollten.

Die elektronische Uhr forderte zum bundesweiten Vergleich auf, mahnte zur Korrektur der Abweichungen, war mehr als eine Uhr, war ein Auge mit Skala und Zeigern, Zeigern, die ruckten und ruckten, bis man keinen vernünftigen Grund mehr wußte, nicht zuzustimmen, und sich dem magischen Blick beugte. Eine harmlose Dienstleistung einst, heute der Garant totaler Übereinstimmung. Wie lange hielt man einen toten Blick aus? Wie lange achtete einer darauf, daß seine Uhr anders ging, ja, verstellte sie gar sorgfältig? Wie lange widerstand jemand den zermürbenden Zweifeln, ob er nicht doch nützliches Rädchen war, was er auch tat, da er den Plan nicht kannte?

Es war beklemmend, vor dieser flimmernden Scheibe zu hocken; aber noch beklemmender war es, die Bilder zu löschen, sich im blanken Fenster selbst zu sehen. Sie wußten, daß es Gift war, was man in ihre Köpfe blitzte, doch daß sie es wußten, nützte ihnen nichts, war das Gift doch längst notwendiger Bestandteil ihres Stoffwechsels geworden. Wenn es aber darauf ankäme, was immer damit gemeint sein mochte, wollten sie schon die Zügel abwerfen.

Heute war ein besonderer Tag, wurde ein besonders mitreißendes Programm geboten. Eine Sendung, die sie nicht versäumen konnten, so sehr sie sie anwiderte, ja entsetzte. Sie schlug sie in ihren Bann. Was da Woche für Woche mit dem immer gleichen Resultat durchexerziert wurde (daß nämlich am Schluß ein Diener des Staates seine Freude und Befriedigung vermeldete über die erfolgreiche Arbeit der ihm formal Unterstellten, doch aus freien Stücken Operierenden – wie es sich in ihrer Ordnung geziemte), das war Mord, war Massenmord zum Gaudium der allerhand gewöhnten Gebührenzahler.

Und sie waren sich nicht sicher, ob ihre Empörung nicht einfach ihre spezifische Art der Belustigung war. Wer vermochte schon zwischen der Erregung aus Abscheu und der Erregung aus Vergnügen zu unterscheiden, wenn der Schleier der persönlichen Moral den Blick trübte? Oh, selbstverständlich argumentierten sie nicht scheinheilig und nur bestrebt, ihre Gier nach Sensationen zu verdecken. Sie glaubten an die Trauer, die Tränen, an den Schmerz, den die Qualen der Opfer ihnen zufügten, an den Zorn, die Ohnmacht, die sie angesichts der Roboter befielen, jener, die möglich geworden waren, weil alle fleißig mitgeholfen hatten, die Ursache für den Haß im Menschen zu verleugnen, anstatt sie zu ergründen.

Sie wandten sich nicht ab, gehörten mit zu denen, die durch ihr Hinstarren, ihr sprach- und tatenloses Gaffen erst die Voraussetzung für all das Ungeheuerliche schufen. Nicht einmal damit herausreden, zufällig diesen Kanal erwischt zu haben, konnten sie sich. Sie hockten und glotzten schon lange vor der Zeit, schlabberten Mundwasser und Badezusatz zu ihren Spaghetti. Ja, nie hatten sie je einmal den PH verpaßt, der früher am Abend das Quartier der jeweiligen Aufgespürten vorführte, nie – bis auf heute.

Wie mußte den Unglücklichen zumute sein, nachdem man ihnen ihre eigene Exekution angekündigt hatte? Noch jedesmal hatte diese furchtbare Situation, in die da wieder ein paar verirrte Menschen geraten waren, eine heftige Diskussion bei ihnen ausgelöst, ob, so gewarnt, nicht doch noch Flucht möglich wäre oder Selbstmord oder wenigstens die Vorbereitung erbitterter Gegenwehr. Aber ebenso, wie sie sich in dieser Frage nie einigen konnten, waren wohl auch deren verzweifelte Versuche, einen Ausweg zu finden, zum Scheitern verurteilt.

Bis auf heute hatten sie ihn nicht versäumt, den PH, der sie immer aufgewühlt zurückgelassen hatte, die bestimmte Stunde im Sinn, voll Angst vor dem stets gleich Ablaufenden, dem Unabänderlichen, dem sie doch niemals den Rücken kehren konnten. Vielleicht wegen ihrer Unruhe, die heute größer war, weil sie nicht über den PH diskutieren konnten, nicht über bauliche Gegebenheiten, Deckungsmöglichkeiten in Vorgärten oder hinter Anbauten, Flucht- und Angriffslinien, lange oder kurze Nachschubwege, mehr oder weniger freies Schußfeld. Über all das wußten sie diesmal nicht Bescheid. Damit fehlte ihnen geradezu ein Ventil. Und das wegen eines blöden Kurzschlusses. Denn was sollte es sonst sein, wenn plötzlich der Strom ausfiel und nach einigem Aus- und Einstecken, Klopfen und Rütteln an etlichen verdächtigen altersschwachen Geräten die Lampen wieder brannten, die Geräte wieder funktionierten und das Ganze nicht länger als ungefähr fünf Minuten gedauert hatte?

Fritz steht in der ersten Welle. Er zieht den Riemen unter dem Kinn fest. Vorbei die Zeit, da er ihn fesch baumeln ließ. Eine mittelschwere Gehirnerschütterung setzte auch in ihm den Lernprozeß in Gang.

Caspar geht gemessenen Schrittes die Reihen ab, instruiert, kontrolliert. Wenn er die Arme demonstrierend anhebt, kann man feststellen, daß seine Hemdachseln von keinen häßlichen dunklen Flecken verunziert werden, ihm die Transpiration an diesen heiklen Stellen nicht zu schaffen macht, von der Seite kein Schatten auf seine Stellung als Bezirksleiter fällt. Zwar, so könnten naive Gemüter denken, soll Paxoral im Munde Paroli bieten, dennoch geriete der Konzern in die Schußlinie. Achselhöhle oder Mund? Wer wollte es den durch erregende Szenen mitgenommenen Zuschauern verübeln, wenn sie den Anwendungsbereich des Markenartikels für weitaus größer halten, als die gemischtgruppige Planungskommsission aus Werbedemoskopen und Chemotherapeuten in Anbetracht der Marktsituation für durchsetzbar hielt? Und dann läge der Werbeeffekt im Negativbereich. Man katapultierte sich sogar freiwillig aus dem Wettbwerb.

Nun tritt Caspar an Fritz heran und fordert ihn auf, mit zur Schlußbesprechung zu den Fernsehleuten zu kommen. Fritz hat zwar damit gerechnet, allein schon des vertraulichen Umgangs wegen, den sie miteinander pflegen, aber trotzdem ... Caspar hat schließlich den besseren politischen Überblick. Und weiß Fritz, welche Überlegungen Caspar anstellen muß? Zum Beispiel hat Fritz läuten hören, daß Caspar sich Hoffnungen auf einen Posten im Regionalvorstand machen darf. In einer solchen Situation muß Caspar, und dafür hat Fritz natürlich Verständnis, jeden Schritt, den er tut, sorgfältig vorbereiten, abwägen, was sich günstig oder weniger günstig für seine weitere Laufbahn auswirken könnte. So betrachtet, mag auch Caspars Schritt auf ihn, Fritz, kein zufälliger sein. Nein, ein politischer Schritt, der seine Beobachter und Deuter finden würde. Auch Fritz kann kombinieren, besonders wenn er daran denkt, daß ein Posten im Regionalvorstand mit der Stellung als Bezirksleiter als unvereinbar gilt, daß also im Fall des Falles eine Lücke entstünde, in die nicht jeder Hans und Franz nachstoßen könnte, sondern nur eine durch Umgang, Auftreten und Kompetenz ausgewiesene Persönlichkeit.

Doch Fritz verlangt auch von sich selbst ein gewisses Maß an Disziplin. Spekulieren verdirbt den Charakter. Träumer sehen ihre wahren Grenzen nicht. Getanzt wird nach Feierabend. Fritz verbietet sich das Denken im Konjunktiv, diesem Gift, das gewöhnlich Intellektuelle sprühen. Er wird unvoreingenommen in diese Besprechung gehen, wird sich um Zurückhaltung bemühen, seine Pflicht erfüllen, korrekt, loyal gegenüber Caspar sein, an ihre Aufgabe denken. Immerhin verrichten sie hier – trotz aller unschönen Nebenerscheinungen, die niemals und nirgends zu vermeiden sein werden – Dienst am Vaterland, stützen die Demokratie, erfüllen das Grundgesetz mit Leben.

Fritz tritt aus dem Glied, dreht sich zu den Zurückbleibenden um und sagt, indem er sich um einen bestimmten, aber auch genügend besorgt klingenden Ton bemüht: »Wenn ihr rauchen wollt, dann könnt ihr das ruhig tun. Vergeßt aber nicht, die Glut zu verdecken!«

Fritz hat eigentlich keine Funktion, aber er ist immer an der Seite Caspars zu sehen. So nicken die Männer und rauchen weiter.

Fritz und Caspar betreten den Regiewagen. Fuzy schreitet, ein Glas in der Hand schwenkend, auf und ab, erzählt den aufmerksam lauschenden Mitarbeitern gerade etwas von der Peripetie, ein Begriff, den wohl der alte Aristoteles geprägt und erläutert habe. Und – er wendet sich an die Eintretenden – er begnüge sich nicht mit einer; ein Auf und Ab müsse das sein, und jedes Auf müsse höher, jedes Ab tiefer als das vorangegangene sein. Die Zuschauer müßten einer Seelenwäsche unterzogen werden, die ihren Niederschlag in den Aktienkursen der Schlaftablettenproduzenten zu finden hätte – abgesehen einmal von denen Paxorals, selbstverständlich.

»Jetzt zu Ihnen.«

Er geht auf Caspar zu, packt ihn an seinen praktischen breiten Hosenträgern.

»Sie sind mein Mann! Mit Ihnen steht und fällt meine Show! Sie sind der Mannschaftskapitän! Sie tragen meinen Willen aufs Feld! Sie sind mein Mund, meine Arme! In Ihrem Kopf sitze ich, klar?!«

Caspar nickt – wie schon bei so manchem. Sein Stuhl wackelt nicht. Er kann es sich erlauben zu nicken. Fritz steht einen halben Schritt hinter Caspar und braucht nicht zu nicken.

»Wir kommen jetzt zum Dreh- und Angelpunkt der ganzen Aktion«, doziert Fuzy, »zum Start. Wenn ihr mir den versaut!« Er droht Caspar und Fritz mit dem Zeigefinger. »Also da will ich Schwung haben, aber auch Präzision! Nicht lahm drauflosmarschieren und stundenlang sichern. Mit Vehemenz hinein! Die Tür muß unter euern Leibern förmlich zerbersten! Und krachen muß das! Da will ich Sound auf dem Kopfhörer haben, sonst gehen die zu Hause an den Kühlschrank, die nächste Lage holen. Die müssen alles um sich rum vergessen, die Lippen müssen denen platzen vor Durst, ohne daß sie es merken! Und dann«, – er atmet schwer seinen ersten Kamermann an –, »dicht dranbleiben!« Und wieder zu Caspar: »Sie garantieren mir für die Kamera. Nicht auszudenken, wir müßten während der Eröffnungsphase schnell Ersatz nach vorn schaffen. Da würden mir die vom Konzern schön aufs Dach steigen. Eine nicht programmgemäße Pause, auwauwau!«

Er steht mit erhobenen Armen da und kostet die fürchterliche Vorstellung aus. Doch gleich fixiert er wieder Fritz und Caspar.

»Wenn ihr drin seid, nicht erst an den Frauen rumgrapschen! Erst die Typen ausschalten, die Frauen zum Dessert – alter Wahlspruch von mir, immer gut gefahren damit, haha.«

Zufrieden hängt er seinen Erfahrungen nach, so scheint's, doch man kennt ihn. Und schon dringt er unvermittelt auf Caspar ein. »Um Gottes willen den Hauptteil nicht so schnell! Nicht zackzackbumm und Schluß! Sorgfältig und doch zügig. Der Zuschauer spürt das, wenn geschludert wird. Zeigt, daß ihr auf diesem Gebiet Profis seid. Ich werde Ihnen, Caspar ... ich darf doch Caspar sagen?« Er grinst ölig. »Ich werde Ihnen zwar dauernd ins Ohr schreien, wie ich es gern hätte, aber«, – er dreht sich mit bewundernd-wissendem Blick seinen Hintermännern zu –, »man hat ja schließlich seine Erfahrungen, da hört einen keiner mehr, wenn die erst mal Widerstand spüren, was, Jungs?«

Er tritt zwischen Caspar und Fritz und drückt wohlwollend – und ein bißchen neidisch – ihre Schultern, nickt optimistisch. »Na, es wird schon klappen. Aber denkt dran: keinen auslassen! Das möchte ich mir bei allem Verständnis für eure Abschlußfete ausgebeten haben!«

Er entläßt sie mit einer wedelnden Handbewegung.

»Arschloch«, sagt Caspar, sobald sie wieder draußen sind. »Der hat gut reden, hockt in seiner Bude vor den Glotzen, während wir da vorn rumackern. Uns gab's zuerst. Scheiß Mammon! Wie schnell sich so'n kleines Loch rumspricht. Gleich standen sie da, die Fernsehgrößen, und mit ihnen der ganze Rattenschwanz, der bei denen unvermeidlich ist. Haben sie uns untern Nagel gerissen. Aber so ist das immer: Wenn mal was steht, geilen alle danach. Na ja, wir machen das wie immer, was, Fritz?«

»Klar«, sagt der, der auch nicht auf die Idee käme, wegen einer Stimme im Ohr auf seine Routine zu verzichten.

Ihnen war, als erlebten sie dies nicht zum ersten Mal. Nicht diese konkrete Situation. Aber eine Situation, aus der es keinen Ausweg gab. Weder hofften sie, noch resignierten sie. Sie waren gelähmt. Natürlich funktionierte ihr Kreislauf noch, täuschte ihr Herz Leben vor. Doch es war nicht mehr Leben in ihnen als in einem enthaupteten Huhn. Störtebeker soll vor dem elften Kumpan gestürzt sein. Sie waren keine elf. Und sie würden vor sich selbst stürzen und nicht gerettet werden. Was damals geschehen war, bezeichnete man heute als Seeräuberromantik und schüttelte doch den Kopf ob der Brutalität jener Zeit, da dem Todgeweihten immerhin zugestanden wurde, im Tod um der Gesellen Leben zu rennen.

Reflexe, nicht Willenshandlungen ließen sie die Fensterläden schließen, das Licht löschen, das ihnen abzudrehen man nun nicht mehr für nötig befunden hatte, wohl um ihnen den seltenen Genuß nicht vorzuenthalten, die eigene Hinrichtung ›live‹ mitzuerleben. Weiter unternahmen sie keine Anstrengungen, sich zu schützen. Die Türen wurden nicht verrammelt, nicht einmal abgeschlossen, keine Möbel zur Zimmerschlacht zurechtgerückt, keine Brotmesser aus der Küche geholt, keine Stühle handlich zersplittert. Sie standen oder saßen, bleich vielleicht, aber nicht hysterisch, warteten auf das Signal vom Bildschirm, auf das Einläuten ihrer letzten Runde, die man, zwischen Kochwaschmittel und Zahncreme, Katzenfutter und Sportcoupé, ihnen anzukündigen nicht versäumen würde. Nein, nicht einmal Abwechslung sollte ihnen gegönnt werden, nur Mundwasser.

Vielleicht redete sich der eine oder die andere ein, es habe ja doch keinen Sinn, Gegenmaßnahmen einzuleiten – und sei es nur ein Fluchtversuch –, die Übermacht und die Perfektion seien auf der anderen Seite. Aber die Wahrheit war wohl in ihrem Gemeinschaftsraum zu finden. In Form dieses Geräts, als hätten sie es geahnt. Dem sie, sich in sicherer Kritikerposition wähnend, nur Platitüden zutrauten, dem sie zu spät auf die Schliche kamen, das sie fesselte, während sie spöttisch lächelnd davorsaßen. Sie, die sich täglich damit beruhigten festzustellen, ihr Kopf drehe sich ja noch, ihre Glieder bewegten sich. Gefesselt? Lächerlich! Sie gingen doch jeden Tag einkaufen, mit dem Hund spazieren, hängten draußen die Wäsche auf, waren unleugbar beweglich. Sie, die es hätten wissen müssen, waren in die Falle gegangen – wie alle anderen auch. Man hatte keinen Wert darauf gelegt – was sie eigentlich erwartet hatten –, ihre Glieder auszurichten. Das war nicht mehr nötig. So wenig wie es die Kommandierenden in der Armee noch kümmerte, wenn ein Gemeiner mit langen Haaren Widerwillen demonstrierte. Das hatten sie mittlerweile kapiert, daß Haartracht jedweder Form und Länge der Sache dienlich gemacht werden konnte. Mit Hilfe ihrer langen Haare konnte man der Gemeinen Aggressionen verpuffen lassen. Sollten sie sich ruhig für Samson halten, wenn sie nur kraftvoll mit der Handgranate zwischen den Zähnen durchs Gelände zischten!

Was man aber in Reih und Glied und, weil unbemerkt, mit um so größerem Erfolg ausrichtete, das waren ihre Gehirnzellen. Sie, die Protestler, waren hörig geworden, waren durch das elektronisch übermittelte Gift paralysiert worden. Nun warteten sie darauf, ausgeräuchert zu werden, denn sie waren ja keine Menschen mehr, wie man die Anständigen schon vor Jahren vorbereitend hatte wissen lassen, sie waren Ratten, die im Untergrund wühlten, die unter blühende Gemeinwesen Gänge und Höhlen gruben, um die Welt der Gerechten zum Einsturz zu bringen.

Und mit einem Ohr lauschten sie, ob kein Knarren von Dielen, kein Schaben von Kleidungsstücken ihnen ihre Doppelgänger ankündigten, die für gewöhnlich von hinten in die Häuser eindrangen, damit der Regisseur mit effektvollen Zwischenschnitten den nach Blut lechzenden Zuschauern malerisch aufgemachte Widerstandsleistende in der Originalkulisse vorführen konnte. Es ging das Gerücht, daß sich hierbei so mancher unterbeschäftigte Schauspieler ein kleines Zubrot verdiente. Wem war es in diesen Zeiten schon zu verdenken? Wer wollte letztlich zu denen gehören, die ihren Todeskampf als Rolle gehandelt sahen? Da war es schon besser, vor allem vernünftiger, mitzuunterbieten, als schließlich unversehens irgendwelchen anderen Mimen Modell zu stehen.

Wer unter ihnen war jetzt noch in der Lage, einen Gedanken zu fassen, darüber zu grübeln, wie ausgerechnet sie auf die Liste hatten geraten können? Warum man nicht einfach bei ihnen angeklopft hatte, hereingekommen war, sie befragt und eventuell auch mitgenommen hatte, um sie zu verhören? Warum man sie nicht hören wollte, warum man sie, bevor sie sprechen konnten, mundtot machen wollte? Sie gehörten doch gar nicht zu denen, die diesen Staat mit Waffengewalt zerstören wollten. Sie hatten auch nie eine dieser Personen beherbergt. Sie kannten auch keine von ihnen, hatten höchstens Mitleid mit denen. Sie waren doch harmlose Leute. Nie hatten sie bei Anti-KKW-Demos Helme oder Schutzmasken mitgeführt (oft genug zu ihrem Schaden), nie gar Knüppel oder Wurfgeschosse getragen oder benutzt. Sie waren auf den genehmigten Routen marschiert, hatten keine provozierenden Umwege eingelegt, waren sogar so weit gegangen, sich nach den Abschlußkundgebungen, immer um am Rechtsstaat nicht anzuecken, pflichtgemäß aufzulösen, leider nicht in Luft, wie in den Polizeiberichten wohl betrübt notiert worden war. Ja, und manchmal hatten sie sich ohne große Mühe vorstellen können, sie wüßten vor lauter zu erfüllender Auflagen nicht mehr, für oder gegen wen oder was sie eigentlich demonstriert hatten.

War also das nun der Dank für korrektes Verhalten? Wurden sie nun für ihre Gesetzestreue bestraft, sie, die sie die Verfassung törichterweise wörtlich genommen hatten? Blieben die anderen vielleicht deshalb unbehelligt, weil sie sich einen Dreck um die Verwirklichung des Grundgesetzes scherten? Und wenn sie jetzt den Gedanken beiseite schoben, diese in der Verzweiflung geborene Idee, Opfer eines Zufalls, nein, eines Mißgriffs zu sein? Wenn es üblich sein sollte, Leute wie sie als Staatsfeinde zu präsentieren, als tollwütige Irre, die es rasch abzuknallen galt, dann drängte sich ihnen ein ganz anderer Verdacht auf. Waren die Waffenlager, die man nach abgeschlossenen Aktionen dem entsetzt geschminkten Fernsehvolk zeigte, etwa gestellt von Polizeiarsenalen, rasch herbeigetragen unter dem Schutz der Bildregie, die die Zuschauer währenddessen mit abfließendem Blut und haßverzerrten Anarcholeichenlarven ergötzte? Befänden sie sich hier nicht im umstellten Haus, fast mochten sie glauben, alles wäre gestellt. Doch zu human wäre dieser Einfall, der Bevölkerung vorzugaukeln, man fasse Volksfeinde en masse und rücke in Wahrheit der Arbeitslosigkeit unter den Schauspielern zu Leibe. Wie könnte man auch ein menschenfreundliches Augenzwinkern von uns Deutschen erwarten? Wenn wir ausrotten wollen, dann täuschen wir nicht. Da ist der tatsächliche Vollzug immer noch die sicherste Abrechnung für uns. Da scheuen wir keine Mittel und keinen Aufwand. Wenn wir Geschichte inszenierten, spritzte noch immer Blut unter unseren Stiefeln hervor.

Sie duckten sich, duckten sich unter dem Hammer, der über ihnen schwebte. Kein Schwert war es, ein Hammer. Nicht Schnitte würden ihnen zugefügt werden, gegebenenfalls zwischen Kopf und Rumpf. Zermalmt würden sie, platte Karikaturen ihrer Hoffnungen. Und so wie sie sich ergeben beugten, waren sie das Modell der Verhältnisse.

War da nicht eben ein Geräusch, das Scheppern von Metall? Er hielt den Atem an. Die anderen schienen nichts gehört zu haben. Vielleicht versuchten sie immer noch, vergeblich, zu begreifen. Sein Magen krampfte sich zusammen. Es kniff ihn in den Gedärmen. Schon immer war es sein größtes Handikap gewesen – schon immer? –, bei Aufregung, selbst bei erotischer, mit seinem Schließmuskel kämpfen zu müssen. Und seltsam, schrecklicher als der Tod schien ihm die Vorstellung, nach dem Verlust jeglicher Kontrolle in seinem dünnen wäßrigen Kot zu liegen. Und bekümmert dachte er, daß wahrscheinlich sein letzter Gedanke der Standhaftigkeit seines Darms gälte – als könnte man die Schuld am Grad der Feuchtigkeit der Unterhose ablesen.

Fritz steht etwas abseits von seiner Gruppe. Er raucht, langsam. Er ist nicht nervös. Zu lange ist er schon dabei, als daß er noch Bedenken oder Angst hätte. Die Erfahrung lehrt ihn, daß auf seiner Seite kein Anlaß dazu besteht. Natürlich ist da dieses Kribbeln auf der Haut, so kurz vor dem Sturm, und dieses Ziehen im Unterleib, aber von diesen Empfindungen könnte er nicht behaupten, daß sie in irgendeiner Beunruhigung wurzelten.

Aber noch etwas anderes ist da, das ihn zwar nicht beunruhigt, jedoch, nun ja, ihn ärgert, ein wenig nur, immerhin stark genug, daß er sich wiederholt wie unter Zwang nach dem Regiewagen umdreht.

Alle warten auf das Signal zum Fertigmachen, als der Countdown ohne Erklärung gestoppt und Caspar zu Fuzy befohlen wurde, wohin er auch sogleich eilte, ohne ein Wort mit Fritz zu wechseln.

Das wurmt Fritz, denn noch vor einer halben Stunde hat Caspar so getan, als könne er auf Fritz' Rat nicht verzichten. Wenigstens als Floskel ohne tiefere Bedeutung, nur um ein Signal zu setzen, hätte er ihm zurufen können: ›Vertritt mich mal kurz!‹ Oder auch nur: ›Halt die Stellung solange!‹ Nichts davon. Nur eine wichtige Miene hat er aufgesetzt. Der soll in Zukunft erbauende Gespräche führen, mit wem er will. Und fast gleichzeitig, wie unangemessen er doch so manchmal urteilt, ohne die Fakten zu kennen, aus verletzter Eitelkeit. Caspar wurde eben überrascht. Im Grunde brennt Fritz darauf, wie alle, endlich zu erfahren, was sie noch aufhält.

Endlich kommt Caspar. Gemächlich, unangebracht gemächlich nähert er sich. Sollte abgeblasen werden, falscher Alarm etwa? Das wäre der erste. Fritz kann sich nicht erinnern.

»In fünfzehn Minuten geht's los«, verkündet Caspar.

»Dafür läßt du dir aber reichlich Zeit«, nölt einer der in lockerer Linie Wartenden.

»Was machen die denn mit den Beleuchtungsmasten?« fragt Fritz verdutzt. »Bauen die ab?«

»Nein, die verlegen«, antwortet Caspar, und Fritz meint Betroffenheit herauszuhören.

»Verlegen?«

»Was soll das denn?«

»Ich glaub, mein Ei pfeift!«

Unter den Männern entsteht Unruhe.

»Also, mal herhören!« Caspar sucht seine Autorität zurückzugewinnen. »Wir haben eine Unterbrechung in der Energieversorgung ...«

»Ach, du Scheiße!«

»Die Technik mal wieder!«

»Ruhe!« Caspars Stimme ist eine Spur zu hell. »Quatscht nicht dazwischen. Wir haben ein eigenes Aggregat. Das übernimmt die Versorgung. Nur ...« Er zögert. »... dieses Hilfsgerät liefert nicht genug Strom, jedenfalls nicht so viel, wie wir brauchen. Die Kameras, die Beleuchtung, der Wagenpark, diese ganzen Geräte eben, was weiß ich, was da noch alles dranhängt!«

»Ja, was sollen wir denn dann noch hier?«

»Erkläre ich ja gerade, und ich bitte mir jetzt Aufmerksamkeit aus, verstanden!« Caspars Stimme ist schneidend geworden. Man hört nur noch das erstaunte Schnauben der Männer. Sie warten. Sie werden die neue Instruktion hören und danach handeln.

»Also.« Caspar braucht Zeit, um sich zu sammeln, und die Uhr läuft. »Kurz und knapp: Die Energie reicht nicht aus für dieses Haus da.«

Alle blicken hinüber, starren auf die geschlossenen Fensterläden.

»Es ist zu groß. Zuviel Aufwand für die Beleuchtung, zu viele Kameras, zu viele Nebenschauplätze.«

»Ja, was heißt denn das?«

»Dann können wir ja einpacken!«

Einige können nie den Mund halten. Caspar übergeht das, tief durchatmend. Dann sagt er: »Und da wir das Haus nicht halbieren oder verkleinern können ...« Er räuspert sich, blickt an der Reihe der Kämpfer entlang. »... die oberste Leitung hat beschlossen ...« Seine Stimme schwankt. »... wir nehmen das Haus links davon, das hat die richtige Größe.« Den Nebensatz sagt er etwas leiser.

Jetzt gibt es keine Zwischenrufe. Keiner meckert. Es hat ihnen die Sprache verschlagen. Und außerdem ahnen sie: Jetzt zu widersprechen, jetzt Bedenken anzumelden, wäre mehr als nur ein kecker Einwand. In einer solchen Situation, ob man sie schon mal erlebt hat oder nicht, da schweigt man, da zieht man ganz unauffällig das Genick ein und dreht höchstens leicht den Kopf, um zu sehen, was der Nachbar tut.

»Es gibt wichtige Gründe, die für diese Entscheidung sprechen.« Caspar hat es nun eilig mit seinen Erklärungen. »Da stehen strategische Überlegungen dahinter, die mir – ich habe ja nur eine relativ niedrige Geheimhaltungsstufe – nicht alle mitgeteilt werden konnten.«

Kaum einer hat noch Interesse an seinen Ausführungen. Sie blicken hier hin, da hin, nesteln am Koppel, am Helm. »Ganz abgesehen vom Terminplan des 5. Programms. Da sitzen Millionen vor den Schirmen und warten darauf, daß wir unserer Pflicht genügen. Wenn die Öffentlichkeit erführe, daß wir aufgrund mangelhafter Elektrizitätsversorgung, einer Schlamperei, wie man dann gleich unterstellt, daß wir deshalb abgebrochen hätten ... wer glaubt uns das denn?« An den betretenen Gesichtern mag Caspar wohl die Fragwürdigkeit seiner Argumentation erkennen. Darauf reagiert er forsch – ein echter Vorgesetzter.

»Los! Letzte Zeugkontrolle! Helmscheinwerfer? Elektroknüppel? Marklutscher?«

Und dann die Rechtfertigung hinterher – rollenkonform. »Das waren ja bloß Mutmaßungen von mir, habe mich in die Überlegung der übergeordneten Stelle hineinzudenken versucht. Ich stehe im dunkeln, genau wie ihr. Die oberste Leitung hat Zugang zu Informationen, von denen wir nur träumen können. Unsere Aufgabe ist es aber nicht, an Befehlen rumzukritteln. Wir haben nicht den Überblick, sie bewerten zu können. Unsere

Aufgabe ist es, unseren Job zu tun! Und zwar sorgfältig! So wie immer! Ist das klar?!«

In Anbetracht der Feindnähe begnügt sich Caspar mit dem Nicken der Männer.

Na, wenn es erst losgeht, denkt Caspar, verfliegen auch die dummen Gedanken, bei denen noch schneller als bei mir. Er geht zu Fritz, der etwas abseits steht. Sie schauen sich an und denken. Und Caspar fragt: »Kommt ihr nachher mit zu uns?«

Und dann hörten sie es. Ein Krachen und Bersten, wie wenn Türen eingeschlagen werden. Doch es klang so fern. Hatte sie ihre Furcht dem Geschehen schon so weit entrückt, daß sie es nur noch wie durch einen Schleier wahrnahmen? Und es dröhnte dumpf und knatterte hell, und Schreie waren da, hohe, spitze und brüllende, quälend lange. Und der Schirm zeigte ihnen ihren Tod. Doch sie starben nicht. Sie starrten untätig auf das grausige Geschehen und erwarteten den Schlag im Genick. Und einer rannte zum Apparat und drehte den Lautsprecher ab, aber der Ton blieb. Sie lauschten, legten die Köpfe schief und wußten plötzlich, der Tod hauste nebenan.

Von der Scheibe lief das Blut, sie aber atmeten wieder. Sie verstanden, ohne sich einander erklären zu müssen. Ein Versehen war es gewesen, nichts weiter. Ihr Haus hatte man gezeigt und das benachbarte gemeint. Im Geist formulierten sie schon die Beschwerde. Welche Last fiel von ihnen, während da vorn die Endphase erreicht war. Wie hatten sie sich gepeinigt, sie, die sie doch unschuldig waren. Und nachdenklich gestanden sie sich ein, wie nahe doch jeder der Schuld war. Wie sie unter dem Eindruck der Bedrohung fast so weit gegangen wären, ganz normale Verhaltensweisen in Frage zu stellen. Wie sie angenommen hatten, man verübelte ihnen die Wahrnehmung ihrer Rechte auf derart furchtbare Weise. Wie schnell hatten sie doch das

Vertrauen verloren. Wie vermessen, sich als die letzten Rechtschaffenen zu betrachten! Zwar gab man ihnen nicht die Arbeit, die sie sich wünschten, aber man wollte sie doch nicht umbringen! Sie taten gut daran, diesem Staat und seinen Dienern, wenigstens im Geist, Abbitte zu leisten.

Sie blickten gebannt auf die flimmernde Fläche, und jeder von ihnen war froh, nicht wie die da drüben zu sein, hart Bestrafte. Wie lange lebten sie schon nebeneinander, ohne sich je kennengelernt zu haben? Ein wenig machten sie sich Vorwürfe, deren Nähe, das Gespräch mit ihnen nicht gesucht zu haben. Vielleicht hätten sie sie gar von ihrem Irrweg abbringen können und damit in Sicherheit. Vielleicht hätten sie sich aber durch diese Bekanntschaft auch gefährdet, und der Alp der vergangenen Stunden wäre für sie Wirklichkeit geworden.

So lehnten sie sich wieder zurück; die Verkrampfung löste sich allmählich in ihnen, und sie erkannten: Die Einbildungskraft ist unsere stärkste Waffe, doch mitunter wendet sie sich unvermittelt gegen uns selbst.

Auf dem Bildschirm erscheint ein freundlich lächelndes Gesicht:

»Damit ist der Pogrom für heute beendet. Wir wünschen Ihnen eine recht gute Nacht!«

Der Autor:
1947 geboren, kaufmännische Lehre, Studium der Betriebswirtschaft.

Aus schriftstellerischer Tätigkeit: zwei sozial- bzw. technokritische Hörspiele (1983/85, »Zum Beispiel Eritrea«, »Ostwind«) für den WDR bzw. den Norwegischen Rundfunk. Zur Zeit letzte Korrekturen an einem Jugendbuch.

Die vorstehende Erzählung entstand als Reaktion (in Form einer Extrapolation der damaligen Hysterie) auf den Herbst '77, der auch der ›deutsche Herbst‹ genannt wurde.